献给爱我、我爱的母亲杨祝凤

当我一再接受生活的贿赂之时，她却不能跟我在一起……

路是心灵的延伸

李文屏 著

杭州出版社
美国华文出版社

图书在版编目(CIP)数据

路是心灵的延伸/李文屏著. —杭州：杭州出版社，2009.12

ISBN 978-7-80758-300-4

Ⅰ.路… Ⅱ.李… Ⅲ.游记—作品集—中国—当代 Ⅳ. I267.4

中国版本图书馆CIP数据核字(2009)第211467号

路是心灵的延伸

李文屏 著

责任编辑 李利忠

封面设计 祁睿一

出版发行 杭州出版社 美国华文出版社

杭州市曙光路133号 邮编:310007

E-mail:hzcbs306@hotmail.com

37-19Main St. Flushing, N. Y. 11354 USA

E-mail:xinhuany@yahoo.com

经　　销 全国新华书店

制　　版 杭州万方图书有限公司

印　　刷 杭州长命印刷有限公司

开　　本 880×1230 1/32

印　　张 8.25

版　　次 2009年12月第1版

印　　次 2009年12月第1次印刷

书　　号 ISBN 978-7-80758-300-4

定　　价 28.00元

目 录

路在心中的骑士

——访约翰·斯坦贝克国家中心

永远的侠斯达之一

——圣山

永远的佚斯达之二

——这片林中的雕像

柏帝角

三王岬

——北美大陆最有“风度”的地方

金色之州的故事

那些烛光

——我的一次特别“旅游”

序

我看人生是一次旅行。单程。有去、无回，有类似、无重复。因此我看自己是一个行者，一个旅人，有“观光”的“天职”。

“观光”也有不同的观法。有走马观花似的，一路看过、笑过，不投入，不介意，达观地过去；也有深入一点的，带着真诚的兴趣和一定的审美距离，谦卑地走到门后去、台后去，去看看那里隐藏了怎样的情节，发生着怎样的故事……

这本书可以说是属于后一种的“观光记”，它进入了一些世界名人的心坎，看到他们在成就背后鲜为人知的酸甜悲喜，比如杰克·伦敦那比小说还精彩的一生，世界名狗史努比的缔造大师在幽默后的生活故事等；也走入到自然的大舞台后面，看到自然的诱惑与人文的介入是如何交织、如何构成了世间的“名胜”。在这些人与景的交融中，我发现自己不论是在“门后”，还是在“台后”，都能看到一条道路，从或高贵、或强大的心灵中延伸出来，成为他人的启迪和激励。

这无疑是“观光”的意外收获。上帝厚爱人类，慷慨地给我们可以感知的心灵和思想，又容许许多人间的、自然的“风景”给我们体验，仿佛是“贿赂”人们去好好生活、好好“旅行”。这段“旅行”让我体会到这种“贿赂”，那些并不广为人知的故事，为我的生活增添了不少滋味，也让我的“旅行体验”更为丰富、更有意趣。所以我的最大愿望是通过手中的拙笔，能将这样的体验多少带些给你。

李文屏

2009 年 9 月 3 日于美国加州

燃烧的流星

——访杰克·伦敦纪念公园

永远四十

“一个人该做的是生活着而不是仅仅存在着，我不会让我的生命浪费在如何延长天年上，我将要好好使用在世的日子。”

他死于四十，因而永远四十。

我以为对他是认识的，直到生活在他曾经生活的土地上，读到他对自己生命的期待，我才发现，我所认识的，不过是一些他的作品，而那，只是他的影子。

我宁愿成为灰烬而不愿成为尘土！

我宁愿我生命的火花因燃烧而耗尽，而不愿它因干腐而窒息；

我宁愿做一颗超级陨石，每一个原子都发出华美的光芒，而不愿做一颗长命的行星永恒地昏睡。

一个人该做的是生活着而不是仅仅存在着，

我不会让我的生命浪费在如何延长天年上，

我将要好好使用在世的日子。

这些句子是他二十六岁时所写，其孕育和成形期应该更早。

《圣经·传道书》说：“太阳底下没有新鲜事。”普天之下，年轻的时候，许多人与他一样，都愿意让自己像陨石般在生命的天空中辉煌，即使只是一闪而过就成为灰烬也在所不惜。

也许是因为我自己二十左右曾是个非常凡庸的“庸人”，常常“自扰”，夕阳西下的时候，如果没有特别的羁绊，便会离开了热闹，独去有柔柳、血阳，有水波、残垣的圆明园徘徊，思绪飘浮于人生、人史、人心和人间，感到生命的轻，就如米兰·昆德拉所说的，是“不能承受之轻”，有种意义的幻灭感，在寂寂的晚风中曾对着深邃的天空发出叹息：哪里有长风哪里有旗，让我愿意为之一闪而过心血流完？

生命需要轰轰烈烈，而且有一个愿意为之轰轰烈烈的理由。

所以，那天，当我在无意间一瞥文学的天空，看见他这颗陨石带着那样的诗句辉煌而过，感觉上仿佛就像遇见了一个不曾谋面的旧识。

那是一种很奇异的感觉。于是，隔着时代，隔着种族和性别，一种意想不到的关联突然达成了，一个兴趣点也随即产生——我突然想多了解他一点，也想去看看他的故居，看看他的生活。

他，杰克·伦敦，一八七六年到一九一六年行走于世间，不再只是一个著名作家。他成为一个我想了解的人。

其实，他的纪念公园可以说就在我的家门口，往北四十分钟车程而已，比周围许多人每天上班花在路上的单程时间都要少，也比我出游的许多地方都要近。在我居住的城市，有座我会经常开车来往的吊桥，下面就是一条他时常一手揣于裤兜、一手摇橹而过的河道。但是，搬来将近十年，也有朋友特别给我提过建议，说那是个很有意思的去处，我却始终都没登门，不是忙碌时埋身于事务，就是偷闲时钟情于山水。

然而，杰克·伦敦既然早已勾起我的兴趣，去看他的纪念公园的意愿就一直在意识层隐隐显显、浮浮沉沉。在几次全家同去

的计划因这样那样的原因失败以后，终于，有一天——一个该上班的日子，我决定休假，让自己随意一回，独自杀将过去。

那天早晨，我一边准备一边向洪波宣布了这个决定。洪波惊奇地看着我，感觉我半疯狂、半浪费。我的自我感觉也大致如此，同时还感觉半潇洒、半豪华——有家庭责任的上班族，假期都像雨伞，要用在“下雨天”的。这种无“犊”一身轻、外加即兴式的休假法，还真有一点奢侈。

“说不定这就是中年危机的症状——一反常态，自我纵容!”我嘻嘻哈哈地自嘲，出门上车，点火上路。

“鬼发”之林

我觉得自己的脊梁上，细细的毛发全部小心翼翼地站立起来，左顾右盼，似乎感觉到有什么谋算和危险在窥视、在蠢蠢欲动。

下了高速公路后，再沿着山路蜿蜒而上，路在桉树林间弯弯曲曲，到了尽头就是方圆3.3平方公里的伦敦纪念园——这片私有山区中唯一的公共场所。

纪念园内，杰克·伦敦的故居有二：一个是他真正居住过的故居，见证他的生活；一个是他意居却未居之“故居”，见证他的梦想。

车进园后，道分左右，右边通往他当年的生活，他的遗迹和传奇；左边则通往他的梦，通往他的妻为他建立的纪念馆、他的墓地和他的狼宅。

我先往左边去。欲知一个人，先看他的梦。

也许因为不是周末，访者寥寥，车场空空，林木森森。

沿着小道往上走，高树掩映下是座用火山石建构而成的房屋，为伦敦夫人洽密安在丈夫去世后所建、所居，起名“幸福墙”（HAPPY WALL）。在她去世后，又按她的愿望成为杰克·伦敦纪念馆，陈列着伦敦的文学作品、生前事迹、遗物，以及他们夫妻一起航海旅行时带回来的林林总总、大大小小的纪念品。我决定先过其门而不入，直接去瞻仰他们的墓地和他们的狼宅遗迹。

从“幸福墙”通往墓地和狼宅的小路，在前一半实在是条窄窄的曲径，没有铺石，未上沥青，窄处仅容身一人，宽处两人可以并肩，蜿蜒向前，消失在苔藓覆挂的林木丛中。

如果说有些时候“数量其实就是胆量”，那么，那天、那里正是这样一个场合。我非常感谢洪波，他在我把脚跨出门槛的那一秒钟，临时决定翘了班来陪我“发神经”，好像耳边有先知的预告说他会被他的“另一半”所需要。

在这丛林中，有路无人，树木交缠，许多七倒八歪却又顽强生存着的树木身上，都铺盖着厚厚的苔衣；更有一种叫做“铁兰”的附生植物，直译名“西班牙青苔”（Spanish Moss），仿佛受损的长发，干绿着，轻飘飘地挂满树枝、树身，若是初次相见，会觉得它鬼魅异常。

铁兰真是“喝风”而长，所以也有一个通俗名“空气草”，它直接从空气中吸取养分和水分。据说有响尾蛇、蝙蝠喜欢藏在它厚密的地方，又据说它可以用来治疗心脏病、糖尿病等，在一定时期人们还用它来做床垫，早期也曾有印第安女人用它为衣饰。然而，它的这些“内秀”还是没法完全消除它经由视觉所造成的惊悚效果，加之那天林间也的确是太安静、太奇异了，让人的心有些不安。

等我收回视线看清道旁竖的两个牌子，就真的不安了，因为一个牌子是请人“尊重”这里的响尾蛇，提醒说，“若是相遇，

请慢慢后退，给它们空间离开”；另一个则提醒游客要小心山狮，说“虽然山狮很少在这出没，但是它们很难预测”，所以要以防万一，“如有小孩，要将孩子带在身边”。

在寂静中读完这两个提示，好几个看过的真实报告被激活了：有的是关于人如何被毒蛇所咬，为保命而自断其腿、其臂的；有的则是关于山狮如何在人以为安全的地方跟踪、攻击路人，所以本来在走路、骑车以锻炼身体的人，突然间就活生生地成为其齿下鬼，失去内脏，甚至失去整个躯体。

带着这样的记忆，边走边环看道旁的原始生态，不由更觉满眼都是那繁荣于多雾天气、长有尺许的西班牙青苔，披头散发地覆盖着大大小小、高高低低的树木，将空气都弄得阴森森的，实在是堪称“鬼发”，沉默地弥散着恐怖。

我觉得自己的脊梁上，细细的毛发全部小心翼翼地站立起来，左顾右盼，似乎感觉到有什么谋算和危险在窥视、在蠢蠢欲动。

我把手伸到洪波——我的英雄、我此时的胆的胳膊里面。

“这个伦敦，果然是个爱冒险的人，连家都要修在这样的地方。”我说。

“这样才好啊，他要写作了，就在这林子里一走，灵感就来了。”洪波嘻嘻哈哈。

这样的林子虽给了我不安，但是若是能给伦敦什么，大概就只是安宁的环境。相对于他所经历的，这样的地方实在只能代表和平。真正震撼了他的灵魂、给了他灵感的，是茫茫沧海的逼天风浪，是阿拉斯加寒林中的旷世寂静，是在酷寒冰封的世界里，拒绝被冰封的热血生命。

也许是我自己的不安，让我联想到同是女人的洽密安。她在这里感到过不安吗？伦敦去世后，她独守了这片土地几十年，她有怎样的心情呢？

爱人同志

这样的女人是“从生活而来的贿赂”。

女人，许多时候——如果不是总是——其实可说是男人的一面镜子。看一个男人的女人，可以知道这个男人是个什么样的男人。了解洽密安，就可以更了解伦敦。

洽密安是伦敦的二婚之妻，颇有些不平常之处，被伦敦的一些朋友所非议，却被伦敦亲密地称为自己的“同志爱人”、“同伴女人”。她对传统观念中的“女人”形象做了相当彻底的背叛——不仅在公众面前，而且在私人生活上。前一种背叛表现在她的骑马方式和对那方式的坚持，后一种背叛则表现在她对性的看法和态度上。

在她的年代，女人骑马得侧骑，不能像男人一样跨骑，她却无视这个规矩，虽不像穿裤子那样前卫，却将长裙改成裙裤，且漠视众议，穿着她那裙裤随意纵马上班，为此臭名昭著；她还常常独自策马林间，并不需要男人陪伴；她甚至在一家叫做《西部》（Out West）的杂志发表文章阐明自己的观点：“五百年以来，智力充足的女人将自己的身体扭曲以便适应一边坐的骑马方式实在令人难以置信；如果有更多的人了解了一边式骑马的来源，也许对抛弃这种过时的骑马方式大为有益。”“根据记录，英国理查德二世的妻子安倪有盆骨病却又偏爱骑马，于是为了满足她的特别需要而制作了一边式马鞍。这种骑马方式一出现就成为新闻，令人惊奇、刮目，其他贵族女士却争相模仿，蔚然成风，结果是流行胜过了判断力和常识。”

英国的王后和有影响力的上等女人，如公爵夫人等，主导时装和时尚的风气有史为鉴。乔治安娜·卡文迪西（Georgiana Cav-

endish)，十八世纪后期的一个很有影响力的公爵夫人就曾突发奇想，带了一顶奇高的羽饰高帽，结果其她贵族女人立刻模仿，造成令人瞠目结舌的街头奇观。作为王后，安倪因为身体的需要而开始的侧坐式骑马造成风行，也实是不奇怪。

但是洽密安却觉得这种不分青红皂白的盲目模仿实在是莫名其妙。一边式骑马不仅让女人没有办法独立，上马下马都需要人帮忙，而且骑上之后也不安全，更不能策马快骑。所以她拒绝跟随传统——尤其是因盲目跟随而得来的传统。

所以传统也拒绝她。她虽然常被邀请去参加各类聚会、派对，却没有被真的接受——包括杰克·伦敦的朋友圈。

一个思想独立的人，如果其行为与她的思想一致的话，出现“特行”也就不奇怪了。

洽密安属当时的“新女性”，那时中产阶层的女人，一般都结婚并留守家中，洽密安却用她弹得一手好琴、打得一手快字而自谋生路，并拥有自己的坐骑和马圈；她约会却不怎么寻求婚姻的保障，还懂得做点物业生意，似乎曲“低”和寡。那时伦敦已经结婚，家中常常高朋满座，在聚会中大家嬉闹打枕头仗是家常便饭，这些时候伦敦也没有什么君子风度，女人常常吃他的亏，然而洽密安却例外，倒是每次都能设法让伦敦扎扎实实吃上一点苦头。

也许就是因为吃了苦头，伦敦才发现了洽密安骨子里的风情和骨子里的野性。这个后来写下《野性的呼唤》的作家，在这个女人身上感受到了他深刻喜欢的东西——不是做作的柔弱和贵气，而是活泼易处、自然强健、兴趣广泛、不拘一格。这种热辣辣的生命力共鸣在他自己不断奔突的血脉里，他觉得她“自然”，她的勇气、脾性、智力、知识和技能都要么与他的血性相匹，要么与他的智性相配。

洽密安的“自然”还表现在她在性问题上的“自在”，相信“精美的性和谐绝不可能完全是感官的”，一定要到达精神、头脑的层次，“一切都在思想中增高了亮度”，“身体本身如果没有头脑的参与的话，不可能被增亮并且受益”。她还认为只要不用于不好的目的，性爱方式其实没有低级高级之分，也没有好与不好之别，性爱是人生中的一种高峰体验，享受性爱其实就是享受人生，实属正常。

于是，她的“正常观”导致她在私人生活上的自然而然，却是对传统的大胆挑衅。

当伦敦与洽密安这两个思想独立、行为独特的人成为人生伴侣后，虽然遭受到很大攻击，两人自己的公开活动及私人生活却都到达一种难得的和谐。他们双出双入，共同建船、航海，一起工作、嬉戏，并肩造屋、筑梦。伦敦因她而极其自豪，他为她那双迅速而敏捷的双手啧啧称奇，这双手不仅可以弹出美丽动人的音乐，可以不知疲乏地为他打出长篇的故事，还可以驾驭海船在恶劣的气候中乘风破浪，掌握缰绳制服桀骜不驯的烈马；这双手穿过他的头发时有爱的甜蜜，握住他的双手时有同志的坚实。他因她而得到莫大的慰藉，惊叹自己方方面面的需要都可以从她那里得到满足。他称她是“最最亲爱的我的女人”，称自己是她的“你的男人和爱人”，他们常常简短地称呼对方“伙伴”（Mate）。

只有洽密安这样的“爱人”加“同志”才能真正构成伦敦的人生伴侣，才能伴随伦敦出现在女人通常不出现的地方：她与他一起远航于变幻莫测的海洋，一起挑战合恩角（Cape Horn）——南美的最南端、地狱的前哨、海上的坟场；只有她才会爬上左摇右晃的“鸟巢”——高挂桅杆三十米的瞭望台上，一边绣花，一边听伦敦念故事、忆童年；也只有她不着男装，陪同伦敦出现在澳大利亚悉尼拳击赛场，成为两万男人中的极少数

——如果不是唯一——的女人，目睹了一九〇八年具有历史意义的黑人强森与白人本斯之战（Jack Johnson 与 Tommy Burns）。

当时，不算业已退休的白人世界冠军杰弗雷斯（Jim Jeffries），本斯最有本事，是在任世界重量级拳击冠军，他在三万美金的重酬下同意放下种族架子，俯身与黑人拳手强森比赛，以为会将强森一举拿下，再次证明白人种族的优越。谁知历史与他和他的支持者们过不去，是黑人强森而不是他不甚费力就获得了胜利。这大出观众之意外，自尊和骄傲受了损伤的白人观众开始大喝倒彩，这种情绪最终还导致了两年后杰弗雷斯再度出山，对战强森，意欲力挽狂澜，重整拳击场上的黑白秩序。结果却还是黑人强森胜了那场“世纪之战”，并因而引发全国范围的种族暴乱。

就是在那种黑白对立非常分明的时代，洽密安身为白人，在赛场上却对耳边呼啸的声音表示反感：愿望是愿望，事实是事实，不应该用情绪来颠覆实际。

就是这样一个女人——洽密安，不随大流，特立独行，同时又不失女人的天然温婉。所以杰克·伦敦在评价被视为他个人自传小说的《马丁·依登》时，说马丁·依登之所以自杀，是因为生活中没有一个像洽密安一样的女人让他狂爱，这样的女人是“从生活而来的贿赂”（Bribes from Life）。他在死亡前曾深情地对洽密安说：“你是我所有的全部。”

这也是为什么许多人并不认为杰克·伦敦的死亡，是盛传一时的自杀。

伦敦的死亡其实并不突然，有很长一段时间，他的肾功能已相当衰竭，后期时尿毒症已很严重，毒素在他身体内大量积累，疼痛难熬，要大量而强剂的止痛药，比如鸦片、吗啡来维持日常生活。在还没有洗肾技术的时代，那其实就是无治了。

再者，伦敦有个非常顽强的习惯，无论他生病多厉害也会起来，去他所爱的牧场看一看。但是，在他死亡前一天，他醒来就呕吐不止，乏力到没法起床，吃了药后才能继续休息，直到傍晚。

他对生活实在是还有许多的安排和想法，所以醒来后，与洽密安和他牧场的管家（就是他的继姐）讨论的还是他对牧场的想法：如何使牧场变成一个自给自足的社区，让在上面劳动的人“生有所依，老有所终”。

不仅如此，他还想读完一堆书——他当晚的阅读计划，但被洽密安劝阻了，让他早点休息；而在休息前，他还简短地记下了自己将写作的一本书——《一个社会主义者的自传》——的思路；然后又给大女儿写了信，约女儿下个星期天吃饭、去湖上划船或看电影。如果说他已经有意要自杀，那么他似乎忘记了他的这一计划。

不过，由于他的身体状况，他亲近的人其实都暗暗担心，仿佛已经隐约地听到了死亡的脚步声。

伦敦自己其实也听到了，而且听得更为分明。“那个没有鼻子的家伙”，他说，正在向他靠近，不止是在梦中，而且还在醒时，阴险而不由分说。但伦敦不怕，他对洽密安说：“死亡这个东西对我来说其实是甜蜜的。想一想啊，它就是躺下来，脱离生活的一切挑战和痛苦，进入黑暗中休息——总是休息。如果我的时间到了，我会对着死亡微笑的。我向你保证。”

那么，他是等“他的时间”来到，还是会为“他的时间”主动加速呢？

当第二天早晨大家发现伦敦百叫不醒的时候，他的床边有两小瓶吗啡。在熬髓磨骨的疼痛中，他给自己加大了止痛药量，他的生命还在，但是他的意识已经徘徊在人所不知的远方——太远了，任医生千方百计、亲友千呼万唤也不能回应、不能回转。他

的生命就这样在那苍茫的远方滞留徘徊，直到晚上，他轻轻握起的右手捶打了几下床垫，灰白的脸上露出微笑，然后撒手去了。

一个一直都直面挑战、笑对生活的人，他最终也以微笑面对了死亡，就像他说的那样。

官方死亡证上说，他的死因在于“肾衰竭之后的尿毒症”。

就像他是一个自学成才的作家一样，伦敦从年轻的时候起就一直是个敢给自己开药的“医生”，包括使用含有水银成分的皮肤药，他的药物和药书都异常的丰富。莫非在那个致命的夜晚，鉴于难熬的疼痛，他又擅自给自己行医却不慎“失足”，滑到了世界的另一边？

我倾向于相信这个结论。

这一失足，他终于歇下了这支世界上最勤奋的笔——一天一千字，无论是在航行中还是在病痛中都从未间断，直到他最后的几天。

他也终于不再疼痛苦楚，不再需要鸦片、吗啡。他去到了“甜蜜的休息”里，告别了所爱的妻和所爱的生活。

但那只是暂时的告别。几十年后，洽密安离开世界去与他永远地会合。

而他们会合的地方简单得让人难以置信。

从不羁儿童，到狂野少年

在这千钧一发的险恶时刻，伦敦似乎更险更恶，他以脚掌舵，以手握枪，凶悍地咆哮，命令对手闪开。结果是同行保住了性命，伦敦增加了名声。

我和洪波来到伦敦夫妇的墓地：小山之上，乔木之下，黄土之中，静静地躺着他们的骨灰，其上一块原始火山石为记，没有碑刻，也没有纹饰，只有地衣覆盖。

这块火山石，本是他们建造狼宅所剩，因其体大不适合砌入墙壁，于是多了出来，仿佛是特意留下以发挥这特别的作用。如若不是园馆以木栏杆将这墓地相围，游人无论如何也猜测不到这就是他们的安歇之处。伦敦死后，洽密安按照他生前的愿望为他举行了极其简单的安葬礼：她，园内的工人，他的继姐以及生前一个最好的朋友，送他到此，没有哀乐，没有悼词，没有司仪，安安静静地大家聚拢，安安静静地大家分散。若干年后，洽密安也是安安静静地来到他身边，他们曾经在一起热热烈烈地生活过，现在又要在一起共守那永永远远的安静。

杰克·伦敦，一个生前轰轰烈烈的人，为什么选择死后这样的无声无息？

也许，他的话解释了一切：

我宁愿成为灰烬而不愿成为尘土！

我宁愿我生命的火花因燃烧而耗尽，而不愿它因干腐而窒息；

我宁愿做一颗超级陨石，每一个原子都发出华美的光芒，而不愿做一颗长命的行星永恒地昏睡。

一个人该做的是生活着而不是仅仅存在着，

我不会让我的生命浪费在如何延长天年上，

我将好好使用在世的日子。

他在乎的是生前，而不是身后；他在乎的是热辣浓烈地生活，而不是温吞勉强地存在；他要好好使用的是在世的日子，而不是去世的日子。所以他明白地说，他写作的目的无他，挣钱而已，而挣钱则是为了生活——丰富而热烈地生活。

他似乎是个讲求实际的强者。

这个人，第一次成功前六百次退稿而不放弃，以这样的精神去生活，那么他的生活会是怎样的呢？

当一个人多了解了他一些之后，他的强者形象中就渗进了几许苍凉、几许酸楚、几许感叹，他的形象也就更立体、更人性。

伦敦初来人世便只有生母，生父已抛下妻儿有了新生活。母亲体弱心寒，将他交由一个黑人乳母乳养了八个月，回家时母亲已经再婚，并一生对他缺乏温情，甚至在他尚且年幼的时候，令他躺在厨房的桌子上，自己呼灵唤鬼来诅咒她这唯一的孩子。伦敦墓地上这块无文为记的火山石——冷却了的火山的热情，似乎是他的一个象征：其卑微如同他的出生，是父母热情迸发又转瞬冷却的结果；其坚顽则如同他的性格，他从来不在困难面前退却、从来不选择懦弱；其经历又如同他的一生，炙热过，耀眼过，就是冷却了，也继续与时间同存，让世界追思。

如果说伦敦的出生环境可谓是凉风阵阵，那么他的成长环境则是热血溅腾。那个年代，加利福尼亚的旧金山和奥克兰码头是个暴力如同家常的地方，也是他童年的主要成长之地。在那里，他做过一些零碎的事以挣一些零碎的钱帮补家用，并获得了许多底层生活的“生存智慧”和“见识”，还以打架机警的特点使地方小霸王团伙不轻易找他麻烦。

十四岁他初中毕业，开始成为一个全时间廉价童工，在一个罐筒场的生产线上做“机器”，这使得他渴望逃离那种紧张而枯燥的生活。对他来说，逃离的办法只有两种，一是读书，读书可以安慰他的孤独；二是喝酒，喝酒可以麻痹他的渴望，并弥补最内在的他和最外在的生活之间的鸿沟。他因崇敬当时还是图书馆员的加利福尼亚桂冠诗人依娜·库柏丝（Ina Coolbrith），几乎读了她推荐的每一本书，为他后来的写作之路铺垫了不可或缺的基础；不工作不读书的时候，他就入饮当地的酒吧，由大声说笑、大口喝酒、大嘴咆哮、大动拳脚的水手、扑鲸手、海豹手等环绕，听他们讲海上的奇闻怪事，看他们斗殴争吵。在他眼中，他们才是真正的男人，也是他要成为的人——不是生产线上的“机器”，而是风里来浪里去，以拳头赢得尊重，天不怕地不怕。

所以十六岁他已经是个不怕天、不怕地、不怕人的人，那也是他以未成年之身承担起成年男人之责的开始，因为在美国内战中失去一半肺叶的继父，又因事故而伤残，难以撑家，他便成为家庭的经济支柱。他从乳母那里借得三百美金，买下了他的第一艘单桅船，开始凭一身水上工夫做牡蛎海盗，白天在旧金山海湾乘风破浪，晚上则在其上神出鬼没。

偷牡蛎是一件有组织有计划的“生意”——漆黑的夜晚，冒着随时被保卫枪击的危险，去牡蛎养殖场进行静悄悄的掠夺。此活的利润比做“罐头机器”多出不知多少倍，“工时”却相当短。而且虽是偷，在他的生活圈子里却似乎没有多少“偷”的耻辱。他的“船员”有六七人，其中有流浪女子二人，二人中的一个有“牡蛎海盗之后”的称誉，在他一做船主的时候，她就将他拉到一边对他进行了“服务”。谁知她对他的青眼惹来了妒忌的烈火，一天，一个同行开着一艘双桅船冲过来，试图撞毁他的单桅小船，在这千钧一发的险恶时刻，伦敦似乎更险更恶，他以脚掌舵，以手握枪，凶悍地咆哮，命令对手闪开。结果是同行保住了性命，伦敦增加了名声。

其实码头上以各样名目开始的斗殴实在不少见，如果说那次伦敦靠枪玩命因而保命，但他并不总是幸运的，他也曾有被打昏将近一天不省人事的记录。但是，比日常斗殴更危险的还是会让他随时毙命的“职业”。好在他做牡蛎海盗的生涯不长，几个月

而已，因为他的船——他第一次购置的物业资产，因一次偶然的火灾而失去。无独有偶，二十多年后，他最后购置的物业资产——“狼宅”也是被熊熊烈火所吞灭。火与火在他冒险生涯的起始和末节这般遥相呼应，构成一个致命的劫数，可能会让讲究精神追求的人感叹，人所“玩命追求”的，当不是此生的物质。

不过，伦敦他虽劫数难逃，却以比火更炽热的激情、比火更长久的作品、比火更干脆的决断，将火欲加给他的毁灭击败了——火已灭，他的传奇却还在继续。

伦敦，做不了盗贼了也不想再做盗贼，还可以做“机器”但不想再做“机器”，于是他反过来去做了与虾盗、鱼盗作对的海警。然而，他的生活并没有实质的改变，因为海警醉酒比起海盗来也只有过之而无不及。按照他遇饮者同饮、遇闹者同闹的处世逻辑，一个晚上，他如常将自己醉得一塌糊涂，不慎滑入海湾，幸好被人发现救起，包裹起来灌热汤，这才从鬼门关闯了过来。

那次“回来”，似乎深埋在他心中的梦也随他浮出了水面，他意识到他并不想就此在那片码头上浪费掉自己，世界中应该还有片地方、还有点什么更值得他的命。

他开始渴望离开，渴望远方。他以一种新的眼光眺望面前熟悉的水体，他的眼光越过雾霭中的海岸，一直伸到视线不能触及的地方，那里，在地平线的后面，有种深深的呼唤让他的灵魂颤栗。

当时正好有一艘远洋船要出海数月，对船员的要求是“至少十九岁以上，至少有三年远洋航海的经验”。这两个条件中伦敦一个也没有，他刚满十七岁，他还从来没有去过远海。

然而他被采用了。

鉴于他的名声，该船为他破了格，让他实现心愿，成为船上最年轻的船员航向日本。

但是被接受上船是一回事，要想让在风浪里滚打多年、粗犷甚至野蛮的成年船员不讨厌他、不轻视他，并真正接受他为船上合格的一员，却又是另外一回事。这些船员，都是“杀手”，每次出海，除了搏击风浪，就是屠杀海豹，中间就是上岸喝酒寻欢以“屠杀”孤单和枯燥。年复一年，他们的心被粗糙的生活和满甲板的豹血浆得粗厉，他们的手也被缆绳和屠刀磨得坚硬如铁。在他们凌厉的眼中，面相俊秀的少年伦敦不过是个乳臭未干的小子，是硬混进他们中的一个负担。

也许他们有他们的理由。伦敦虽一贯能够在言行上轻松融入陌生的底层环境，他的内心深处却总没有归属感。也许是他读的书将他的心分别出来了，就在向久识的码头挥别之前，他已先将一些书藏到船上，其中有好些文学名著，比如托尔斯泰的《安娜·卡列尼娜》。他其实从来就不完全是他所熟环境中的一员，他的心漂流在另一片大海。

尽管如此，他的处境没有改变。挥别码头之后，伦敦所面临的，将不仅是变幻莫测的深海，不仅是船上所需要的新技能、强体能，他还必须面对人的挑战——船员们的性情和心情。

不久，这挑战就临到他身上。

那天，伦敦正在自己的睡铺上织毯子，一个老资格的船员看他不顺眼，开口对他进行咒骂，伦敦一听也不客气，回了嘴，那人就闻声砸了手上咖啡杯，上前来教训他，要教他懂得天有多高地有多厚。

于是一场恶战开始，最后的时候，见怪不怪的船员们发现，伦敦虽然头破血流，却扑在对手的背上，将手致命地戳进了对手的喉咙，恶魔般叫嚣，要对方保证从此不再惹他，直到对方挣扎着用肺里的最后一点空气表示同意。就这样，他以野蛮对付蛮

横，以拳头使自己成为船员们的“平等”，为自己在船上争得了“合法”地位。

然而他不只是野蛮而已，紧接着几个星期，他又用智力和勤勉赢得信任，船长让他轮班接管掌舵的责任，将船上二十几个人的性命交给他。当他驾驭着重达八十多吨的航船，穿行在好几百万吨的风浪中，自豪感、成就感、价值感在他十七岁的身体中油然而起，他感到愉快和满足。

这种成功的欢愉和价值上的满足，成为他一生的引擎。

一个社会主义者的诞生

“尽管从时间上说我实属年少，但是我却已经不是男孩，也不是青少年了。我已经与男人们一起颠簸太深。我知道秘密的和暴力的事情，我是从生活的另一边过来的，讲的是另一种语言，具有更悲伤、更可怕的智慧。”

八个月的千难万险之后，许多酒精和豹血之后，伦敦回到家中。

在家乡迎接他的，是美国的第一次经济萧条。

他没有叹民生之多艰，把做水手得到的工资交给了母亲，就去一家黄麻厂做工，同时在母亲的坚持下，熬夜写下他的航海故事参加一个报纸的征文比赛，获得首奖。第二、三名分别是斯坦福和加州大学的两位青年。

得奖和差不多是他一个月工资的奖金都是个鼓励，他发现写文章似乎是个谋生之道，于是继续尝试投稿，结果是全部被拒。

如果说航海之前，他已经跟旧有的生活有了根本的隔阂，那么航海之后，这种隔阂就变成了更彻底的行动。

这次归来，除了发现家乡经济一塌糊涂之外，他还发现好些做牡蛎海盗的旧识，要么因这“生猛、赤裸”的“职业”而生猛地丧了身，要么因这“狂野而自由”的“手艺”丧失了自由和狂野，锒铛入狱。相比之下，似乎他失船于火并不是一件坏事，毕竟他还活着，还自由着，否则，世间将多一个年少丧身的暴力悲剧，却少了一个不懈奋斗的文学传奇。

他决心与以前的生活拉开距离，去与“思想清洁”的同龄人靠近，所以参加了基督教青年会。他说他“成长了”。

然而，虽然才十七八岁，他却发现青年会里的生活虽然健心、健身，却是太“年轻”了。“尽管从时间上说我实属年少，但是我却已经不是男孩，也不是青少年了。我已经与男人们一起颠簸太深。我知道秘密的和暴力的事情，我是从生活的另一边过来的，讲的是另一种语言，具有更悲伤、更可怕的智慧。”

他发现他不属于青年会，也没有过少年时代——生活替他将那个阶段省略了。

不久，他辞了黄麻厂的工，去一家电力公司做事，希望学到电工手艺，摆脱只能做苦工的命运。该公司同意让他学艺，条件是他必须从最底层的运煤工做起，就是将煤炭担给锅炉工，说这是懂得变煤为电的第一步。

做运煤工跟他做黄麻工的工资一样低，但是当黄麻工虽然很累，这份运煤工却还累得多，工时也更长。他不仅手腕磨损过度，疼痛肿大，还常常累得在吃饭时就睡着了，披星戴月绝不是夸张。他虽是一路吃苦吃过来的，但这份工还是让他累到绝望；他虽从来泪不轻弹，却也在绝望中哭泣了。然而抹掉泪水，他咬着牙坚持了下来，下定决心要将手艺学到手，要用一技之长来改变自己的命运。

他带着肿大的手腕继续上班，直到一天，一个工人鼓起勇气将一份报纸给他看，上面是一个自杀的消息。他这才知道，因为

他的好体力，公司辞退了两个年纪稍长、月资稍高的工人。也就是说，他一人干的是两个人的活，拿的却是不到一个人的工资，而被辞退的工人中，有一名有三个孩子嗷嗷待哺，最后终因不能找到其他工作来养家糊口而绝望自杀。

伦敦愤怒了。

一怒之下他辞了工，痛感资本主义的罪恶，萌芽了社会主义思想。

但那实在不是辞工的好时候，经济萧条，哀鸿遍野，工作几乎无处可寻。一个叫做雅各·寇克斯（Jacob S. Coxey）的人就是在那时开始组织了第一次失业大军的抗议请愿，从俄亥俄州的马斯兰（Masillon）步行到华盛顿特区，上交请愿书，要求政府拨款修建公路等公共设施，以创造工作机会来刺激、拯救经济。

寇克斯的要求，虽然当时被政府要员取笑和拒绝，但是在后来的罗斯福“新政”中，它却成为挽救经济危机措施的一个基础。二〇〇九年，在美国首位黑人总统奥巴马应对经济萧条的办法中，有些就溯源于寇克斯的提议。

当时，在伦敦生活的加利福尼亚州奥克兰地区，也有人出面组织失业之人去参加示威请愿。伦敦也加入了那个队伍，在寒风冻雨中翻山渡河、风餐露宿。饥寒、困顿、疾病，使得两千多人的队伍逐渐缩减到只有几百人，而当他们最后终于到达的时候，手捧请愿书的寇克斯被以“非法穿越国会草坪”的名义拘捕，其他人则鸟兽散。

伦敦其实比散去的人们先散去，他相对独立的社会主义思想已经成形。这一路上几个月的见闻和讨论，使他的思想更加清晰和明确，并致使他后来成为奥克兰有名的“社会主义男孩”，并一直是个社会主义活跃人物，还醉翁之意不在酒，为推广社会主义而应邀两度竞选了奥克兰市长。

作为有名的作家，他的社会主义思想与活动却并不那么为世所知，去世后，《纽约时报》对此也只字未提，只赞许了他的文学成就，但社会主义思想与活动却是构成他这个人——杰克·伦敦——非常重要的一部分。

“深坑”囚犯和追金青年

他虽有虎胆熊心，也说那段生活是“不可思议的恐怖”，是“不适合讲述”的。

淘金——他拼了命来到这里的目的——已经是不可能的事。他的生路和出路现在都只有一条。

我凝视着这个不像墓地的墓地，它给人的感觉不是埋葬，而更像是回归——一个对人失望的人，回归到自然；一个对名利失望了的人，回归到土地。毕竟，自然，生机勃勃又气象万千；而土地，淡泊厚淳又丰富永恒。一个热爱生活的人，虽然对人失望，对生活的爱却是至死不渝，尤其是对为生活提供了舞台和内容的土地。

他并不孤单。洽密安加入他之前，还有两个纯真的孩子在此与他为伴。就在不远处的一棵大树旁，两个小小的木碑下，长眠着西部开拓时期染病而亡的两个孩子。伦敦选择这里为自己的安息处，还是受了他们的启发。这两个与他不带亲不沾故的孩子可以一直安歇在他的私有土地上，似乎表达了他“幼吾幼以及人之幼”的善意。在他的理想中，他还希望他的牧场可以给它的所有劳工一个百年后的安息之处。没有想到的是，在他拥有这片土地的岁月里，他自己倒是长眠于此的第一人，而后来者也只有一位——他的妻。

从一个一无所有的苦工仔，到一位拥有千亩土地的牧场主；

从一个打架斗殴的小顽童，到一位名播四海的大作家，伦敦在短短的时间里走了一条长长的路。

然而，这条路，当年在“寇克斯大军”的请愿队伍散去后，还一如既往地埋藏在眼前弥漫的迷雾中，伸到何处，看不清，能看明白的只有眼皮下窄而险的一步——流浪。

他先跳火车去看尼加拉瓜大瀑布，其壮丽之美将他深深地震撼，磅礴的水势在他的心魂中回荡，令他流连忘返，以至在星空下度过一晚，结果太阳升起的时候，他被警察上了手铐，以违法盲流的罪名关进监狱服役三十天，抗议无效。

也许是他幸运，在押解入监的途中，同行中有个坐狱“老手”，明白当时的监狱生活实际上到底是如何运作的，伦敦因为将囚犯们看重的稀罕物——烟草提供给他而被其翼护，在新犯人要么被虐待、要么被“提升”的“深坑”里，他被“提升”为“楼道夫”（Hall Man），入列十几个“权贵”阶层，管制余下几百人。他眼睁睁地目睹弱者如何成为强食，目睹跟他一样血性、年轻、俊秀的犯人如何被蹂躏、残害，被害者凄厉的惨叫，仿佛直接来自地狱，令人毛骨悚然。

伦敦从来没有具体描述过他自己的遭遇，他虽有虎胆熊心，也说那段生活是“不可思议的恐怖”，是“不适合讲述”的。刑满三十天后，他和老手一起出狱，走了几英里进入一个酒吧，他本来想对老手说再见，因为老手对他好过，但是他不敢，结果是直接从酒吧的后门出去，跳了栏杆走了，继续沿着铁路流浪，甚至乞讨，进一步体验了底层形形色色的艰难，最后在一艘船上找了份工作回到奥克兰。

不过，被他带进家门的，不仅只是一肚子的艰辛经历而已，他已经有了三个结论：第一，社会主义才是美国的出路；第二，要与法律和平相处，不要再进监狱那个恐怖的深洞、人类的“粪坑”；第三，他将不再靠体力谋生，他要使用他的头脑。

那时他十九岁。

十九岁的他回到了学校，去读他没有读的高中，去“开发他的头脑”。

不过一进入学校的大门，他就痛苦地感到他不属于学校，不仅因为他比其他同学年纪大，也因这里的环境与他熟悉的环境太不同，他的经历也似乎太黑暗、太复杂了。他因不知所措而假装满不在乎，大大咧咧；他嚼烟草为牙止痛；他的外表、打扮在同学眼中，无异于街上的流氓；同学下学就回家，他下学了就上班——做学校的清洁工，清理同学留下的污浊。如果有剩下的时间，他就把那些时候都用在图书馆里，读社会主义书籍和文章，爱上一个“超过他百万里”的文雅女孩，加入社会主义沙龙。

他其实也给学校的学生报写故事和文章，不过因其内容“太残酷”而让同学和家长“震惊”，被一些家长抗议，要求学校将他退学。但是在学校作出决定之前，他自己却先辞了学，因为没有耐心花几年来接受教育。他去参加了一个“填鸭”学校，欲将两年的课程用四个月完成，结果学校害怕因此失去办学资格而拒绝了他。他就自己给自己“填鸭”，图书馆认识的朋友也帮他补课，三个月后，通过了加州伯克利大学的入学考试，成为一名大学生。

那时，他二十岁。

到了大学，他呼啦啦吞下一堆哲学，同学都觉得太重的斯宾塞的社会达尔文主义是他的最爱。不久，他又开始失去耐心，他已经学到了他认为重要的东西，那么为什么还要再等四年呢？何况他还必须一边工作养家，一边学习，何况他还必须忍受学校一些莫名其妙的事，比如他军训时因为服装破旧而被教官叫出队伍

当众训斥。所以仅仅几个月后，他便退出了自己千方百计、千辛万苦才进入的大学。

也是在那个期间，他通过当年的报纸报道，得知母亲在父亲离开后曾经两度自杀未遂。他设法找到了生父的地址，写信去询问自己的身份，生父却拒绝承认他们的父子关系，称他为“先生”，并详细描述了他与他母亲当年的关系，说明是他的母亲不检点、不自重。

我们很难想象伦敦捧读那些信件时的感受，只知道他确信这个称他为“先生”的人，正是他的生父，因为在他的眼中，他们长得太像。

有人说，谋生的需要和出身的打击是他退学的原因。我相信后者至少是个催化剂。被生父抛弃、被生母冷待的孩子，有多少人会在这样的待遇下，觉得自己还很有价值呢？如果他们以一生的光阴来追寻外界的肯定，并以此来证明自己的内在价值，会不会是件奇怪的事？

这，大概就是心理意义上的一种驱动力。

伦敦，一个可怜的孩子但不自怜，一个敏感的人却不多愁。他放下生父的信就退出了学校，开始了第一轮疯狂的写作——他必须成功，原因却并不仅仅是为了柴米油盐。

然而，勇气和决心都并不一定直接通向成功，他得到的，是一堆“谢谢你想到我们”的字条。

别无他法，他又开始做他不想做的酬劳工，在一个学校为人洗衣，在蒸汽和熨斗中打滚。

就当他在蒸汽中汗流浃背又心有不甘的时候，生活这个大编导似乎自有它的统筹和安排。三千里外，在加拿大的克朗戴克（Klondike）——一个严寒无情的地方，一名叫做乔治·卡麦克（Gorge Carmack）的男子发出一声狂呼，在他的手上是淘金盘，在淘金盘中，他所寻觅多年的黄金正在闪烁发光。

消息迅速扩散。

第二年，即一八九七年，就传到了美国的加利福尼亚——四十多年前因黄金而高烧高热的地方。于是加利福尼亚人与世界各国的人一样，黄金热再度高飙，人们纷纷奔赴克朗戴克。遗憾的是，对于西部的美国人来说，虽然金矿区就在北边的加拿大境内，耸立的落基山脉却成为天然屏障，挡在淘金路上，因而最短的路途，也是先要到几千公里外的阿拉斯加，再从阿拉斯加转道加拿大去克朗戴克。

然而就是那样的绕，也还是绕不过一些严酷的阻扰。走完海路走陆路，海路相对容易，陆路上则不仅有鬼门关一般的险隘，有让人迅速青紫的严寒，还有白骨手一样乱拽强扯的激流险滩。人要到达那里，需要的不仅是非凡的体力和丰富的活命常识，不仅要有砍木成筏、遇瀑会“飞”的各样本事，他还需要一样至关重要的东西——运气。

伦敦同世界各地前往克朗戴克的十万大军一样，前面被金色的希望所牵引，后面由艰难的生活所催逼，千方百计设法筹集资金，在出发前购好一切生活用品和工具，吃的穿的用的，来应付路途之需，取道阿拉斯加，前往克朗戴克，开始了他生命中最危险、最艰苦的一次旅程。

据说很多人的行李在出发时重达九百多公斤，伦敦自然也不例外。在一冻就是半年的地方，没有足够的预备就意味着到达矿区之前先到地狱，见到黄金之前先见阎王。

似乎老天有眼，给了他需要的体力、勇气，也给了他技能和运气。虽然他被挑战到了极限，但是在酷寒降临、万物噤声之前，在绝大多数人被淘汰的情况下，在一路上担当行李的马匹尸体横陈、人们抛下的行李蜿蜒上百公里的景况中，伦敦越过了几

个主要的天险，成为少数可以滞留于山中“旅馆”的人，在覆盖世界的白色寂静中等待化冰的春天，好继续往前。

也是在那生命不敢奢望发展、只敢企求保存的地方，在那人不能做什么、只能思考的地方，他仔仔细细地重读了达尔文、马克思、斯宾塞及海克尔的一些代表作品，他说他“找到了自己”。

但是找到了自己，失去的却是健康。半年之后，冰封解开，他到达了目的地，却不无恐怖地发现，他离自己的目的地反而更远了，因他颜色死灰，牙齿摇晃，全身疼痛——同数千人一样，他患上了因连续缺乏维生素C而导致的坏血病。雪上加霜的是，他手上已无余钱购买淘金工具。

一个冷漠无情的现实呈现在他面前：淘金——他拼了命来到这里的目的——已经是不可能的事。他的生路和出路现在都只有一条——先去一个叫做“圣米迦勒”的天主教医院，在那里得到这些信上帝的人的帮助，治疗坏血病，然后取道加拿大，从蚊虫繁荣昌盛的育佺河漂流几千里，转道回美。

据说育佺河的蚊子浩浩荡荡没有尽数，能把防护设施不足的漂流人叮到宁愿自杀求死，而防护设施十足的人，一个轻微的不小心，就会因“蚊军”的“军事作战能力”而难免全身“中弹”，躯体上遍布起伏不平、奇痒难耐的“山峦”。伦敦对此有了第一手经验后，终于回到美国。

美国名手

一些句子永恒地煽动着、诱惑着他：“自我是一个高贵灵魂的精髓”，“危险地生活吧！将你的城市建造在维苏威火山的山坡”！

回到美国的时候，伦敦二十二岁，等待他的并不是轻松的生活，而是另一个挑战：继父已经去世，母亲和一个侄儿的生活落到他的肩上。

可是，他，能做什么呢？

他搬出了自己的打字机。

打字机上布满了尘土，他将尘土拂去，坐下来，凝思，然后敲下了第一个字。

也许一个人要想成为作家，首先必须懂得的，是如何面对拒绝。于是，他得到了拒绝，而且得到得异常丰富，接连不断地迎面而来的，都是拒绝，拒绝，还是拒绝，再次的拒绝，无数的拒绝，永远的拒绝……

如果说他没有气馁过，那是否定他这个人虽是一条铁汉子，其心却也还是血肉做的。事实上他近乎绝望了，他甚至考虑到自杀。如果说他不能写作，那么生活中还有什么是他可以做的呢？

他的思绪扫过他所做过的一切事，只有做船员一样，曾让他的心鼓起过风帆，还让他有些向往。可是有母亲和侄儿要依靠他，他如何能够成行？而且如果他真的自杀了，他对母亲和侄儿又会有什么帮助呢？

自杀是不被允许的，连气馁也不被允许。他能做的、要做的、该做的、必须做的，还是，写。

于是，深深地吸入一口气，他又一头钻进写作里。

他也一遍又一遍抄写英国名家克卜林（Rudyard Kipling）的作品，让大师的文字、大师的风格从里到外地将他浸透，直到变成他自己的一部分，然后再自然而然地从他的手指流淌出来。

终于，天不负人，他发表了第一篇故事。

克朗戴克没有给他真正的黄金，却给了他一脉文字的金矿。他夜以继日地坐在打字机前挖掘他的“金矿”，准时被闹钟叫起，却不一定准时休息，每天只睡眠四小时。虽然他的稿费还不能让

他谋生养家，却足够鼓励他的母亲认同他，让他拒绝了一份有生活保障却可能平平淡淡的邮局工作，继续用文字来铺陈生活的道路，又以机器的不倦来铺陈文字。

半年后，他的故事开始陆续出现在杂志上。他终于向前迈进了一步，可以用文字来糊口了，虽然有些勉强，但毕竟是他作家生涯的开始。

更重要的是，他终于是用他的头脑而不是体力来谋生了！

也许，谋生的紧迫性，是将他和其他作家区别开来的一个重要因素。他一开始写作就是为了谋生；写作，从一开始就不是他的真正爱好，从一开始就只是一个工具，一个手段。他几年前获奖的那次投稿，也是在母亲的几番催促下才做的。作家，不是他的梦，只是因为成为了他的擅长，于是便变成了他通向梦的路。

克朗戴克回来，伦敦已经是一个改变了的人，哲学的思考和生存的经验都化进了他的血液。当他手中的笔为他开启了一扇生活的大门时，他兴奋起来，向女朋友表达着他对他们共同生活的展望。谁知“女神”般的女友却没有同样的乐观，也没有预见他的成功会以超常的速度向他扑来，她对他的写作前途并不十分兴奋，相信从发表几篇故事，到成为一个靠笔生活的作家，不仅还有很长很长的一段路，而且还要很长很长的一段时间来走这条路。

这，出乎伦敦的期待，仿佛一个巨大的顿号，凭空降临，让他飞速追逐生活的脚步在吃惊间稍驻了片刻。他侧过头来细看他一直供放在神台上的女人，这一打量，他突然发现，“女神”的静雅，其实不过是墨守成规。她依然诚实而纯洁，却缺乏勇气和力量，他发现在生活面前，她是那样的“小”，那样的“浅”。而他，许多惊险、几番生死之后，见过在生死线上粗放舞蹈的另一类女人之后，不无恐怖地发现，他对她的爱情原来只是“小狗狗的爱情”。这样的爱情其实早已被他抛在身后了，他却不知道。

他慢慢松开了爱情的手。

然后是继续放开步伐追逐生活。尼采的超人哲学开始深深地进入他的心，仿佛是对他以往生活的总结和以后生活的鼓励。一些句子永恒地煽动着、诱惑着他：“自我是一个高贵灵魂的精髓”，“危险地生活吧！将你的城市建造在维苏威火山的山坡”！

个人主义，超人主义，社会主义，社会达尔文主义，种族优劣主义……伦敦，自学成才的人，兼收并蓄着。社会主义是他拥抱最热烈的，个人主义在他那里根深蒂固，而尼采对他的“统治”却最深远。他成为这些思想的混合体，因而哪种思想都不十分纯粹，哪个群体也都不真正属于。在他自己龙腾虎跃的时候，他可以无视各种非议、攻击，我行我素；然而在他心力减低、麻烦缠身的生命后期，他将注定感到孤独，感到委屈，感到愤怒，也对人对“党”感到前所未有的深刻的失望，因而更一心一意地俯向他的土地。他就像他墓地上的那块石头，与其他砌墙的石头虽然相同却又不同，他太大、太独特因而不能被编排到任何房屋的结构里。

告别爱情之后，二十四岁时他步向婚姻，认为婚姻的目的在于生育而不在于爱情。他把女人分为两类，一类是“同伴女人”(mate woman)，她们“精彩，与道德无关，生命力满到溢出来”；一类是“母亲女人”(mother woman)，她们生来就懂得孩子，在生命的阶层中她们“最后、最高、最圣洁”。所以他向他认为会是一个好母亲的朋友求婚，并且说明自己其实并不爱她。朋友觉得可以让他改变心意，愿意与他结为连理。结果这个错误的开始，最终导致婚姻的失败。

“母亲女人”，如果她不能同时兼为“同伴女人”，那么她最终要败在“同伴女人”对伦敦的致命诱惑中。

所以二十七岁，伦敦又松开了婚姻的手。同年，那双手成为美国“名手”，因为从他手下而出的《野性的呼唤》得到发表，一夜之间，伦敦的名字几乎家喻户晓。

然而，就在许多热烈、热闹的正中，一种空虚却已然悄悄地爬上他的心头，等曲散人终后，他写下了心中的成名感言：“我爬到了山顶，却发现眼前的景象并不值得这一路辛苦。”

不过，他一直担心的生路将不再是个问题，除了自己的家，他还将担当起三个“家庭”的经济责任——前妻和两个女儿的，母亲和侄儿的以及乳母的；他也将享受那山顶上的少数人才能有的优惠和风光，将有更多的机会和更慷慨的稿酬。

二十九岁，他正式离婚，并立即与洽密安结婚，为此声名狼藉，因为大家知道他是为了另外一个女人，而且还是一个“丑女人”而离开了自己的妻子和孩子，并不完全是因为他和妻子“不合适”。

他的书籍被许多图书馆下架，他的社会主义演讲则被许多团体取消，许多妇女团体更是斥责他。但是，他的个人主义使他不明白他的个人私事怎么会让大家这么关心，干脆自己取消了所有的演讲，在旧金山北边的格棱·艾棱镇买下“美丽牧场”的第一块地，又造船进行了为时两年的太平洋航行，并第一个向美国大众介绍夏威夷冲浪运动。在众人都以为他们葬身鱼腹的时候，他出现在海岸上，之后离开他称之为“人的陷阱”的城市，在自己的牧场定居下来，一边招待川流不息、长住短居的客人，一边扩大牧场，热烈地务农，并高产量地发表文学作品，前前后后还多次成为特约记者，战地、体育场、贫民窟都有过他的身影。他似乎同时在活着好几条生命。

一个有效率、有条理、有毅力、有动力的人，就是这样忙着将生活的内容通通包括进来，工作与休闲，爱情与友情，吃喝与玩乐，政治与经济，责任与义务……他只管在生前尽情地燃烧，马不停蹄，睡眠每天只有四五个小时，竟将人生八十年浓缩了一半；而成为灰烬之后，则安然寂灭，要求骨灰被撒在他的牧场上，根本不去考虑什么千古万古的名。

洽密安没法完全尊重他的意思，还是将他安葬了，用水泥将他的骨灰盒牢牢地保守好，然后按照他要与牧场永远同在、永远安静的原则，不给墓碑著一个字——如果天然火山石是墓碑的话。

这不能不使我再次想到他最后的日子。病痛严酷地折磨着他；狼宅的火影还没有完全隐去；身体内的大量毒素也在相当程度上侵害了他飞扬沸腾的精神；牧场的债务和压力一直在他的肩上；他与所属的社会主义劳动党彼此不满，他觉得组织太温吞保守，去世前半年退了党，他的同志们则攻击他所过的“资产阶级生活”；同时，他的作品被一些评论家无情的蔑视；母亲不登门，前妻一直待他是“敌人”，大女儿站在母亲一边跟他疏远；邻居跟他打水官司；占过他便宜的亲戚也将他带上法庭……

有那么多的事令他烦心、愤怒和抑郁，他问洽密安，“为什么我所帮助过的人——不论是附近的还是亲近的都想把我撂倒?”

洽密安知道他在极大的压力下，劝他小心这种“被迫害”的感觉。

而那感觉一直跟随着他，尽管他能从那样的感觉中抬起头来，他的心却更加彻底地转向了他的土地。

那个时期，他其实已经开始意识到，人并不完全是物质的人，人的精神世界其实是个无限的秘密，支配他思想的“超人”意识开始后退，荣格心理学开始为他诠释他的生活、他的内心，

并让他多懂得了一点自己。如果上帝再多给他一些年月，除了牧场之外，他一定会进入那块心理的领域，甚至精神的领域，以他对生活与生命的热忱，在那里开始他新的冒险、新的探密。

那么，他会发现一些什么呢？

这个人，他的层次很丰富，他的优点和缺点一样突出，总是活生生的。他是个犯过错误的儿子和情人，也是犯过错误的丈夫和父亲；他不是、也不想是一个文学偶像，他也不是、更不想是一个文以载道的作家，许多作品他在一气呵成之后都没有看第二眼，“如果好，我把它送出去；如果不好，我也把它送出去”，所以他的作品鱼龙混杂，品质相差极大。据说列宁在病中时，听妻子读了他的《热爱生命》后，在第二天要求再听他的作品，结果再读的作品却有着完全不同的品质，列宁摇摇头，一笑，算了。

伦敦不按任何人的标准做人，他不是任何形象，也从未打算是；他只是一个猛烈地爱着生活的人，正好有才、有胆，非常出名。

他是一个赤裸敞开、血肉鲜明的人，生动，精彩，也犯傻气。他蔑视一些道德，尊重一些道德，有一种近乎原始的生命力满到溢出来。

狼宅

面对这熊熊燃烧的浩劫，伦敦沉默地流下泪来，有人恶意纵火的猜测折磨着他的心。

“我宁愿是个房屋被人烧毁的人，也不愿是个烧毁别人房屋的人。”他说，心在流血。

我又围着他的墓地最后走了一圈，一个走马行船的活跃生命可以缩收为一抔黄土的事实，早就演习了历世历代，却似乎还是让我有些惊异。

“你来自于尘土，必归于尘土。”耶和华的话从《圣经》中遥遥地响起，世界仿佛有些空旷起来，心中也漫起一层苍茫和悲哀。我围着走动的，不仅是杰克·伦敦的墓地而已，我还面对着人类的共同命运。这个命运，是一些人的“终点”，却是另外一些人的“中点”——有些人通过信仰的天桥将它越过了。

我们正欲离去的时候，一个陌生而奇怪的声音从高树上传来，我仰目追索，只看见高大、笔直的红木直指蓝天，而在低一些的空间，橡树、蔓爵烙树和石楠等，虬枝延展，枝叶纠缠，构成一个空中的奇特世界。

红木其实不红，真正红的是蔓爵烙，树皮如血，光滑得反常，为这里的气氛陡增一层怪异。我猜想那怪声是风吹树动时，几棵在空中横竖纠缠的大树相擦撞而发出的呻吟。紧接着那嘎哑的呻吟声就又再次落下，就是在阳光普照的白天，其怪异还是令人惊悚。

洪波说：“这要是夜晚，还真有些瘆人。”

把冒险当作家常便饭的伦敦夫妇会不会觉得瘆人呢？

我们沿着原路下坡，去看狼宅。就在转弯处，那声音再次落了下来，迎面而来的女游客应声抓住男伴的胳膊，惊怕地问：“那是什么？”

我相信伦敦夫妇不会觉得瘆人。恐惧通常来自于不了解，不知底。他们知道那到底是什么，也喜欢与自然为伍，喜欢自然所给的挑战，也懂得自然中发出的声音，所以他们海上、山上的跑。他们的梦中居所——狼宅——二人合一的象征，也正是这种喜欢的具体呈现。

狼宅其实是他们的朋友戏称的名字，大概是因为伦敦作品中

狼行、狼性出现很多，伦敦自己也够“狼”，所以其梦中的居所自然也就是狼宅了。

他们自己起初倒是只把它叫做大房子，因为相对他们当时的住处，这有一千四百平方米居住面积、四层楼、二十五个房间、九个壁炉的房子，的确很大，耗资约是一九一三年的七万五千美元，是今天的多少，你自己去算，答案总在数百万美元之间。其风格雄健，地基结实到可支撑一座摩天大楼，房屋则由附近月亮谷的火山石搭成基本架构，墨西哥红瓷瓦覆盖屋顶，带皮的红木为柱，也为墙，屋中还配备了当时最先进的水、电、冷、暖设施，一层内院中间是个长圆的水池，白天可聚敛阳光，晚上可反射月光；跳进去可以游泳，绕其行可以凝思。他把它叫做“Reflection Pond”。

洽密安说：狼宅“对于杰克来说，不是一个大别墅，而是一个林间大屋，一个高处的居所，一个可待客的帐篷，在那里他可以舒展筋骨，可以对着你、我和一切聚在炉火旁的朋友们焕发神采”。

伦敦说：它很自然、结实，“如果上帝允许，它将持续千年”。

的确，狼宅很“自然”，从用材到格局，都是自然风格的体现，放进他的无数心血。他不仅自己在做设想，还特别从旧金山请了建筑设计师、家具设计师来与他共同谋划。这是他的文字外的巨作，一石一木都有他对“天然”的热爱——这热爱，仅次于他对他的“天然”女人洽密安，其用石、用木都有极高的品质。

可惜，就在他们要搬进去前两个星期，一场夜半的大火将他们的梦、他们投入的资产和心血一口吞灭，以至今天我们只看见火山石的断垣残壁在山岚中静默肃立，寂寂无言。

似乎是上帝不允许。

看着眼前的废墟，有两张照片提醒着他们面对的打击。一张是洽密安坐在桌前，右手的双指指点着桌上的图纸，左手与放在她肩上的伦敦的手轻轻扣着，似乎在说什么，伦敦则半微笑半思考地半伏着身，右胳膊支在桌面上，头歇在手掌中。两人似乎在亲密地商谈、策划他们要共同建筑的梦想和未来。另一张是在空阔的库房里，两人面对面侧卧着，窃窃私语，憧憬着搬家后的情景。然而，一切都在那个致命的夜晚化作了风中灰烬，四散不复回了。

面对这熊熊燃烧的浩劫，伦敦沉默地流下泪来，有人恶意纵火的猜测折磨着他的心。

“我宁愿是个房屋被人烧毁的人，也不愿是个烧毁别人房屋的人。”他说，心在流血。

那里烧毁的不仅是他预支了高额版税来支撑的房屋，那里烧毁的更是他的梦，他的希望，他对今后生活的设想。

但认命和沉沦显然都不是他的词汇，痛定之后，他说：这结构和墙壁都还在，我要把它重新建造起来。

也是以同样的勇气，他在病中与洽密安沿河旅行的时候，看到两岸高耸的山峦在夜空下宁静的剪影，他感到对生活的热爱在他的血管中奔涌，他大声喊道：“我要活一百年。”

“为什么?”洽密安问。

“因为我想!”

可惜，他没能实现这重建的愿望——房屋的和身体的。狼宅烟消的三年之后，他最后看了一眼等他重建的梦，却不知道那其实是最后一眼，便就此永别了。

我们沿着狼宅漫行，登上它的残梯，俯瞰它的废墟；又置身它的废墟，看那些现在什么都不是，但原本应该是他的卧室，他的书房，他的客房、厨房、厅堂等等的地方，徒劳感便倍增了，

这么结实的废墟啊！

有另一条通往狼宅的路从山下而上，在靠近狼宅时有两棵千年红木夹道而立，笔直、庄严、伟岸，仿佛狼宅的大门，别具一格，别有威仪。

我去站在树下，看着狼宅的残缺所见证的流逝，看着它的余存所见证的徒然，说不清心中的感受，而伦敦的短暂一生似乎再次从我的眼前亮闪闪、呼啦啦地飞过，像颗不属于天空的陨石，扑向他真正所属的、所热爱的、可得宁静的土地——他的第二个爱人。

他们自始至终都不清楚到底是什么原因造成了狼宅的火灾，据说当年收拾残局的时候，有工人捡到蜡烛的残段，似乎被人纵火是个事实。直到一九九六年，一组火灾法检专家对狼宅和与之相关的史实、证据、材料进行了综合而彻底的检查分析，得出结论：那场灾难性的大火，起源于那一年的反常干旱、那一天的反常炎热和被忽略的饱含亚麻油的抹布。

谁能想到伦敦夫妇遭受重创的损失和打击，是一块抹布所造成！谁能想到梦的幻灭跟抹布扯上关系，百万巨资毁于纤毫？

当时工程已经进展到打磨室内家具的程度，他们的工程监督每天都小心地把沾有亚麻油的抹布捡拾好，恰恰就在那天被一些事情分了心，而那晚恰恰是历史上罕见的炎热之夜。

于是，恰巧加恰巧，似乎无关的偶发事件造成了毁灭性结果。

如今，这仍然在山风中矗立的废墟，似乎在提醒人们，所谓坚固未必坚固，所谓长久未必长久，而所谓无关却未必无关。

人生中的多少事都是如此？

我们叹息着离开沉默的狼宅，离开伦敦破灭的梦，到牧场的另一端去看他的生活。

农夫作家

骑在马背上，静静地眺望周围起伏的青山和牧场。他，一个“马背上的水手”，痴迷了，于是，奔走的马蹄停了下来，不安分的心落实了下来，人生中的另一种“航海”和冒险则拉开了序幕。

路上，我们果然碰到了蛇。

实际上是有游客先碰到，一条不大不小的蛇高昂其头、盘环其身，匍匐在路的正中，将三个女人与一个年轻男人隔在路的两头。我和洪波边谈边走，至此戛然止步，然后洪波明白了眼前的形势，捡起一条小树枝就向蛇进军。我想起牌子上说要“尊重”蛇的决定——尽管这条蛇不是响尾蛇，似乎也不毒，也怕洪波太冒险，赶紧提醒他尊重公园的意思。好在恰巧那段路略宽，我们便以非常尊重的态度勉强绕了过去，可是那些女人仍然僵直不敢动，男人在鼓励她们。我们因为要争取时间，竟不知道事态如何发展。

等到了这边，感觉阳光似乎要明媚很多。

如果说狼宅魂销烈火，断垣肃立，这边的旧居则完好如新，花开前院，鱼游池莲，仿佛主人还在，只是有事出门了。

室内，他的日常用物陈设犹如当年，他爱用的晾衣绳上依旧夹满他写下灵感的纸片；室外，人迹也处处皆是，马房、肥料库、酿酒间、工具房、谷仓、马车房、牧场工人的宿舍、客房、实验地、梯田等，看到它们，你的思绪会绕到“农夫作家”或“作家农夫”的题目上，会想到伦敦如何将作家与农夫这两种身份统一协调在一起，而不会再想到山狮或响尾蛇。实际上，我们

在来路上碰到蛇的事件已经完全被抛到脑后了，就是行在草丛中也没有将蛇想起来。环境对心理的强烈暗示在我们的身上体现无遗，在人类的文明前，野生动物的危险似乎并不存在。

这就是伦敦称之为“美丽牧场”的地方。作为一代作家，在朋友们要么去纽约图谋发展，要么南下去卡麦尔——一个太平洋岸边的美丽地方定居，并最终在那里形成一个艺术社区时，流淌在他血液里的“土地”却致使他安居在这片山里务农。

从海面上，到马背上，再到土地上，他的冒险方式改变了，冒险内容改变了，但是冒险本身却没有改变。就像他在《燃烧的日光》中所描述的：“这里，在所罗玛的山坡上，人同样必须竭力做事，有许多障碍需要克服，有许多的难关等待闯过。在这里所取得的成就绝对不比其他冒险的成就小——虽然这里的冒险似乎更具有理性、更能接受他的逻辑能力，但是这里得到的满足却比在其他地方得到的满足深，他在这里他感到自然而完整。”

这片土地，就是这样俘虏了他的心，在这里他感到自然而完整。

一张照片生动地留下了他“被俘”的情景：骑在马背上，静静地眺望周围起伏的青山和牧场。他，一个“马背上的水手”，痴迷了，于是，奔走的马蹄停了下来，不安分的心落实了下来，人生中的另一种“航海”和冒险则拉开了序幕。

“我策马骑过美丽的牧场，在我的双腿之间是匹美丽的骏马。这里的空气如同美酒，山峦起伏，其上的葡萄林红得就像秋天的火焰。不远处的所罗玛山上，缕缕海雾轻悄悄地蔓延，下午的太阳在慵懒的天空中醺醺地燃烧。我感觉我已拥有世界上每一件让人感到活着就是一种快乐的东西。”他说。

牧场，让他感到活着就是快乐。

他开始尽情地享受他的牧场，享受的方式是让这片土地跟他一样生龙活虎，推陈出新。

他采取了中国取之于土地、用之于土地的循环作业方式，畜牧与农耕相配合；砌梯田，保水土；他还拦河为湖，既保证了农用灌溉，满足了他新农夫的一面，又常常在湖上娱朋乐友，满足他旧作家的一面。他引进生长迅速的桉树来种植，虽然没有实现以树换钱的愿望，今天，我们倒是可以在牧场这边看到桉树遍地，来路上也都是。他还因无骨仙人掌的使用价值而对其进行种植，也以失败告终，但是这种创新的精神始终贯彻于他的“农夫”生涯，并因此落下在当地著名的“笑柄”——“猪宫”。

“猪宫”，是别的农夫对他养猪场的戏称。为了养猪，伦敦自己设计了一个猪场，以水泥为材料而构筑，目的是为了方便清洁；结构以饲料供应处为圆心，二十几个猪舍为圆周，大大提高了喂养的人工效率。其中每个猪舍都有“屋”有“院”，屋可安歇，院可活动、饮食，配有自来水设施，每舍可养猪十头左右。

我漫步在他别出心裁的猪场，感觉那的确叫做“猪宫”，浇铸着伦敦这个农夫的人道主义心思。在他遗留下来的照片中，有一张是他喜气洋洋地抱着小猪的情景，那是他在去世前不久照的，那模样仿佛小孩子抱个特别喜欢的宠物。

洽密安说：伦敦对于牧场的热情，使人忘却他其实是个作家。

伦敦自己大概也忘了，写作，再次变成纯粹的工具，用来支持他在土地上的实验和冒险。

“仅次于我的妻子，这个牧场是我所最亲爱的东西。天啊！好些夜晚，我都因为它而坐起来。”

他似乎更觉得自己是个农夫——热情洋溢的农夫，一个水手

转化成的农夫，尊重科学，不拘一格，因而不同凡响，因而成为笑谈。然而，如果不是他早逝，他的以农养农的有机务农方式很可能成为典范，他的好学、悟性和体验让他成为杰出的作家，这些品质也可以造就出一个杰出的农人来。至今仍然有人叹息：伦敦的去世，是该县农界的损失。如果他有时间将他的计划完善成熟，完全可以推广给其他牧场应用。

看到他在州会上的农家牲畜比赛中拿奖，我感觉相信这样的断语并不难。就在我身旁的石造熏肉房和不远处两个高达十四五米的圆柱形储藏仓——该县的首创，似乎都见证着他的精心和认真，让人感到似乎能看见他当初忙碌而快乐的身影。

他的“活着，而不只是存在着”的生活原则其实很具体，有吃喝玩乐，有工作休息，有时侯跟着感觉走，有时候跟着计划走，总之将生活排得满满的。不过，再满，他也还是有做恶作剧的时间。

他因为大方好客，所以常常是旧朋未去，新朋又到，以至于他必须印出他和洽密安的时间表，说明什么时候工作，什么时候娱乐，客人可根据这个时间表自行活动。他为需要留宿的新客人准备了一间特别的客房，顺便准备了一点特别待遇：他在床脚做了手脚，当客人休息的时候，他会溜到地下室去拉绳摇床，制造出“地震效果”，好让客人虚惊一场。如果说他养猪养得“人道”，他待客则是待得顽皮了。假设他可以活长一些，他想在牧场为劳工的孩子们开办学校的事情也可能成为现实——让人惊诧的现实，一个社会主义思想孕育出来的现实。

这些，也是他对“活着”的注解之一——活在尚未实现的梦中，也活在已经实现的梦中，并尽情享受这样的梦——孩子一般尽兴，成人一样努力。

四十岁，没有白过

“写作与生活相比，我更喜欢生活。”

最后欣赏了一眼对面山坡上翠绿的葡萄园，我们向伦敦公园作别。

“写作与生活相比，我更喜欢生活。”他的话似乎在轻风中隐约地传来，这是一个被生活贿赂了的人。

“生活并不是一件拿一手好牌的事情，有时候，它是关于如何将一手烂牌打好。”

他拿的牌并不好，他却用它打出了一场人生的奇迹。

一出生就没有任何优越条件，一共只活了四十年，这四十年中，有大约十八年的写作生涯，却写过约五十本书，其中两百多篇短篇故事，二十本小说，四百多篇文章，主题从酗酒到革命，从优生到疯人院，从斗牛、拳击到骑马、冲浪，似乎凡人类生活所涉及的领域他都走了一遭，对生活无与伦比的好奇伴随了他一生。

他是个生活与写作同步的人。在他的有生之年，文坛评论精英对他白眼相向，他却拥有广大的读者和他更钟情的东西——生活。他一生中水上走船，地上走马，纸上走笔，用经验和想象创造奇迹，有多少四十岁的人像他一样活过，而且活得如此丰富而辉煌？

“伦敦是一个活作家。当许多更伟大的艺术作品将收集尘灰的时候，他的作品还会被阅读。”在他去世多年后，有评论家以全新的语调这样说。

在他的最后一年，有读者问他生活价值的问题，他回信说：“经历过生活的所有游戏后，经历过年轻之后，在我目前比较成

熟的三十九岁，我可以坚决并庄严地说，生活值得付出代价（worth of the candles）。我的一生是幸运的，比同代人中的亿万人都幸运，虽然我承受过许多痛苦，但是我也活过、看过、感受过一般人都没有机会经历的事情。是的，生活值得付出代价。”

生活值得付出代价，他的代价是以自己为燃料来燃烧，以至于他的生命果然是因燃烧而耗尽，而不是因干腐而窒息。

我们的车很快就下了山，进入了山下的小镇。就在穿过小镇的时候，我们看到好几个以他的名字和狼宅来命名的招牌，这是旅游经济的一个标志。

生前耀眼明亮，身后还有余泽，贡献给这一方土地。

四十岁，似乎没有白过。

当车拐弯的时候，一个念头又再度回来：如果伦敦可以多活一些岁月，如果上帝允许他一些时日，好让他在人类精神的领域去好好地探寻一番，那么他将会找到什么？他还会继续以往日的方式燃烧吗？

完善了失败的人

——访漫画大师查尔斯·舒兹博物馆

在我的一组书法艺术挂历中，其中一张是行草的“如意”，书者似乎在一提笔的时候就犯了一个错误，一大滴墨汁掉在纸张上，“啪”地一声，大墨滴飞溅开，成为小墨滴，“如意”二字还没有开始写，事情已经很不如意。

我似乎能够看见书者一惊之后提笔踌躇的样子，他显然无意放弃，稍一犹豫，便就着那滴错误的墨水运起笔来，于是，手腕下龙蛇蜿蜒，“如意”二字就从那滴错误中生发出来，有拙有巧，巧自拙出，苍劲秀婉，墨酣意浓，且又曲折洒脱，令人回味无穷。

我甚至疑心，说不定作者本来不是要写“如意”二字的，就是因为犯了错误，不如意了，于是才在不如意的基础上挥就了一幅如意图。人生中有时候真正的“如意”似乎也大致如此，这幅字挥洒的已经不是文化人的某份闲情逸致、笔墨修养，而是一种具有震撼力的人生态度。

在对美国漫画大师查尔斯·舒兹（Charles Schulz）有了进一步的了解以后，再看这幅画就让我想到他。在将青少年时代的失败感和挫折感转化为事业上的成功和“如意”上面，舒兹是个相当典型却也相当不动声色的例子。其典型在于他的失败与成功的对比，在于他的失败在他的成功上所扮演的角色；其不动声色，则不是因为他有什么高远的大志而老谋深算地伺机蓄力，而在于他个性上的低调，在于他在失败的境遇中对人类情感的体验以及被那种体验培育出来的真诚虚怀。

在跟小女 JJ 一起看了他的几大本《花生》漫画集后，在微笑、大笑、会心地笑、开怀地笑、若有所思地笑、难以置信地笑、指指点点地笑了那么一段时间之后，我们决定去参观他的博物馆。

舒兹的“如意”书法

他是人海中的一滴水，当他把自己这滴水的感受提炼并幽默地表达出来后，整个海洋都看到了自己的影子。

舒兹博物馆的全称是“查尔斯·舒兹博物馆和研究中心”，坐落在加州的圣塔罗莎城（Santa Rosa）。下了高速公路后，再两拐三拐，就进入一个安静的社区场所，那就是博物馆的所在地，很低调，而一细看，却又有不少回味，就像舒兹其人、其作品。

要追溯舒兹与漫画的关联，就要回到舒兹刚生下来几天的时候，一个叔叔按照当时卡通漫画里的一匹马给他起名为斯巴克（Sparky），有“火花四溅”、“灵光”、“活生生”之类的意思，使得舒兹刚来到世界就通过名字与卡通结下了不解之缘。他的童年可谓无忧无虑，喜欢户外活动，打球、运动、跟小伙伴玩闹样样不差，小学时成绩也非常优异，跳过两次级。

可是，优胜和劣败的转化在生活的手掌中却微妙得很。聪明优秀使他在小学跳级，不过跳级并没有使他“创造历史”，他“创造历史”的时代是进入中学以后。

由于跳级的原因，他在中学时年龄比同学小，因而生理发育相对晚，在“形象”、“社交”、“异性”变得极其重要的美国中学，瘦高如麻秆、脸上长痘痘的他，非常的自惭形秽。本来他个性就倾向于害羞，这个时候便更是变本加厉地害羞起来，加之也许是艺术心的敏感，他觉得自己不仅处处不如人，而且简直就是无形人，同学的眼睛中根本没有他，所以他的朋友也都是小时候学校外的玩伴。如果有同学可以在学校之外叫出他的名字，他说他会“感到惊奇”。

在这样的心理状态中，他的成绩一落千丈，不仅出现过科科不及格的“盛况”，甚至还有学科拿零分，并因此开创了学校的“先河”。

这些情况都使得舒兹的自我感觉非常不好，自我形象超低，他几乎完全相信自己是个笨蛋了。

于是，对于他来说，人生刚要正式启动，“啪”的一声，一个错误的大墨滴砸在纸上，如何运笔、如何开始似乎变成了一个问题。就在这样的情况下，他又遭受到沉重的一击——他一直被看好的绘画技能也在他勉强毕业的时候被否定——毕业校书没有给他刊登，也没有给他解释——虽然他是应邀而画的。他没有去问，觉得那一定是因为他的东西不够好，但心中的感受却很低沉。

勉勉强强地高中毕业后，他开始杂七杂八地打零工，做些送货、在高尔夫球场当捡球员之类的活。这个时候，他的谋生都有问题，没有人——包括他自己在内——会想到以后他会不仅在经济上异常地富裕，还会在美国漫画史上、甚至世界漫画史上都占有一席之地，全世界都有人会以看他的漫画作品为乐。

法国作家、诺贝尔文学奖获得者法朗士说：“教育的十分之九是鼓励。”在教育这件事上，舒兹在学校的表现可以说是不成功的——如果不说是失败的话。但他在家里却很幸运，他的父母虽然都只有小学三年级的教育水平，在对孩子的教育上却抓住了两个非常重要的原则，一是从不打击儿子，总是相信；二是顺着孩子的兴趣为他提供教育条件。

对于第一点，他的父母几乎是在无意中做到的，属于“天才

教育家”。也许是因为舒兹小学时太优异，他的父母似乎不怎么过问他的学业表现，以至他成名后，记者问他的父亲是如何看待他中学时代的“成绩差”的，他的父亲奇怪地问：“成绩差？斯巴克的成绩一直都很好啊！”

所以，中学时，舒兹虽然有来自学校的压力，却从来没有来自家庭的压力，所谓有外压而无内压。更可贵的是，在他的兴趣上，其父母一直都在给予力所能及的支持，比如发现图书馆有漫画展，就把舒兹带去看，看后的结果是，舒兹把自己的画全撕了，然后重来；比如舒兹高中毕业后在打杂工的时候，母亲看到报纸上一则美术学校的消息：“喜欢画画吗？我们会对你的绘画才能给予免费测试。”就鼓励舒兹去测试。虽然学费对于他的家庭来说是较重的负担，他的父母却毫不迟疑地决定支持他。

就这样，舒兹上了这所美术学校，通过函授学习漫画。

其实学校离他的家很近，完全不需要函授，可是因为自卑和害羞，他还是选择了跟学校和老师不见面的方式来学习。结业后他似乎该开始他的艺术生涯了，但是没有，二战已经如火如荼，他应征入伍做了一名机枪手，开始了军旅生涯。

军旅体验，改变了无数人的命运，对于舒兹来说，也是他人生中一个比较极端的经历。参军时，前面是变幻莫测的战场，后面是正被癌症折磨的母亲。出发前他回家探亲，母亲对他说：“只怕我们要说再见了。这可能是我们最后一次见面。”

此话不幸言中，第二天，他便接到了母亲去世的消息。

这对他来说是巨大的悲伤，但是，作为军人，他没有时间来消化这样的悲伤，只有在这悲伤之外又添加的深深的孤独和痛苦，铭心刻骨。母亲是用自己的死亡将他送上了面对死亡的前线，所以死亡的威胁离他很近，艺术的微笑却离他很远。在那段当兵的岁月里，他的唯一“艺术活动”就是帮助油漆了一块只有一个词的牌子。

如果说他曾有的失败体验还没有将他否定到骨髓的话，退伍后的一场恋爱却真的让他经历了整个人的、彻头彻尾的被拒。

参军后大约两年，二战结束，他转了业，开始做两份工作，一是帮助一个天主教机构办的报纸填写漫画中的“气球”——对话框；一是在他的函授学校任职。这份任职对他的未来发生了极其重大的影响，因为在那里，发生了两件大事，一是在同事的帮助下，画技得到精进，为他的漫画事业奠定了必需的技术基础；二是在那里他恋爱了，与另外一个人同时爱上了一个女孩，都向她求婚。可惜，其爱情结局可以用曾经流行的一句玩笑话来表示：“爱人结婚了，新郎不是我！”

他后来在回忆中说：爱情对一个人的否定是从里到外、从外到里的，非常彻底。

不知道这份彻底的否定对舒兹的“谦谦君子”心态产生了多大的影响，不过有一点却是可以确定的。具有艺术气质的人有个特点——没有安全感，一边似乎自信，一边却又极其“脆弱”；一边可能我行我素、特立独行，一边又需要别人和外界的肯定。这种“脆弱性”在舒兹的身上体现得格外突出，他通常都觉得自己的艺术不是很艺术，虽然他有好的“漫画的感觉”；不过他的不安全感在他本人的自我感觉上更为突出，总觉得自己是个不被喜爱的人，他会问好朋友：“你真的喜欢我吗？”

那个选择了别人的女孩看来对本来就不自信的他产生了重量级的否定效果，也成了他漫画里一直没有直接露面的“红头发的女孩”——查理·布朗一直暗恋的对象。查理因此倍受折磨，一些关心他爱情命运的人曾写信去要求舒兹给他一个幸福的结局。

然而，也许正是由于这份在“艺与人”上面的双重不安感，这种深植于内心的“不行”感，他对自己所选择的艺术精益求

精，最终以《花生》漫画立身扬名，一生中出版了一千多种书，几亿本选集，三十多个电视节目，四部电影，两部百老汇长年上演的音乐剧，在漫画和影视上都拿了好些最高荣誉；他的漫画作品出现在七十五个国家、被译为约三十种语言，包括拉丁文；世界上有两千六百多家报纸曾每天登载他的《花生》。他2000年停笔、去世后，许多报纸至今还在重登他的作品；《花生》人物更是站在美国和其他一些国家的大街小巷，成为各式各样的吉祥物；他们是世界“名流”，也是含有特别内涵的日常词汇，是人们生活中的一部分；舒兹自己的名字也因而进入了英文字典里（The random House Dictionary of English Language）。

如此巨大的成功，舒兹却做得非常平和，不动声色，只是日复一日、年复一年地画他的漫画，一画就是将近五十年，没有一天报纸上没有他的《花生》，他的幽默。

而《花生》也不抢眼，朴实、简单，其主要人物更是倒霉、平淡，但是，不知不觉中人们发现看《花生》是自己买报纸的重要原因；一些不明行情的报纸编辑因为某些原因曾一度取消了《花生》，结果被读者严重抗议，只得重新让《花生》上报。

在《花生》起步并稳定发展的二十世纪五十年代，正是美国报纸开始在广播之外又遭受电视严重冲击的时代，广告量严重下降。自从《花生》诞生后，刊登它的报纸发现自己面对的不利局面正被扭转，而且扭转得蛮快，渐渐有了旧日的广告荣光，对视觉媒体的冲击具有了相当的抗争力。

评论界也突然发现，面前出现了一座漫画艺术的奇异山峰，一改整个美国漫画界的格局，别出心裁，以干净的画面和语言，温和而令人回味的幽默矗立起来，令人耳目一新，内容深及教育、哲学、宗教、心理等领域，表达却简单、浅显、通俗、精辟，给人很多的回味和“再创”的空间。甚至基督教神学院也以他的漫画为教学工具来阐述艰深的神学问题，一个叫做罗伯特·薛特（Robert Short）的基督教长老会牧师，干脆以他的漫画内容写了一本《〈花生〉的福音》，该书一出炉就高居美国畅销书排行榜上，并反过来进一步促进了《花生》的推广。

如果没有少年时期的挣扎和失败，没有青年时期的孤独和痛苦，没有这些经历在他的内心遗留下“失败感”、“挫折感”、“抑郁感”甚至“自卑感”，很难想象舒兹的漫画可以在人性最基本的层面来与读者沟通，在娱乐了读者的同时又引起读者的强烈共鸣。

“他越是感觉不好，就越是将整个真心都放进他的作品中；他越是将真心放进他的作品中，读者就越是爱读，读者越是爱读，他就越是成功。”一个记者曾如此描述。

的确，当他将笔蘸进墨水的时候，他同时也蘸进对生活的体验，蘸进对生活的反思。他是人海中的一滴水，当他把自己这滴水的感受提炼并幽默地表达出来后，整个海洋都看到了自己的影子。

舒兹说，他一生最想做的就是漫画家。那么作为漫画家，他用他的一生，挥就了一幅一开始并不如意的“如意”字幅。

《花生》公分母

从来没有这么多的小失败加起来成为这么大的成功。

舒兹博物馆的正门不对着大街，而是对着停车场。所以一下车，我们迎面看见的就是圆脸的查理·布朗（Charlie Brown）——《花生》人物的“公分母”，也是《花生》族群的核心。他穿了一件春衫装，含了笑但不是很笑地站在一道象征性的院门口迎接大家，表情就像他在漫画中一样，自然的，淡淡的。他的右后方是面石头方格装饰的墙，边缘爬满了绿色的藤蔓

和紫色的花，墙上是舒兹的名字，他自己的手迹，跟漫画上的签名一样。

这是许多孩子照相的地方，有的抱着查理，有的靠着查理，有的坐在他棕色的大头鞋上。我的小女也不例外，先用素描的铅笔指着查理的圆头鼻笑眯眯地来了一张，又与他鼻子对鼻子来了一张，就像老朋友一样闹着玩。

这就是查理，平淡、温和，让人放松、没有什么威胁性。在他身上，舒兹放进了自己平和、软弱、失败的一面。“我觉得我很想回家上床睡觉，可是，现在才是中午。”在风筝被树枝挂破之后，查理沮丧地说。而这，正好是他的代表性心情。

查理不仅是个极其平淡的人，运气似乎也很差，加上有个在个性、脾气上与他几乎是“天敌”的露丝（Lucy）的存在，他的生活总是充满了小小的打击，总是有点无可奈何。不过，他无可奈何的平和，没有绝望，也没有歇斯底里，而且也不绝望，加之他是个不错的人，人们在他的挫折中开怀一笑的同时也喜欢他，认同他。当他在情人节的漫画中被所有的漫画人物所遗忘、没有收到一张情人卡的时候，生活中却有无数的读者将慰问信件和糖果寄到他的创造者舒兹那里，让舒兹转给他，仿佛他是个活生生的人，正与舒兹生活在一起。

舒兹自己的确与查理“生活在一起”——他们有种心态上的接近。查理这个平常得不能再平常的孩子，其平常性还体现在长相上。舒兹长得英俊，但是他自己不相信，查理就义不容辞地体现了他对自己的这种观念，并借助露丝的口说了出来：“查理·布朗，你知道你的脸缺乏什么吗？——缺乏特征……它只是一张仅是脸的脸。”

“多么苦涩的打击！”查理垂头丧气地回家，拿出镜子来照，“一个人什么都没有，只有一张只是脸的脸，注定完蛋了！”

由于舒兹后来的成功，人们谈到他学校生活的失败时，觉得那失败也富有了传奇色彩，因为成功把那失败点化了。不过这只是在远观人的眼里，在舒兹自己的心里，那失败还是失败，失败的色彩没有传奇性，是很钝很闷的灰色，失败已经过去了，但是失败的感觉却留了下来，成为他构思查理的源泉。

故而，当有人觉得，像舒兹这样在名气和经济上大获丰收的人，似乎应该每天都一路大笑着开着宝马去银行的，但实际上，舒兹远不是如此。二十五英亩的住地、私人游泳池、网球场、跑马场、人造瀑布、棒球场等，只是他的外在生活，这些东西在给了他最初的喜悦之后，就失去了心灵的意义了，他似乎不再看得见它们，他持续所见的，是人心中更基本、更庞大、更持久而扎实的事实——不如意。他蘸之为墨，将自己的体验倾倒在里面，漫画一幅一幅地画，小小的不如意一点一点地表达，慢慢加了起来，成为巨大的成就，就像舒兹的一个传记作家所说："从来没有这么多的小失败加起来成为这么大的成功。"因为忠心耿耿地"将生活中的无望分门别类"，舒兹一路轮换着名车，将自己的名字开进了英文字典里。

他一生似乎都在"完善"他所经历的失败、挫折和孤独，而且"完善"得那么好。

世界上最被喜爱的狗

"天堂是依靠'偏爱'来运作的。如果它是依靠美德，那么，是你的狗而不是你可以进去。"

——马克·吐温

"虽然这一年来有许多事情发生，但是我很开心，我仍然能够保持是一条狗。"

——史努比

跟查理道了再见，我们走进"院门"，眼前就是博物馆的大

门，大门旁边是《花生》中占了许多彩头的名狗史努比（Snoopy）。它就跟漫画中一样正躺在它的狗屋屋顶上，其鸟儿朋友伍兹托克（Woodstock）正站在它的肚皮上讲着只有史努比才能懂得的鸟语。

史努比的红色狗屋也跟漫画中的一样，不过在颜色和内容上都丰富了一些，墙上还有五线谱，音符则是狗狗的脚印。

这可是世界上最著名的狗屋，就是在这个屋顶上，史努比躺过了无数的岁月。事实上，它太喜欢躺在那里了，以致它的肚皮被一个妈妈鸟儿当成建巢的好地方，并有了两只小鸟，其中一只就是伍兹托克。

不过，史努比不只是躺在那里而已，它还在那里做了许多的事情，写作、飞行、发展与伍兹托克的友谊，甚至登月、参加世界大战等，使得它的屋顶成为世界上功能最完整、最复杂、最精彩的狗屋顶。

在史努比的身上，舒兹放进了许多智慧和异想天开的创意，史努比作为一只狗，其聪慧和幽默因而不同凡响。

比如它知道如何对付别人的坏心情。查理说：“史努比，今天不要走进那座房子，露丝脾气正横着呢（Crab – in）。”史努比听了，径直走到露丝的门前，敲门。露丝露出头来，还没来得及发脾气，史努比已经在她脸上“啵!”地亲了一下，然后扬长而去，留下露丝在后面大惑不解。画面上有一个“气球泡泡”表达了史努比得意洋洋的思想：“那就是你怎么攻破一个人的坏心情。”

这么简单的史努比事迹，从事心理学、人际关系、家庭关系、神学等研究的人可以从中有许多专业的发挥。

史努比对待新年的态度也与众不同。新年时，人们多半在展望未来，开始制定新年新目标，史努比则在往后看，对自己的生活作回顾，然后它对自己说，“虽然这一年来有许多事情发生，但是我很开心，我仍然能够保持是一条狗。”

这是一种非常深刻的史努比智慧。在人们普遍不知道给自己定位、因而过分依靠外界标准的时候，它知道自己是谁，也安于自己是谁。许多事情发生了，它却成功地做了它自己，并对此表示满意。

所以它可以很开心，它的开心让气焰嚣张、善于心情谋杀的露丝也没法如愿以偿。如果说露丝是查理的“克星”，那么史努比则是露丝的“克星”。露丝看见史努比快乐地跳舞很看不惯，斥责它说：“这整个世界充满了灾荒和苦难，你怎么还可以这么快乐!”但是史努比没有办法不快乐，并且因为觉得“跳舞是唯一纯粹的艺术形式”而怡然自得，结果露丝最后也加入了史努比的舞步，并对迷惑的查理宣布了这一行动后面的哲学：“如果你不能改变他们，加入他们。”

史努比不是一只一般的狗，它是一只人们想要的狗，它的思想也超越狗界。

查理曾对外号“猪圈（Pig-pen）”（也被译做乒乓）的男孩说：“猪圈，你什么时候才会弄干净一下呢?”猪圈说：“我身上牢牢地沾着无数年代的灰尘和泥土，我是什么人，怎么能去打扰历史?”后来，猪圈从史努比的面前走过，史努比深刻地想：“他们说他身上带着古老文明的尘灰和泥土。看来，历史正从我的眼睛面前走过!”

史努比还能够将商业意识和人心需要结合起来，露丝摆了一个心理咨询的摊位，标价五美分；史努比也摆了一个心理咨询摊，上书“拥抱一下暖暖的小狗，一美分”。

也许，这反映出人心深处的一种真实需要。有时侯，面对人的低沉消极，温暖而温柔的安慰胜过理性而深刻的解剖。我的一

个朋友曾一度处在极端的难处中，有时悲伤难忍，就将头放在自己幼女的肚皮上，本来是为了躲过女儿的目光，谁知软软的暖暖的女儿就在痒痒发笑的时候，一边开心一边用她的温暖和柔软安慰了母亲。

也许这是为什么因史努比而来的舒兹名言“幸福是只温暖的小狗”深入人心的原因，以这句话为名字的书出版之后，更是风行畅销，在“嘲讽”、“暴力”充斥的漫画世界创下完全相反的奇迹。

这么一个史努比，在生活中还真有一个原型，虽然这个原型里只有一点点史努比的影子，却是启发舒兹想象的源泉，迷倒了全世界。

小的时候，舒兹曾经有条狗叫做“锐锐”（Spiky），史努比的样子就有点像锐锐。在锐锐之前，舒兹有过一只金毛犬，很好的狗，但也很常规，所以不能给他灵感。他十二岁的时候，金毛犬被计程车压死，于是他们才有了锐锐。锐锐的出现，可以说是金毛犬的生命换来的，似乎为的就是要成全一个漫画家舒兹。

锐锐是个混血猎狗，极其聪明难管，据舒兹说，它的词汇至少有五十个，如果你说：“锐锐，为什么你不到地下室去将土豆拿些上来?”它就会跑到地下室去，将土豆袋给叼上来；它还自学成才，教会了自己按门铃，每次要进屋就跳起来用前爪砸门铃，直到有人为它开门让它进来。

不过它最爱好的还是坐车，并会为自己的这项特别娱乐做推动督促的工作。那时，由于舒兹和父亲都喜欢看漫画，周六晚上九点，星期天的报纸已经到达当地的一家商店，他们就会开车去将报纸买回来先睹为快，去买报纸的时候就顺便让锐锐搭车出去兜风，因而每到周六晚上九点，锐锐就会将前爪搭到舒兹父亲座椅的扶手上，提醒舒兹的父亲，“该走了，取报纸!”居然从来没有将日子算错过。

但锐锐可不是一条只知道逍遥的狗，它有它的本职工作和道德意识。每个傍晚，它会趴在前院的阳台上，还隔一条街就能辨别舒兹父亲的车，然后会旋风般穿过房屋去后院，一路上能将走道上的小地毯踢飞起来，到达后院后就在围栏后面兴奋地跳上跳下，直到舒兹的父亲将手上的报纸给它，他才满足地叼了，将报纸煞有介事地送进房门来。它不是一只只吃闲饭的狗，它是要做工的，所以很有尊严。

锐锐的床是一个柳条编的篮，它睡觉的时候喜欢被盖上被子，在那里它能梦乡一游直到早晨，然后就会拖着小铺盖爬到舒兹家的老式炉台下，等到舒兹的父亲起来后就分享他的早餐。它从来不从狗碗里喝水，一定去到洗手间，将前爪搭在水池上，等人去为它开水龙头，直接喝，而且一样要冷水。它对喝水方式的坚持离奇，它吃的东西也很奇怪，并直接使得舒兹在15岁的时候将它画给Ripley的“信不信由你”，注明：“一个吃别针、大头针和剃须刀片的猎犬。”

锐锐似乎不仅给了舒兹不少快乐，促成了舒兹第一次发表作品，还成为史努比的种子。舒兹很怀念它，后来，终于把这份怀念落实在他的《花生》漫画中，把“锐锐”的名字给了史努比的狗兄弟。这位狗兄弟生活在加州沙漠地带一个叫做“里多斯”（Needles）的地方，孤单而满足于现状。舒兹童年时代曾经在里多斯短暂地居住过，该城非常享受因《花生》漫画而具有的名气，将城市的钥匙送给舒兹，并邀请舒兹做它一个周年游行庆典的典礼官——虽然舒兹没有去。

里多斯不是唯一送钥匙给舒兹的城市，风景秀丽的圣地亚哥城不仅送钥匙给他，而且将六月十七日定为《花生》日；里根做

加州州长的时候，也将五月二十四日宣布为《花生》日；一年一度的帕萨迪那玫瑰锦标赛曾请舒兹做大典礼官（Grand Marshal），该锦标赛被誉为“美国的新年庆祝”，以一年一度的美国大学足球赛、玫瑰花车大游行而闻名于世。被选为玫瑰锦标赛的大典礼官，是对当选者的声誉和成就的肯定。

舒兹为此画了一幅卡通，利讷斯（Linus）问电视前的姐姐露丝在看什么，露丝说：“帕萨迪那的玫瑰花车大游行。”利讷斯又问：“大典礼官过去了吗?”露丝说：“过去了。你错过了。”又补充说：“他又不是什么你听说过的人。”

这就是舒兹的低调。世界都把他当作名人，只有他自己没有。他当然知道新闻和媒体中他的名声，他只是不怎么相信。

舒兹品牌和美国航天

他们将指令舱叫做查理·布朗，登月舱叫做史努比。当这两个宇航舱在分离后又会合成功的时候，他们高呼：“查理·布朗和史努比拥抱在一起了!”

与史努比道再见后，我们进了约有两千五百多平方米的博物馆。

博物馆于舒兹去世约两年后的二〇〇二年开张，舒兹的朋友和许多世界各地的《花生》迷都来参加了开张典礼。一进门，我们刚道再见的查理和史努比就又都在迎面的墙上欢迎我们，与他们并列的，还有利讷斯和露丝。不少游人会在这里留影，我稍微留意了一下，大家几乎都一致选择跟史努比站在一起，史努比的人缘似乎是压倒性的。

难怪舒兹说，他要有意识地克制史努比的地位和影响，否则它可以将更多的彩头抢走。

小女JJ也不例外，她也选了史努比来合影，然后去帮助一个遇到问题的小男孩制作纪念币。显然她觉得制作一枚纪念币是个好主意，向我提出要制作一枚。

这可能是最便宜的纪念品了，只需要两个二十五美分手续费，外加一个做纪念币的一美分。我毫不迟疑地掏钱包，可是掏来掏去都发现没有现金，零零碎碎的硬币加起来也不够，还差几分。于是友善的售票小姐替我们解决了问题，找了几美分为我贴上。我们很感谢，几分钱不多，但是她完全可以不这么做。JJ谢过她，高高兴兴地去制作纪念币。

谁知乐极生悲，JJ一高兴，将制作程序颠倒了，结果想要的图案没有选，东西也不出来。于是售票小姐又来帮忙了，手上还带来一枚已经做好的纪念币——正是JJ想要的，结果是JJ因祸得福得到了两枚——计划中和计划外的，好开心。

"对不起，这枚纪念币不够新。"售票小姐还抱歉地说。

JJ笑眯眯道："没关系。我知道怎样把它弄得亮铮铮的。实在是非常感谢你。"

经过这些小曲折，很难对这里有不好的印象。舒兹很幸运，这个博物馆是他的妻子和朋友为他建立的，其设计、管理和气氛却都反映着他的为人风格：温和而友善。他的"牌子"体现在这里的细节中，体现在售票小姐的待人接物上。

作为千万美元"生意"的首脑人物，舒兹其实并没有什么"商业头脑"，也不想有。他撒手让同伴替他管理一切与钱有关的事务，自己只画画，不过却制定了不以商务为首务的总原则，赚钱不是第一，所以凡是要以《花生》人物来制作商品的产业，必须符合舒兹选择合作伙伴的标准，偏激、暴力、与《花生》人物心性相违背的用途他一概拒绝合作。他把漫画定义为"好玩的画"，目的是为了让人得到娱乐和开心。他不希望"商务"违背

了这个初衷。

虽然卡通漫画是“好玩的画”，卡通漫画家在他那里却不是被定义为“画好玩的画的人”，而是“一个每天做同样的事却从不重复自己的人”。舒兹有几近五十年的创作生涯，一年三百六十五天地创作却不重复自己，一个人要有怎样的“矿产资源”才能如此创作？

《花生》不能不说是个奇迹。

那么一过检票处，看到对面高高的整幅墙壁全由一块一块印有《花生》漫画的小瓷砖拼成也就不奇怪了。

该墙共由三千五百八十八幅漫画组成，约十年的创作。制作这面《花生》墙一定花费了不少心思，因为这些小图又构成了一幅大图——露丝正为查理扶住一个美式足球让他踢，查理显然已经被露丝再次说服了，正兴冲冲地往目标冲去，结果是凡看《花生》的人都知道的，露丝将再一次在最后一刹那将球收回，查理将再次扑空，就像以前每次一样，然后摔了仰天跤，并且要忍受露丝对他的“称赞”，诸如“查理，你对人性的乐观真是让人佩服啊！”

设计制作该墙的是日本展出设计师大谷芳照（Yoshiteru Otani）。大谷芳照的设计生涯以一九九三年与舒兹的相遇为分水岭，之前他的设计多为恐龙博览会、商业博览会等，之后则主要致力于《花生》漫画相关的展览和创作。他与舒兹彼此仰慕，他因舒兹的《花生》人物而激发的创作通常与日本汉字结合起来，充满奇思异想，令人惊奇。在与《花生》磁砖墙相邻的墙上，是他用多层板木创作的大型木雕图，叫做“史努比渐变图”，木雕重约三千二百公斤，共四十三层，将史努比在《花生》漫画中的演变过程展示了出来。

也许是因为他们之间的这份“相知”，大谷芳照从舒兹博物馆一开建就介入很多，舒兹也成全了大谷芳照后期的艺术内容和风格。这两个艺术家，跨越了太平洋，跨越了文化，因为艺术而走到一起。

与“史努比渐变图”相对的墙上，还是史努比——登月的史努比：“我做到了。我是第一只登上月球的小猎犬（Beagle）。”

史努比可能是唯一与美国国家航空航天局（NASA）有着紧密关系的小狗，而这关系开始于六十年代。

一九六一年，总统肯尼迪挑战航天局，看航天局是否能够在六十年代末登上月球。当六十年代接近尾声的时候，美国和世界都在翘望航天局的结果。

一九六八年，鉴于史努比的受欢迎程度和对航天事业的热心，航天局问舒兹可不可以用史努比作为其安全吉祥物，舒兹和《花生》所属的美国“联合辛迪加”报业集团一致同意免费让航天局使用史努比形象；次年，航天局创建了“史努比奖”（Silver Snoopy Award），用以肯定在航空航天事业上对安全和品质作出杰出贡献的工作人员。该项目推出后获得巨大的成功，“史努比奖”成为大家努力争取的荣誉。舒兹亲自设计绘制了蓝底银像的史努比徽章，在该徽章上，“宇航员史努比”提了个航天公文包，高高兴兴地从星际旋风归来。因而除了在漫画中娱乐了大家外，史努比更是狗界的代表，在人类的高科技尖端技术领域与人合作，至今不息。

一九六九年五月，阿波罗10号宇航员、海军军官尤金·塞尔南（Eugene A. Cernan）、约翰·杨（John W. Young）和空军军官托马斯·斯坦福（Thomas Stanford）将史努比和查理·布朗带进太空，环绕月球，测试其登月太空舱的安全可行度。他们将指令舱叫做查理·布朗，登月舱叫做史努比。当这两个宇航舱在分离后又会合成功的时候，他们高呼：“查理·布朗和史努比拥抱

在一起了！”地球上航天局里面也一阵欢呼：“查理·布朗和史努比拥抱在一起了！”

这是一次“人和狗”的世纪拥抱。

由于史努比与美国航空航天的渊源，舒兹博物馆里专门有实际的航空服的样品展出，封在玻璃舱里。这是我所见过的最复杂的服装，只在关节处可以弯曲。不过博物馆也考虑到了孩子们喜欢“动手动脚”的特点，专门有一个航空舱的模型可供进出，还有银色的“宇航服装”可供替换。

我拿了副手套戴了一下，好保暖。

很绅士的绅士

美国漫画家楚丁：在卡通行业里，只有两个人让这个世界变得更好了一些，一个是以画二战时期的士兵生活而著名的毛丁(Bill Mauldin)，一个就是舒兹。

不过，博物馆的大厅内重头展览的，还是舒兹的绘画原作。

原作型号大很多，其笔法走势都可以看得很清楚，如果要更好地欣赏漫画创作中的艺术性，就要看原作，比起缩小了若干倍的报纸版，它们的表达力要强很多。

以一个合适的方式来保存原作正是舒兹同意朋友和妻子建立博物馆的主要原因。起初他总是说“我不是一片博物馆的材料”，或者说“谁会来看呢?”可是，由于他的一生全部用于兢兢业业地绘制卡通，虽然卡通并不怎么被当成“艺术”，他却是以艺术创作的热忱来做的。这将近五十年的创作，除了在晚年时“计划”休息几个星期外，几乎从来没有休假过。而那一次，也是先把几个星期的漫画先画完了才休息的，可惜也才两个星期，他就悄悄溜回自己的工作室去作画了。作画就是他的生活，也是他的娱乐，没有作画的休假反倒像是工作了，一长就成了负担。他与他的卡通可谓不离不弃，终身相随。

可以理解，为什么保持卡通原作这一点会触动他的心。《花生》是跟了他一辈子的孩子，也是与他几十年心魂相渗、难分难解的“配偶”。

徜徉在他的艺术天地里，重温他的幽默，我想起他的传记作家蕾塔·约翰逊（Rheta Johnsons）给他的评价：“他跟他的幽默一样温和。”

舒兹的温和是少见的，他这个“绅士”真是“绅士”得不得了，一生中从来没有用过粗糙、不雅的言语，其最激烈的感叹词只是类似中文里面的“天啊！（Good Grief）”。他儿时常跟父亲一起去钓鱼，后来却放弃了这个户外活动，原因是“那些鱼正在那下面过得好好的”。他不愿去打扰、破坏它们。他漫画里面的人物虽然可以很“凶”，比如露丝就常常大吼，将查理和其他人物吼得翻跟斗，但是却从来没有骂脏话、杀小动物这类活动。

思想和语言都很尖锐的卡通漫画家楚丁（Garry Trudeau）说，他自己制造了许多噪音，但是并没有、也不打算通过卡通让世界变得更美好；在卡通行业里，只有两个人让这个世界变得更好了一些，一个是以画二战时期的士兵生活而著名的毛丁（Bill Mauldin），一个就是舒兹。“当然，如果舒兹来选的话，就只有一个人了，那就是毛丁。”他补充说。

当有许多人非常“自重”——自己以为自己重要的时候，舒兹则是非常“自轻”——不特别把自己当一回事，并安于一个现实，觉得卡通漫画家的绘画通常只是“不错”，也就是说不是特别好，特别好的就该是艺术家了；也不是特别不好，太不好也就画不好漫画了。但是，就是在绘画上只属于“不错”的卡通行业里，他一方面虽然觉得自己很有“卡通意识”，同时也发自内心

地不觉得自己的画是特别好、特别棒的。他的名声、奖项和财富都不能改变这一点。

当展览厅里舒兹的绘画原作吸引着我们的注意力的时候，巨幅窗户外面的庭院也在诱惑着我们。

庭院有花草树木和亭阁，一条人行道曲折其间。如果从上面俯瞰，你会发现那小路的起伏呈现齿状，就像查理衣服上的花纹。而那亭阁则一看就知道是查理的旧帽子，帽子下是一个圆台，走进去仔细一看，原来那圆台上有好些“名堂”——《花生》人物在滑冰——一个靠全息图呈现的场面。

史努比也在这里，在每张长椅的一端吃饼干，鸟儿朋友伍兹托克则在椅背上跟史努比“讲话”。伍兹托克的语言在《花生》里面，要么是音符，要么是谁也不懂、只有史努比明白的某种“声音”。虽然《花生》人物里面的“音乐王子”是史罗德(Schroeder)，但是因为音乐而得名字的却是伍兹托克。伍兹托克的名字来自一个一九六九年八月在纽约州举行的音乐节，活动举行了三天，当时著名的通俗音乐人几乎全都出席，是美国音乐史上一个重要的活动。舒兹发现伍兹托克是个很有意思的名字，把它给了史努比这个一直没有名字的鸟儿朋友。

JJ 照了张跟史努比“抢”吃饼干的照片就“飞”走了，自去画庭园里面的花，我注意到庭院里没有音乐王子史罗德。如果说《花生》里面没有粗俗不雅的语言，那么贝多芬的古典音乐却是被兢兢业业实录在小小的漫画格子里的。

音乐之所以能够进入《花生》，还要追述到舒兹的军旅生活，那时他看了一场电影，关于作曲家乔治·格什温（George Gershwin）的，舒兹觉得格什温的音乐很美，从此生发了对古典音乐的兴趣，从贝多芬的第二交响曲开始，扩展到勃拉姆斯、门德尔松等。由于他把自己的这个爱好放到了史罗德身上，致使史罗德在许多地方都成为音乐和音乐家的象征。如果你在一些博物馆看到史罗德的照片跟历史上一些有名的音乐家挂在一起，不要觉得奇怪，人们喜欢音乐的同时，也喜欢“好玩的画”。舒兹家附近的一个州立大学的新建音乐大楼里，其表演厅就叫做史罗德表演厅，为舒兹的妻子替他捐助而建，让舒兹对教育和音乐的关注继续下去。

其实不只是音乐厅，该大学的“舒兹信息中心”，附近的“舒兹机场”，就是他对社区的关注通过经济的援助所做的表达——虽然这类经济上的捐助能力不是他最初预见到的。他以为自己只会在绘画上对社会有点贡献。

“一个可以贡献一点给这个社会的人是个幸运的人，我们每一个人至少都应该让我们所在的这个角落‘亮’一点。画好玩的画是一种贡献——如果画画的人不把自己看得过重的话。我们并不生活在一个很安全的世界，我们在无数的方面需要彼此的帮助。没有人能够知道自己可以活多长，或在什么样的情景下，但是可以对环境大笑是一种帮助人类生存的祝福。卡通有时候是件很难的工作，不过让别人可以开怀而笑，一个人至少还能有这样的满足。就像查理的妹妹萨丽所说：‘这比站在雨中好。’”舒兹曾如此说。

与舒兹博物馆一街之隔的地方，是个装饰古典优雅的室内溜冰场，也是他为社区而建，由他的第一个夫人着手进行，里面的巨幅照片是特别请摄影师去欧洲实拍而来。自从有了这个溜冰场，圣塔罗莎成了一个溜冰中心，有时候也是没有冰的球场，不仅丰富了社区的活动，也成为美国溜冰选手们比赛的一个地方。溜冰场外的地板上，是各界选手们签字的水泥“名片”，镶嵌在花园周围，其中有世界著名花样滑冰选手关颖珊（Michelle

Kwan）的，还有特别“选手”史努比。

这么一个人，他的幽默有时候虽然也会有那么一点点“咬”人，却还是温和的。

安全毯、十速单车和史努比迷宫

利纳斯：“也许在山的那边，也有一个小孩子正往这边看，想着生活的一切答案都在山的这边……”

与卡通人物打交道总是愉快的，视觉上首先就让你放松。

庭院里，让我们最后放松的人物是利纳斯。利纳斯还是老样子，还是拖着他的小被被，不过倒是没有吃手指，因为手上拿了一支巨型铅笔。他的肚皮上是连词游戏。

作为激烈、攻击性强、总在怨天尤人的露丝的弟弟，利纳斯一出生就面临比较“艰难的生存环境”，不过他不仅生存下来，还会安慰其他被他姐姐开火了的伙伴们，说：“不要听她的。如果听她的，我老早就变成神经病了。”说完，他自己却马上开始疯狂地吸手指，并用手上的小毯拼命地安慰自己，似乎提到他的姐姐露丝，他就已经需要安慰了。

对于利纳斯而言，露丝可以抢走他的一切东西，但是当露丝要拿走他的“安全毯”的时候，他会吊在被被的一端，拼了全部的力气来“反抗掠夺”。什么都可以被拿去，但是安全感的来源却不可以。由于他的代表性表现，儿童心理学上出现了一个词“安全毯”（Security Blanket，或者简称 Blanky），用来表达幼儿对某样特别物件的依赖，自上世纪八十代起被普遍使用，成为美国生活中的日常词汇。

不过，这个总拖着一床“安全毯”、总在吸手指的利纳斯，却是《花生》里面的智慧人物，有些深刻的道理都是从他的口中出来的。比如，有一次露丝做梦般眺望着远方，对他说：“有一天，我会翻过那座山，为我的梦想找到答案；有一天，我会翻过那座山，去找到幸福和满足。”“我觉得对我来说，生活的一切答案都在云的那边，都在那座山的草坡那边。”

利讷斯说：“也许在山的那边，也有一个小孩子正往这边看，想着生活的一切答案都在山的这边……”

告别利讷斯，我们上到二楼。

二楼是舒兹研究中心，配有一切有关他的资料，有一个“严肃”的舒兹研究者才能进去的图书馆，也有一个不严肃的、孩子可以“动手动脚”的地方，专门有特设的桌椅沙发让他们绘画、读书、做简便的卡通电影等，那些桌椅沙发都很舒服。JJ 一去就同其他的小朋友一起忙得不亦乐乎，边交朋友边大力发挥起创造性来。

我则去看旁边舒兹的工作室原型。就是在这样的工作室里，他坐在桌前，将大多数的主意强迫性地想出来，用他自己的话说，“冷血地思考”出来。

工作室被保持得就像他生前一样井井有条，有一书桌、绘画桌、书架、座椅等，还有一座半人高的林肯塑像，从他的书目可以看出，他是一个博览群书的人，宗教意识非常浓厚，各种版本的《圣经》和《圣经》参考占满了几乎一个大书架。他曾经在一个基督教的教会里教成人主日学多年，一字一句地查阅过《圣经》五六遍。他为了维护圣诞节的原意，曾特别坚持一定要在他的卡通电影《一个查理·布朗的圣诞节》里面引用《圣经·约翰福音》里面的话，虽被人认为这样做将使得片子没有销路，结果却恰恰相反，年年收视率都极其高。也许就像他的《花生》一反漫画常理，以真实、干净赢得读者的心一样，他的圣诞节节目也

是以忠于事实、忠于圣诞节的来源和意义而广受欢迎。

不过，作为漫画艺术家，他的工作室似乎过于整洁，很少有搞艺术创作的人可以如此这般的井井有条。据说他个人的平时形象也是如此，不仅整洁干净，而且异常地温和、礼貌、准时，他附近的人们可以根据他的出入来定钟点，人们看见他很难将他跟“艺术家”这个称呼联系在一起，能想到的可能是：外科医生。

这个“外科医生”的工作室旁就是一个不小的展览室，列放着他生平的艺术活动，包括在孩子小时他给他们画的壁画。不过说“艺术活动”，还真不如说“艺术成就”，因为一眼看过去，只觉得满眼全是奖杯、奖座、奖状之类的东西。

他三十三岁时获得美国漫画界最高荣誉“儒本奖”（Reuben Award），标志着其创作生涯进入鼎盛时期，而且一鼎盛就鼎盛下去了，之后各种荣誉和成就接踵而来，比如被耶鲁大学选为年度幽默大师，国家教育协会授予他“校铃奖”，获评年度最好漫画栏目，获好几个大学的人文荣誉博士学位，纽约艺术理事俱乐部的“优越奖”，《时代》周刊、《新闻》周刊、《生活》杂志、《周六回顾》的封面人物，几个电视特别动画片多次获得美国电视艺术最高荣誉奖——艾美金像奖等，该馆的一楼有个九十九个座位的影院就正在播放他的音乐剧和电影。舒兹还被卡通艺术博物院引进卡通名人堂，并因他一生的成就而授予他“金砖奖”。

有意思的是，舒兹还拿了一项特别的奖，就是联合辛迪加报业集团以他的名字设立的“舒兹奖”，他是得到该奖的第一人。

舒兹的作品与作品人物不仅出现在美国不少的博物馆，还出现在罗浮宫等其他国家的博物馆里。意大利文化部、法国文化部也分别将功绩勋章用丝带挂在他的脖子上；他去世的当年，他的夫人替他领受了美国卡通协会授予他的米尔顿·堪里福终身成就奖（Milton Caniff Lifetime Achievement Award），并被追加国会金质奖章（Congressional Gold Medal）——美国非军人的最高荣誉。

不过，这里也还展出了一个很特别的东西——一个被布包扎起来的史努比狗屋——由环境艺术家可罗帝夫妇（Christo and Jeanne－Claude）所赠。可罗帝夫妇将世界上一些著名的大桥和建筑都“包裹”了一番，形成独特而有争议的艺术形式。在我居住的沿岸地方，他们也曾用特别的布料搭建了近四十公里长的围墙，其蜿蜒仿佛中国的长城，沿着起伏的山丘，在阳光的变化中以不同的色彩一直延伸到海水里去，或洁白，或水红，或桔艳，从空中拍下的照片可以看到其新奇的艺术形式所具有的强烈感染力。史努比狗屋也成为一个被包裹的艺术品陈列在此，见证他们与舒兹夫妇的友谊。

“生活就像十速的自行车，其中一些我们大多数人从来没有用过。”舒兹说。他自己也没有将所有的十速都用起来，不过，显然他已经将所启用的用到了极致。

最有人缘的史努比的作用在博物馆也被发挥到了极致。

我们走出博物馆大门之后，却没有走出史努比，它的头像正以一个迷宫的形式展示在门外，猛一看，以为只是单纯的草丛砌出的迷宫。JJ 早就一溜烟跑了进去，寻找史努比的鼻子、眼睛、眉毛和耳朵，这几样东西是用特别的石头做成，仅仅是它的鼻子，就重好几吨。当美国滨州专门有个史努比游乐园的时候，舒兹博物馆则提供了这么一个别出心裁的史努比活动——进入这个不讲话但总是有很多奇思妙想的狗狗的头脑里。

看着在史努比的“头脑”里面活泼蹦跳的 JJ 的身影，我不由想，希望她以后也可以有史努比的智慧，对自己说：“虽然这一年来有许多事情发生，但是我很开心，因为我仍然能够保持做我自己。”

路在心中的骑士

——访约翰·斯坦贝克国家中心

对美国的许多人来说，二〇〇八年是道路中断的一年，电视、电脑、电台里几乎天天都是倒闭、裁员、房产被银行拍卖等“旧闻”，其间点缀着一些惊耸和叹息——绝望者的自杀并谋杀；而我周围，某某在失业、某某在求业、某某在搬迁等消息，也冒泡似的一个接一个；剩下的人，其危机意识如同幽谷肥草，暗自长势惊人。与这种长势恰恰相反的则是股市，有友皮笑肉不笑地说：“退休金有一半就这么没了。现在每天要喝点酒之后，才敢看行情！”

这种形势似乎也滋润着一种特别的“豪放”心情。十一月，当又有五十三万多人添加在业已过于浩荡的失业大军之列时，我们一家南下到硅谷，与朋友七八人一起狂玩“拖拉机”，洋相、玩笑百出，大家仿佛都特有顽强的乐观精神。假如美国经济再这么往死里走，这个小小的快乐场面很有资格被追忆为“刑场”前的英雄气概。

就是在这种形势下，爱读书也爱行路的主人介绍我们去南边不远的撒里纳斯城（Salinas）走一遭，说那里有“约翰·斯坦贝克国家中心”。

约翰·斯坦贝克是一九六二年瑞典诺贝尔文学奖的得主。如果说“国家不幸诗家幸”是个普遍的现象，斯坦贝克的个人“星路”也正是源于一种国家的深渊——当时的自然灾害和萧条经济。他把那深渊中的民生、民心、民魂、民瘼以不朽的文字记录了下来。

也许是因为他的时代与我们时代有一个庞大而逼迫的共同点——萧条，我们对他产生了额外的兴趣，于是临时起意，挥别“住宅一时还没有被拍卖危险”的朋友，让 101 高速公路带我们继续南行，开往一小时外的撒里纳斯——斯坦贝克的出生地。

被放逐又被迎回的“仙”

这片土地总是让他在激荡后得到安宁，在消沉后恢复勇气。可是，当他到达星空的时候，却发现自己被脚下这片滋养过他的土地放逐了。

今天，让他自己的名字镶嵌、内化在家乡的柴米油盐之中，变成营养被家乡人吃喝下去，似乎并不与他的心愿相违背。

这天是夹在系列阴雨天气中的一个晴天，是阴郁的天翁突然赐予的一个微笑，让人有点受宠若惊，还有点幸运、明亮的感觉，觉得不珍惜这个机会及时快乐实在是罪过。

在这样的感受中，行驰于南北沿绵七百多公里的加利福尼亚中央平原，将碧蓝的天、舒卷的云和道旁的富饶平川收入视野，很难体会当年美国中西部四十万平方公里的大平原如何因旱灾而尘暴遮天，由农场变为“尘碗”，受灾的二百五十万农工被逼离开，其中二十万辗转颠簸，来此谋生；我们也很难想象这块美丽、富饶的土地当时是怎样“欢迎”那些背井离乡的不幸人们，是怎样上演了人间的冲突、悲惨和不平。

若不是斯坦贝克因将那些情景看在眼里，悲在肺腑，怒在心头，发之笔端，以《愤怒的葡萄》一书掀起社会狂澜，不仅我们这些后来人不知其详，就是当时的大多数美国人也不知道这些农工是如何被驱出家园，又如何在路途和加州步履维艰；而且知道后也还是有许多人觉得它难以置信，断言其不可能是事实；农场

主联盟和银行更是狼狈为奸大肆攻击斯坦贝克，发起毁他声誉的运动，称他是撒谎者，蓄意破坏内迁农工的形象，还说他是美国所敌对的共产党，甚至有一些组织效仿德国纳粹蔑称他是犹太人等。

他说："我对这种作品是否被肯定要看作者是哪个种族的现象感到忧伤。我碰巧不是犹太人，也没有犹太人的血液，但是我并不因此感到骄傲。"

后来事情惊动了罗斯福夫人，她深入民间亲眼看到他的作品所反映的实际疾苦，公开为他作品的诚实性说话："我从来不相信《愤怒的葡萄》有任何的夸张。"

如果说斯坦贝克的成名作《平原传奇》有隔着距离的亲昵和诙谐，这本书则是他以心为砚、蘸血为墨并在痛楚中写成的。落笔之前，中央平原的天空无数次目睹了他瘦而高的身影在风雨中趟着泥水去探访困境中的人们，也无数次感受过他的心在痛苦中的收缩。也许正是这种心灵的痛苦收缩，预告了一本"真正的美国书"即将问世。

"我的生命不会太长，我必须在它结束之前写下一本好书。"斯坦贝克说，"当这本书结束的时候，我相当一部分的生命也就跟它一起结束了。"

书完稿后，他果然大病了一场，一年后方好。他对此书所注入的心血，也使之产生了血脉的震荡，其巨大的浪涛，席卷了国土，摇撼了国会，并促使参议院组成特别小组对农工情况进行调查，并诉诸法律措施，保障他们"一而再再而三地被公然侵犯"的公民权利。

不过，《愤怒的葡萄》被攻击还有一大原因，它的结尾：一个年轻女人为救命给一个奄奄一息的成年男人哺乳。斯坦贝克因而被许多人认为是要故意"通过不堪入目的东西来推销"其书，有几个州县甚至烧毁、禁售他的书，连他的家乡县——蒙特瑞县也没有给他好脸色。

耶稣说，一个先知在他的家乡却是不被尊重的。许多时候，家乡，对它特立独行的儿女们似乎总需要一些时间来理解、消化和接受。

《愤怒的葡萄》因也触动了一些家乡县的利益群体，加之他的一些其他作品，如描写蒙特瑞底层生活的《平原传奇》、《罐头厂街》等，虽为外地读者广为欢迎，却被家乡县视为对自己的“毁容”。

斯坦贝克名满全国，在家乡却发现身边的空气都变了，变得锋利、寒冷，隔着几层衣服也能刺到他，甚至日常生活也曾一度成为不可能。

离撒里纳斯十几英里的蒙特瑞城是斯坦贝克所喜爱的地方——按照它本来的样子所喜爱，并把它写进自己的作品中，比如罐头厂街，在他眼中是“一首诗，一种臭，一种刺耳的噪音，一种光的品质，一种声调，一种习惯，一种乡愁，一个梦”。但是蒙特瑞却不喜爱他，也不接纳他，那里无人肯租房给他，他自己建房的时候，建材、水电等公司无故拒绝供应，而撒里纳斯的图书馆员则对他说：幸好你的父母已经不在世了，否则他们会因为你而抬不起头来！

在斯坦贝克早年的写作艰难、挣扎时期，他的家乡地区——尤其是距撒里纳斯不远的“太平林”，不仅是美丽的北美帝王蝶迁徙避寒、获得太平的宝地，也一直是斯坦贝克得到“补充”的后方和根据地。这片土地总是让他在激荡后得到安宁，在消沉后恢复勇气。可是，当他到达星空的时候，却发现自己被脚下这片滋养过他的土地放逐了。

然而他的尊严、人格和作品都在这些汹涌的旋流中挺立下

来，并在一九六二年获得诺贝尔文学奖，因为他通过自己的系列作品，成为“有关善意、博爱的老师和人类价值的维护者”。

后来，一个纪念他的文化中心，就是我们现在去看的约翰·斯坦贝克国家中心在他的出生地矗立起来，并在一九九八年对公众打开大门，似乎是家乡终于改变了心意，不仅懂得了他，决定他是她的儿子，而且认为他是一个值得骄傲、为她争了光的儿子。

那时，他已经去世三十年。

其实岂止是争光。当家乡的沙丁鱼业萧条下去，没有实业可挽救沉落的当地经济时，蒙特瑞县的旅游事业却兴隆起来，其中一个极其重要的原因就是她有一个极其著名的儿子。

在他的家乡县，斯坦贝克的名字不再意味着“背叛”，而是意味着游人，他的国际声誉使世界各地、美国各州的人慕名而来。

有了人，就有了人的需求；有了需求，就有了满足需求的服务业发展起来的条件。于是吃有各类餐馆，住有各级旅馆，穿有特色衣店；要休闲有高尔夫、矿泉浴、品酒场；要审美有画廊、有海湾；要探幽有历史风物、有古董店；如果你是带孩子来，要寓教于乐，这里还有世界著名的海洋生物博物馆，就坐落在罐头厂街上……

经济就这样因人潮而堆叠起来。

既然斯坦贝克意味着游人，那么他就是气氛，就是家乡的精神。

蒙特瑞城的街头，印有他头像的条幅旗在太平洋吹来的世纪风中向来客微微示意；当年那条平淡无奇、破烂点缀、腥味弥漫的罐头厂街，今天被当地人骄傲地冠之为“世界上最有名的街道”，开有特别的“斯坦贝克之旅”的服务，而且今非昔比，街道尽头是以斯坦贝克之名为名的商场，斯坦贝克的半身塑像在此花团锦簇，迎来送往；一个以他作品人物为主体的蜡像馆在此亲善游人，而其他各个商店也都争相与斯坦贝克或他作品中的人与事挂上关系。附近的其他地方，无论是斯坦贝克童年生活的撒里纳斯，还是他成年住过的太平林，或是他作品中写过、提过的地方，也都开出了旅游专点；撒里纳斯的斯坦贝克国家中心更是每年八月都举行“斯坦贝克节”，使斯坦贝克的“粉丝”和研究者聚集一起，举行各类文化活动；就是他在撒里纳斯的墓地也常有人去看，所以花店多了一些买花的人，墓园管理人特别在里面为陌生的慕名者放上式样简逸的铸铁路标，好让他们的致意和悼念可以顺利一些。

也许这是为什么家乡放弃了历史的积怨，将斯坦贝克这个“忤逆”之子请回来的原因之一。他虽已作古，家乡还是给他机会“将功补过”，为家乡和家乡人作出贡献。

其实斯坦贝克整个下半生几乎都居住在纽约，不知他在有生之年是否预见过他对放逐他的家乡的重要性，是否预见过他的去世意味着他在家乡的“转世”，他骨灰的回归，也意味着他“精神”的回归，并将在浩淼的太平洋海岸边笼罩和护佑这片土地。

刘禹锡在唐朝的时候就对这种人与地之间的奇异关联作了概括：“山不在高，有仙则名。水不在深，有龙则灵。”由于斯坦贝克对家乡经济的贡献非凡，有人甚至将他与家乡的关系，比作上帝与耶路撒冷的关系。

也许爱戴斯坦贝克的人不需要太挑剔家乡对他半功利、半真心的“热爱”，也许斯坦贝克对他的名字所附带的经济价值并不介意，他毕竟是关注民生民瘼的。正是因为他对民生民瘼的关注，他的作品才有分量；也正是因为他对民生民瘼的关注，他的名也才得以传扬。那么，今天，让他自己的名字镶嵌、内化在家乡的柴米油盐之中，变成营养被家乡人吃喝下去，似乎并不与他的心愿相违背。

当年刘禹锡悟出人与地方的关系，是以“德馨”来做统领，使其陋室终于不陋；而蒙特瑞本来就美丽，加上有了斯坦贝克为“仙”为“龙”，她便是地灵加上了人杰，有景有点，有自然有人文，在美国太平洋沿岸的众多美丽地方中艳压群芳，宠爱专聚了。

斯坦贝克之乡

蒙特瑞地区已经与斯坦贝克共生，不仅是与他本人有关的地方，就是与他的书有关的地方，包括他的家乡蒙特瑞县在内，都已经有了一个新的名字，叫做“斯坦贝克之乡”。

我们到达撒里纳斯的时候，时近中午。这天正好是个“农市”日，周围的菜农、果农都聚集一处出售他们土地上的蔬果，有的也在出售其手工制品。

我们将车停下，虽然阳光明媚，但是看得出，萧条的经济在这个称为“沙拉碗”的地方也留下了阴影。农市上，卖者大大多过买者，我们一家四口走进去，突然为买方增加了许多人口，显得有点“浩荡”，非常惹眼，以至我不太敢左顾右盼——几乎每个摊位后面都有种半隐半明的期待，我懂得那种期待，但是满足不了。

我对洪波说，可能这个农市开始得早，现在快结束了，所以人少。

我希望自己的解释是对的。

好容易穿过了并不大的农市，再过条马路就是造型简洁、质朴，占地四千平方米的斯坦贝克国家中心。与它一街之隔的是家餐馆，在我们的必经之路上，它用地利之便，在人行道口放置了一个醒目的标牌：“斯坦贝克就是在这里用餐！”字后是个巨大的箭头，指向餐馆大门。

进了斯坦贝克中心，收票员是位头发已白的女士，问知我们是第一次来，就热情地重复简介上已经写下的话，然后自豪地说：“约翰·斯坦贝克小时候，就是在这里玩泥巴。就在这里！”她用嶙峋的食指朝她的脚下用力点，“你们要是出门往右走两三条街，就是他从小长大的家，现在是餐馆，你们要吃午餐的话，可以去那里。”

她没有把门口那家餐馆介绍给我们，我也没有问她那家餐馆的招牌是不是属实，那不重要。如果我真是一个以“步步相趋”的方式来仰慕斯坦贝克的游人，那么我一定不选门口那家，而是去维多利亚建筑风格的斯坦贝克故居去吃饭，因为斯坦贝克小时候百分之百是在那里用餐的，那才会“访”与“仿”兼顾，一箭双雕。

据说那里的室内装饰也还是保持当年的格调，窗帘的花边很多，现在在那里经营的餐馆是个非营利机构，其利润会用在当地的慈善工作中。如果时间允许，去那里吃顿风味餐并顺便作点小贡献也未必不可。

不过，老人家没有跟我们讲这些，只补充说：“斯坦贝克小时候用的床头栏杆还存在那里的地下室，你们可以去看看。”

我想斯坦贝克一定不喜欢别人去看他的床栏杆，他或许觉得一个人老远来看他童年的床栏杆干什么呢？与其看他的床栏杆，不如多看两遍他的作品，因为他是一个不喜欢聚光灯打到自己身上的人，他喜欢的就是写作，并且希望别人感兴趣的也只是他的作品而不是他这个人，所以他在成名之前就拒绝出版商以发布他照片之类的东西来促销，认为文学，应该通过作品、而且只通过

作品讲话。成名之后，公众的注目更是成为他很大的烦恼和搅扰，就转而跟朋友去出海考察，并合写了一部海洋生物书，由他执笔。他这样做的原因非常单纯：科普书通常不畅销，一旦他从公众眼目中渐渐淡出，就不会让他再度惹来不必要的目光和口舌了。

可惜，结果非其所愿，他不仅没有从公众眼中消失，倒是插了一脚到科普领域。如果你去参观著名的蒙特瑞海洋生物馆，徜徉在美丽、生动、蔚为大观的海洋生物中间，就会发现那里的解说就常提到他书里的话；如果你是在一些特别的日子去，比如二月二十七号左右，也就是斯坦贝克的生日前后，你可能还会碰上以斯坦贝克的名字举行的庆祝会、餐会或特别的游览活动。

蒙特瑞地区已经与斯坦贝克共生，不仅是与他本人有关的地方，就是与他的书有关的地方，包括他的家乡蒙特瑞县在内，都已经有了一个新的名字，叫做“斯坦贝克之乡”。

斯坦福大学的辍学学生

他的父母感到被儿子深深地辜负，而他自己，前途未卜——路只延伸在他自己的心中，并没有延伸在他的脚下。

谢过老人家，我们还要进入一个门才算是真正进入展览厅。展览厅门口的落地玻璃窗内，是迎面而坐的斯坦贝克塑像，成熟，自信，自在。他身后的墙上，大大地贴着两句话：“我想，我会写这整个平原的故事，写那些小镇、牧场和在更荒一些山丘上的大牧场。”“我能看见我将怎么写，从而使它成为一个世界的平原。”

这番自信而确定的话讲在他写作生涯的转折年代，仿佛一个预言。因为他，我们脚下的这片平原果然已经成为世界性的平原

——不仅因为它的出产，也因为发生在它上面的故事。

但是，如果以为斯坦贝克一直都这么自信却是一个误会。

从时间上看，如果说他的一生六十六年（1902 - 1968）是一本书，那么这本书则可以均分为上下两部：前三十三年是上部，追求的是一个作家之梦，在失望与坚持、沮丧与坚持、绝望与坚持之间拉锯；后三十三年是下部，是梦圆之后的路途，在敌意与善意、批评与赞扬、否定与肯定中不懈。而无论是成功前的上部，还是成功后的下部，他都在自我怀疑和自我确信上面摇摆，有时甚至摆幅相当剧烈。奇异的是，无论是自疑还是自信，这矛盾的两方在效果上却都一致，就是都促使他往自己的里面看，那一看，充斥整个心灵视野的就只有一样东西——近乎于使命的写作。

于是，继续写。

大概家庭对一个人的影响是宇宙性的，他的自信和自疑，跟他的父母，尤其是他的母亲有着根深蒂固的关系。展览馆似乎也这么认为，在一进厅门的地方就放置了斯坦贝克的家谱图。

我仔细端详他父母的照片，他们着装都非常齐整，表情上却相差悬殊：父亲是沉郁中含带伤感，神情有些遥远，而母亲则在眼神和嘴角流露出钢铁般的意志。斯坦贝克似乎继承了父母两人的特点，有父亲的内向安静，也有母亲的顽固倔强。这两个来自父母的特点，在后来都成为父母——尤其是母亲头痛的根源。

高中时代通常是模糊的童年到清晰的成年的转型期，斯坦贝克也不例外。当时，他的英文作文被老师念给班上听，虽然他因生性害羞，窘迫得难以名状，但那件事情也仿佛一只无形的手，拉开了他心头懵懂的窗帘，让他第一次比较清晰地意识到内心埋伏着一条道路——作家之路。

于是，在他家的阁楼窗户上，过往的路人常常看到的，就是

他映在窗户上伏案写作的剪影。

那时，他的父亲已经经历过两次生意的倒闭，虽然已在地方政府的财政部主事，也依然沉默寡言，仿佛其精力和心思，出门用在如何为家庭带回面包和牛奶，回家则用在对付内心对自己的失望。所以，在家里，他似乎是个背景，总站在事情的边缘，孤单而忧郁。母亲是小学教师，在当时算得上是个有很高教育水准的女人，能干，精力充沛，社会公德意识强烈，当地任何一个慈善委员会的名单上几乎都有她的芳名，也是她，启蒙了斯坦贝克的想象力。

然而，虽然母亲很爱斯坦贝克，却也因为爱，与儿子展开了长年的“战争”，在个性的倔强上，他们可谓是棋逢对手。

那时，也许是太爱儿子了，爱有多深，期待就有多高，所以相对失望也就会有多大，斯坦贝克发觉自己在母亲的眼中永远是两个字：不够——在校成绩不够，在家孝顺不够，在外风度不够。尤其是他害羞、趋向于孤单的个性，让母亲特别的恨铁不成钢。

或许是因为恐怕一个男性这个样子不能有什么出息，母亲对他颇有一种类似“扶不起的阿斗”的看法，而他自己也有一种后来被他描述为“不能融入的悲伤”。

至于他的写作才华，虽然可以在他那个只有一百多人的高中做个年报主编，但是在他母亲的眼中，离以笔谋生的前途，如同地离天那么远，无异于幻想。

也许，母亲的轻看和不满深深地烙进了少年斯坦贝克的自我认识中，之后他一生都没有满意过自己的创作，总是觉得自己不够，也不能很大度地对待负面的评论，常有近乎忧郁症的暗淡心情。偏偏他的一生都被争议、被攻击，他所逃避的聚光灯，总是不期然就投聚在他身上，还带有颜色。然而，那些，虽不能保证他的情绪不受影响，却都不能阻止他沿着心中的道路走——虽然，高中毕业后，他按父母的期望、父母的铺设考进了斯坦福大学。

进了斯坦福大学，父母亲都松了一口气，以为儿子终于走上了正轨，这条正轨上的大学生活可以让儿子的个性开朗起来，使他渐渐走出自己的“贝壳”，毕业后能顺利进入一个体面的行业，获得稳定的收入和安逸的生活，所谓成家立业。

可惜，斯坦贝克的“正轨”概念和父母的相差实在太远。在斯坦福，他的“正轨”是只读自己想读的书，只上自己想上的课，只写自己想写的故事，周末还常将自己反锁在宿舍里，假装不在，好避开同学的干扰闭门写作。结果是，他去图书馆比去教室多，写故事比写作业多，加之常要打工补贴学费，其课业严重落后，起初成绩单上还有“B”“C”，到后来干脆就整个病入膏肓，连补都补不上，最后以辍学告终。

他的父母感到被儿子深深地辜负，而他自己，前途未卜——路只延伸在他自己的心中，并没有延伸在他的脚下。

尽管如此，他因为不需要应付考试而感到轻松。

也许，以创造性为特征的艺术家都发现过，按照一条外界规划好的道路走是件与他们的内在创造力相冲突的事。从斯坦福大学辍学，对斯坦贝克来说，有两大“损失”，第一是学位，不过这个损失等于没损失，因为他原本就不想拿；第二是要拿学位的焦虑，这个损失则可归为“必要的损失”，失去了比得到强，所以他享受了一次失去的快乐。他认为一个真正的作家，一定是个有自己独立思想的人。思想独立，却要为了考试而妥协，这就构成对独立思想的挑战和抑制。他要做作家，承担不起失去其独立思想的代价。

然而，有了必要的丧失并不等于一切，他还必须有个必要的

“获得”——生活需要有收入来维持，独立的思想不能凭喝西北风而生存。

他的两全之计是：到纽约寻梦，也到纽约打工。

纽约，纽约

这个消息仿佛极度的黑暗中突然出现的太阳，光华四射，让他走在曼哈顿的街头感到头晕目眩。

纽约。

人到纽约，第一步是谋生。

起初，姐夫帮他找了一个建筑工作——将沉重的建筑材料用独轮车运上脚手架。

在斯坦贝克的理想企划中，他白天打工，晚上写作，谋生求梦两不误。然而一到实战中，他立刻发现自己忽略了一个重要的因素——构成他身体的材料。他不是机器，他的血肉之躯不同意他这样车轮战，白天打工不仅需要他的全部注意力来保持安全，还需要他的全部体力来完成任务，于是晚上回到宿舍之后，他发现自己早已累得近乎瘫痪。

随着时间的一天天过去，写作俨然是个越来越遥远的美梦。

在这疲乏的重复和挣扎中，一天，一个跟他一样的运输工从脚手架上失足摔下，命丧黄泉。那个工人在不幸落地的刹那，为斯坦贝克敲响了惊心动魄的警钟，其四溅的鲜血，则为他的纽约建筑生涯画上了终止符。

然后是一个舅舅通过熟人关系，使他成为一家报纸的记者。

记者，比起建筑工来说，似乎离作家近了一些，他的生活质量也有大幅度的提高，并交上一个表演界的女朋友。

可是，女朋友虽然欣赏他却并不欣赏他的梦，一开始就提议他更换职业。一个常跑路的记者和一个可能的未来小说家，对她来说并不是理想丈夫的条件。

也许是因为相交甚浅，她并不清楚她是在对付一个如何顽固、如何铁了心肠的“未来作家”。所以斯坦贝克对她的意见只是大笑而已，他千里迢迢来到纽约，就是为了要远离家中的这种“实际而明智”的意见，好让他专心走想走的路。这，无疑判决了他们爱情关系的寿数。不久，女朋友就另择了一个银行家的高枝而去，留下斯坦贝克自己独过独木桥。

可惜，斯坦贝克自己也不怎么珍惜他脚下的“独木桥”，因他发现自己一点也不喜欢新闻写作，不喜欢新闻写作中包含的规范、条款和倾向。不仅如此，他还善于迷路，也不以寻求新闻点为己任，反是同情被访者，帮助他们向新闻界隐藏情况。所以没有过多久，他就向报纸证明他非常够格被辞退。

如果说斯坦贝克在被辞后的第一感觉是兴高采烈，那么对他的父母来说，却是一盆寒心的凉水：这个儿子怎么什么也做不了啊？没有方向而且懒惰！

他们为他的未来感到忧愁、恐慌。

斯坦贝克自己则并不忧愁，也不恐慌，他退回公寓写作。

不过这个状态并没有持续几天他就意识到，自己在经济上彻底破产了。纽约很大，他的立足点却很小，小到几乎没有；纽约行业很多，可是他可做的却很少，少到几乎没有。

于是他背水一战地写，投稿，被拒；再投稿，再被拒。在几乎绝望的关头，一个编辑对他的一篇故事表达了兴趣，要他多写几篇，就可出书。这个消息仿佛极度的黑暗中突然出现的太阳，光华四射，让他走在曼哈顿的街头感到头晕目眩。他心中的道路终于延伸到真实的世界中了！他的路变成真的了！

他加班加点地熬夜，又炮制出几篇同类的故事。等他写好

了，满怀希望地到达编辑部，却发现那个编辑已经离开，而现任编辑对他的作品连看一眼的兴趣也没有，还有点笑他只凭口说并无合同。

劳累、绝望和被轻视的感觉使他产生了极大的愤怒，结果招致的是进一步的羞辱——他被保安人员架出了出版社的大门。

他那时真的是绝望了，身无分文，前没出路，后无退路。最后他从一个朋友那里借到一块钱，买了两条黑麦面包，一袋干鲱鱼，将自己在公寓整整关了一个星期，心情沮丧到极点，思想落入深深的黑渊。他害怕出门，害怕交通，甚至害怕外面的声音。

如果说他刚到达的时候，纽约的高楼大厦让他感到“一些恐惧和惊慌”，那么纽约的寻梦经验对他来说则是“单薄、孤独和饥饿”。他后来回忆说，他是“彻底地被吓着了，到现在也不能忘记那份害怕”。

路走到这里，许多人也许就走不下去了，斯坦贝克似乎也是如此。他可以从哪里去寻得继续下去的力量呢?

路在心中的人

一旦他往自己的内心一看，那条道路就会从暗淡的背景中显明出来，明亮而充满魔力，再次成为一个不可抗拒的命令，一个摄其心魂的呼唤，不由分说抓住他们的目光和心思，脚下就排除了其他的选择，又继续往前走——走那现实中似乎是绝路的路。

我的目光从他年轻的面孔，移到他年老的面孔，看到的是从平展到沟壑。

对于人，脸上的沟壑是种道——时间的道，岁月的道，命运的道，也是人生的道。对一些人来说，那道是越走越深，因而越走越黑暗；对另外一些人来说，那道也是越走越深，却是越走越明显。斯坦贝克属于后者。

而说到道路与人生的关系，人其实也可以分为两种：一种是选择道路的人，另一种是被道路选择的人。一般而言，选择道路的人似乎主动，可以随运换脚，可谓明智，却往往平凡；被道路带领的人则仿佛有点身不由己，也通常顽固，却也因而杰出。

被道路带领的人最大特点，就是拒绝变通，他们有一种近乎绝对的意识，在脚下无路、眼前无望，身后也败迹累累的境况下，其内心也会向他展示出一幅地图——非常简单的地图，只有一个大致的目标和唯一一条通向那个目的地的小道。小道其实也并不很清晰，但的确是一条路，生生地展现在那里。所以当外面的打击使他们也呈现出凡人皆有的沮丧、彷徨、犹疑，甚至失去信心和希望时，一旦他往自己的内心一看，那条道路就会从暗淡的背景中显明出来，明亮而充满魔力，再次成为一个不可抗拒的命令，一个摄其心魂的呼唤，不由分说抓住他们的目光和心思，脚下就排除了其他的选择，又继续往前走——走那现实中似乎是绝路的路。

待斯坦贝克重新走出他的公寓，朋友帮他在船上找了一份工，他便以工作为船票回到撒里纳斯。父母一方面高兴见到他平安归来，一方面又开始劝告他去找一个经济上稳定的行业，把写作当作副业来做就好了，因为“没有几个作家是可以靠写作养家的”。

也许是又站在这片养育他的土地上深深地呼吸，也许是眺望了浩瀚的太平洋后又望进了自己的内心，斯坦贝克一时产生的黑色情绪消失了，走绝的道路又在他的心中延伸。他在意识的深处非常清楚地知道自己注定要成为一个作家，他有一种难以言喻的内在相信——他不是一个一般的人，他会到达一个可以被冠为“伟大”的地方。

他对父亲说："我是一个例外。"

那时，著名景点、一九六〇年国际奥运会冬运会场所太浩湖区还是一个人烟稀少的地方，尤其是冬天，几乎是与世隔绝，他去那里为人看房子，做修理维持的工作，以此一边养活自己一边继续努力，要成为他告之父亲的那个"例外"。

这孤独的两年岁月是他生命中异常重要的阶段。与嘈杂喧闹、人声鼎沸的纽约曼哈顿经验相反，太浩湖区似乎只有风声水声，鸟声虫声，是天赐的一个安宁氛围，让他可以聚神于自己的内心，允许内在的储存得到消化，纷杂的经验得到梳理，琐碎的感受得到升华；那是成熟前必要的沉淀，也是跳跃前必须的下蹲。

就这样，在那天高地阔、人迹稀少的地方，在冰封的山岭和白色的世界里，在那超常而且超长的隔绝和孤寂中，他自己的独特声音在他体内变得越来越清晰，越来越分明。

"在极度的孤单中，一个作家试图解述那不可解述的。"他说。

那段时间，觉得他"懒惰又没有方向"的母亲还是非常频繁地写信督促他，让他不要得过且过，要使自己变得有用，并提议他回家，去一个政府部门找工作。面对母亲紧系他的"脐带"，正挣扎着从大男孩变成大男人的他几乎要爆发了，母亲的不信任、不理解再次使他感到深深的挫折和愤怒。

他告诉母亲："我是一个艺术家！"

艺术家要做的无他，就是按照自己内在的天分来创作——写书，作画，作曲。他决意要独立，要挣断母亲精神上和感情上的"脐带"——他感到若是没有这种独立，他就没有办法在精神上真正成为一个作家。

他的母亲实在不知道，他到底是在与什么竞争。

"一个作家必须相信他所做的是这个世界上最重要的事情，

而且他必须坚守这个幻觉，即使他知道它其实是不真实的。”

在白色的孤寂中，他完成书稿《金杯》，那年他二十六岁。

诗人艾略特也是在二十几岁时和极度的孤单中写下《荒原》。不过，《荒原》是艾略特的代表作，而《金杯》远不能代表斯坦贝克，但却是他写作生涯的一个里程碑。

“《金杯》是一本不好的书，但是在它的肩膀上，我会爬到一本好书之上。”他说，充满了对自己的确信。“只要我知道我可以渐渐靠近我想要得到的（作品），我就能工作十年，二十年，甚至五十年。我为此感到骄傲。”

这份自信仿佛树根，深埋于他的自我意识，然而，还有一样东西却与他的自信一起深埋着，那就是他的自我怀疑。自信和自疑仿佛手的手背与手心，翻一翻就有了变化。同许多作家一样，他会认为自己的作品不错，可是当搁置了一段时间再来重读的时候，却发现它实在不能让自己满意，那时候，他对自己的失望是“压倒性的”。

这样的矛盾感受一直贯穿他的写作生涯。也许正是这一份持续的自疑，促使他不断地努力着去追求文学艺术的更高境界；而一份不断的自信，又促使他一直可以不断地去努力，不绝望，因而不放弃。

《金杯》写完后，斯坦贝克回到人群中，在一孵鱼场找到一份工作，除了喂鱼外，兼做导游，并与一个来游玩的旅客卡珞产生了爱情。卡珞回到旧金山后，他因相思卧床不起。老板发现他脑子里不是写作就是爱情，对工作不尽心，最后找了个理由将他解雇，于是他立刻搬到卡珞所在的旧金山找了份体力活，希望在靠近自己情人的地方，一边谋生，一边逐梦。结果可想而知，不过是重复了早几年在纽约的奋斗情节——白天严重消耗体力，晚上的写作计划严重受阻，几乎是寸步难行。

“当我不能写作的时候，我感到非常的空。”他说。

空，是一种生存状态。没有写作，就没有道路；没有道路，就没有希望；没有希望，就没有活头。他发现他必须想办法全时间地写作。写作，就是他的生活。

与此同时，《金杯》没有任何消息，而爱情却给了他必须成功的压力——一个作家却没有出书，怎么可能是个好的丈夫呢？

也许当作家只是一个幻影？他想。

怀疑又开始与自信打仗。

他给朋友写信说：“如果年底再没有消息，我真的要放弃写作了。”而当朋友来信鼓励他的时候，他自己的心情也已经在剧烈的颠簸后再度回归平静，得出结论：他真的必须全时间地写作。写作不仅是他的“业”，也是他的“命”，还是他的使命。

“要成就你的使命，你必须一心一意地将自己奉献给你的目标。”许多年后，另一个杰出人物卡拉姆博士（印度第十二届总统）如此说。

看到儿子如此顽固，又如此需要支持，斯坦贝克沉默的父亲终于接受了儿子的作家之梦，决定支持他，让他搬回家住节省开支，还每月借给他生活费。母亲对这个决定不是很开心，但是这次父亲下了决心。

其实，父亲的决心中深藏着一个痛：斯坦贝克的父亲对自己有一种深刻的失望，不仅对自己的生意能力，更因为他对自己的“星辰”——人生的梦想的放弃。他临终前最让斯坦贝克心痛的就是他对自己人生的感叹：“我一生中没有做过一件真正想做的事情！”

其实，说他“没有做过一件自己真正想做的事”实在是在伤感中的夸张，不过他因为自己对梦想的放弃而深深遗憾，并因为深懂这种遗憾的滋味，而不要儿子再来重复他自己。所以在儿子早该独立的年龄却还没法独立、还在努力逐梦的时候，他伸出了父亲的援手。

斯坦贝克有了这个帮助，立刻一头埋到书桌上。

第二年，也就是一九二九年八月，《金杯》——他的第一部小说正式出版，他也正式订婚。两个月后，美国的经济危机开始。

聚光灯下

那个房间的确太小了，装不下一个从心中延伸道路的人，那道路一旦延伸到现实中，就会延伸得很远很远。

经济危机的影子就在这个展览厅里。这里有几千件物品，要么有关斯坦贝克，要么有关他的作品。它们承载的那些故事，或直接、或间接都关联到经济危机。

不过，也许是因为当时斯坦贝克还年轻，眼光都放在未来，对眼下的生活还没有太多考究；也许是因为自成年后他的物质生活都是得过且过，从来就没有富余过；也许是因为住在海边，丰富的太平洋总是会提供一些食物可供放在饭桌上，所以经济危机的后果虽然进入了他的作品，却对他的本人生活没有实质上的影响。他的心思都还在写作上。

那个时期，也正是美国小说的伟大实验期，一九四九年的诺贝尔文学奖得主福克纳在一九二九年出版的《喧嚣与骚动》中，用回旋繁复的长句意识流来多重叙述、描写、记录人物的内在世界，形成独特的风格；一九五四年的诺贝尔文学奖得主海明威已在一九二六年出版的《太阳照样升起》、一九二九年出版的《永别了，武器》中以干脆、简洁的叙事，开创一代文风。不过斯坦贝克却正处于写作技艺的探索和雕琢阶段，他的写作欲望也同他的精力一样旺盛。

“一个人之所以是一个作家，是因为他里面有种深切的渴望在驱使他写作。”他说，“一个人通过写作而得到生活的一些最基本的事实。”

与本书前面提到的杰克·伦敦相反，这“深切的渴望”对他来说，不是谋生挣钱，而是写作本身，虽然他也需要“挣钱”，需要“谋生”，但“挣钱谋生”始终都只是他写作的“副作用”、“副产品”。

所以当一个刚起步的作者去看他，抱怨说写作赚钱少时，他说：“我和我的妻子住在这个房子里几乎什么也没有，我们没钱跳舞，没钱上戏院。但是那都不重要。我写是因为我知道我应该写。没有什么事情可以让我不写。”

这个作者说，他在斯坦贝克的眼中看到“一种训练有素的意志力和极度的自信心。相对如此的决断力，那个房间似乎太小了”。

那个房间的确太小了，装不下一个从心中延伸道路的人，那道路一旦延伸到现实中，就会延伸得很远很远。

在继续出版了另外三部小说之后，到一九三五年，斯坦贝克一再被拒的《平原传奇》（Tortilla Flat）终于得到出版，人们以惊奇的心情走进蒙特瑞最底层的社会，他笔端的魔力使他一举成名，标志着他人生上半部的结束和下半部的开始，也标志着他不再会被金钱所胁迫。

那年，他三十三岁。

“我一直奇怪为什么没有作家在作品成为最畅销书后‘生存’下来，现在我知道了。聚光灯和喇叭对一个作家来说，跟对一个拳击手一样坏。人会变得太在意自己，那是写作生涯的结束。”

虽然由于他的清醒，书的畅销没有使他的写作生涯结束，而是引导他到达新的成功，但遗憾的是，他的成功并没有被一直不相信儿子的母亲看到。他的母亲就在他扬名美国的前一年中风去世，父亲也在《平原传奇》出版前六天与他永别。在这样的丧失中唯一值得安慰的是，父母两人都没有听到本地的商会把文学的真实性与照相机的真实性混为一谈，骂他的作品是“一个可恶的谎言”；而且父亲去世前大概已经得知儿子的又一部作品将要出版，那，或许是一个被父亲支持的儿子可以给丧偶父亲的一个安慰。

然而，本地商会对他的叫骂其实只是一个序幕，标志着他将从此进入乡亲的口舌和文学评论的枪林弹雨——虽然也有“友军”的火力来维护他。《愤怒的葡萄》所刮起的旋风我们在前面已经提过，后来获得诺贝尔文学奖则是他遭受评论轰炸的又一个密集高峰。以《纽约时报》（New York Times）为代表的期刊杂志，将他这部最出色的作品贬为三十年代的“一份抗议的文件”而已。一些评论名嘴更是向他开火，将他的作品列举出来，批个体无完肤，并声称“大多数严肃的读者”已经不读他《愤怒的葡萄》之后的作品了，换句话说，就是一九三九年之后的作品都不值得“严肃的”的读者来读了，他们认为这样的人怎么够格拿诺贝尔文学奖。

在一片轰炸声中，斯坦贝克说，是朋友们的支持和赞扬给了获奖这件事“尊严和价值”。

历史上，对诺贝尔奖的争议其实并不少，斯坦贝克对获得诺贝尔奖有他自己的清醒看法：“在获奖这件事上，如果适当地使用，它的目的和价值都很好。不过它也可以是危险和吞灭性的。在我的记忆中，对一些人它已经是个墓志铭，对另外一些人它则是一件令人窒息和扭曲的祭袍。”

这件“祭袍”让他坐在桌前，发现“英文句子跟以前一样难

写”。

不过他对批评家们做出的回应也够辛辣，他不认为文学只属于少数人、只写给少数人，在他的获奖演说中，他说：“文学既不是由一群苍白又去势的评论祭司们在空空的教堂里吟唱祈祷文来传播的，也不只是修道院里的特选族——因热能低而无望却又自命不凡的托钵僧——的游戏。文学与语言一样古老，它从人类对它的需要中产生，到如今除了更被需要之外，并没有改变。古代的行吟诗人和今天的作家们并不与他们的时代和生活相排除相分隔。”

他认为作家的身上有个“古老的委任”，就是“为了进步的缘故，作家有责任暴露那些令人痛心的过失与错误，并将我们黑暗而危险的梦朝明亮的方向疏通”。

与杰克·伦敦相比，他对待文学的态度要严肃很多。

有意思的是，这两位著名作家，一个把文学当工具，游戏着文学；一个把文学当使命，祭奠着文学，其共同点却是：都被评论界轰炸。不过，一个在轰炸中运用媒体增加自己的名气，一个在轰炸中远离媒体，受到伤害；一个在本质上是创业者，一个在本质上是文学家。

所以有对文学的捍卫。在讲到文学的作用时，斯坦贝克在诺贝尔奖获奖感言中甚至套用了《圣经·约翰福音》开篇的句式，说：“门徒圣约翰可能会在今天这么说：末后有文，文与人同在，文就是人。这文末后与人同在。” *

尽管一些声音大的文学批评人士对斯坦贝克的作品不以为然，民众和历史却并不以为声高就理多。迄今为止，斯坦贝克的作品已经被几十种语言阅读，他的笔让那些“被忘却的不再被忘却”；其数部作品还被拍为电影，让历史在人们的眼前重现。如果你有时间，在这个展览馆里，就有他的四部电影可供观看。

然而最感动我个人的，还不是这些体现在数字上的成就，而是素不相识的人因为他作品的缘故，买了花去他的墓地看望他，或在网络上找到悼念他的网址，对他说几句朴实的家常话，告诉他刚看了他的什么书，很喜欢；或是因为知道是他的生日而特来祝他生日快乐；或是告诉他，他的书是如何给了自己“社会道德意识”；或是请他问候海明威；还有人老友般地跟他扯自己的生活，开点幽默的玩笑，给他带去他喜欢的酒，请他继续写作等……温暖，自然，没有时空的限制，只有心灵的联接。

而当年对他的那些评论，虽然应验的是“做事的被不做事的指点”这一人间怪象，也达到了一定的破坏作用，但是除了有关的研究者在今天会去搜阅之外，它们早已经被匆匆的时间推在一旁，搁浅在吞没万象的茫茫雾霭中了。

除了上帝，时间的选择和评论才是最后的权威。

会创新洗衣的骑士

害羞，是因为个性；不怯，却是因为勇气。

带着小孩来参观斯坦贝克中心，这里的东西重了些，因为展览的重头都是他的作品。不过还是有两样东西让孩子们很喜欢，一是小红马（出自作品《小红马》），因为可以骑；一是可出游的住房车（出自《与查理同游》），因为车里有斯坦贝克的狮毛狗查理的模型。虽然只是个模型，查理也只需一个狗模样就抓住了我女儿们的心，她们津津有味地读旁边斯坦贝克的幽默独白。

我也喜欢查理，没有查理，斯坦贝克的《与查理同游》就少了许多趣味和个性。我也喜欢书中的斯坦贝克，一个普通人，尤其欣赏他发明的洗衣绝活：将脏衣物丢在一桶肥皂水里，将桶固定好，然后开始一天的旅行，等停车的时候，衣物已经在桶里晃

了一天，如同在洗衣机里被晃了一天，只需要清清就可以了，而且清也可以如法炮制地清，省时省力。我想，如果有一天我也这样开辆“房子”出去旅游的话，大可模仿他的洗衣办法。

看着孩子们看查理，我想到斯坦贝克的童年。对他一生产生影响的一本书——英国作家马洛礼的《Morte d’Arthur》(《亚瑟王传奇》的简短版)，就是他在九岁时读到的。

《亚瑟王传奇》讲的是亚瑟王和他的圆桌骑士们的故事，姨妈将书送给他时，他深感失望，一点也不想要。可是当书被打开，里面散发出来的魔力就很快将他俘虏了，他从此视之为珍宝，谓之为自己的“秘密书”、“魔书”。他说自己的正义感、反对压迫者、同情被压者的思想，都是从这本秘密书得来的，而且“在痛苦、悲伤或迷惑的时候，我就回到我的魔书上去”。

难怪他会驭笔为马、舞墨为剑，以骑士心肠完成了《愤怒的葡萄》。

一九三九年，一个研究他的大学生送给他一个问卷，问他《愤怒的葡萄》一书后面有什么人生哲学，他说：“我不喜欢看到人被伤害，或者受饥饿，或者没必要地难过。就这么简单。”

不仅如此，《亚瑟王传奇》这本魔书还直接造就了他的成名作《平原传奇》的故事结构与叙述风格。

其实“骑士”心态在斯坦贝克年轻的时候，就在一个戏剧般的场合表达过。

在斯坦福上学的时候，有个圣诞节，他曾与一个同学的家庭一起去一个卫理公会教会（Methodist Church），据说当时牧师是个喋喋不休的人，讲道时不断循环重复地强调“灵性的饥饿”，说“灵性的饥饿”遍布各地，人要看重“灵性的饥饿”，而不要太在乎身体的饥饿。

也许是因为斯坦贝克见过身体饥饿之人的光景，也许是因为牧师的教导的确太有偏重，所以斯坦贝克当时的感受是：该牧师对人间疾苦很冷漠。故而起初还能勉强忍受，然后是悄声对自己说“简直是胡扯！”最后竟然忍不住了，站起来大声说：“没错，你们所有的人在这里都看起来很满足，可是外面的世界却正在企求一块面包皮，或是企求一个能够挣到面包的机会。先喂饱身体吧，灵魂自会照顾好它自己。”

那个场合，很难想象他是个害羞的人，他似乎是羞而不怯。

“不怯”还表现在五十年代的一件事上。当时，美国政府中敌视共产主义和共产党的麦卡锡主义仍然盛行，从三十年代起，国会里就成立了一个特别部门——“国会非美活动委员会”，对美国各阶层进行清除共产党的行动，好些导演、编剧、科研者、教育者、公务员、作家等都被招去交代。

一九五七年，剧作家米勒（Arthur Miller）因为写了《销售员之死》、《萨勒姆的女巫》而被问讯。《萨勒姆的女巫》取材于美国十七世纪的一个真实历史事件——发生在马萨诸塞州的萨勒姆的“逐巫案”：证人不需要亲眼看见嫌犯的犯罪行为，就能证实嫌犯漫游的罪恶灵魂如何危害他人。这个剧目深刻揭示了各色“逐巫”人的心理动机，映射了当时政治上的恐怖主义。正因为此，米勒必须对他冒犯了的“国会非美活动委员会”作出交代。当时还是米勒之妻的影星玛利莲·梦露陪伴米勒前往“交代”，米勒陈述了自己的所行，但是却拒绝透露其他人的名字，因而被视为“蔑视国会”，被罚五百美元，并监禁一月。

当时明眼人都看出一点：这个号称是“自由国家”的政府，既然可以因米勒的独立思想而惩罚他，自然就可以如此对待任何一个人——尤其是最容易得罪政府的作家们，只要国会里有几个人不喜欢你写的东西，或是看出一些“名堂”，你就危险了。

但是，在高压下人们沉默着。这时，斯坦贝克站出来了，通

过《绅士》（Esquire）杂志开口说话："在希特勒德国，向政府报告你的朋友和亲属是被看做爱国，我们美国人在这方面感到既安全又优越。然而我们真的有这样的安全和优越吗？如果我是米勒，我不知道我会怎么做，不过至少我可以希望——为我自己也为我的孩子们希望——我希望我能跟他一样，有足够的勇敢来保持自己的信念并捍卫自己做人的道德。"

也是因为不怯，当看到美国的道德风尚日趋下降的时候，他感到有种急迫感，要将影响了他个人品格的书——《亚瑟王传奇》变成现代英文，好让孩子们可以享读这本好书而被熏陶、被影响。同时，他还落笔写了攻击道德现象的小说《这令人不满的冬天》。

害羞，是因为个性；不怯，却是因为勇气。而勇气，并不在于个性，而在于思想，在于价值。

"我写作的全部动力一直是想努力使人们之间能够彼此理解……"他说。

当我们即将迈出展览厅大门的时候，展览厅就用了他这句话与我们告别。

这是一个不只把写作当兴趣的作家。

走出中心后，我感到至少更理解他了，斯坦贝克——一个道路延伸在心中的骑士。

---

*《约翰福音》开篇原文："太初有道，道与神同在，道就是神。这道太初与神同在。"这里的"道"，在英文中的对应词就是"Word"，表面意思即"词，言辞"等意思，引伸为文学。

永远的侠斯达之一

——圣山

“我认为黄昏的侠斯达山是我所见过的最壮丽的景观。”

——罗斯福

在欣赏风景上，我有第一手经验，深味什么叫做“必然错过”。

在贵州生长的时候，我没有去过黄果树瀑布，原因很简单：那么近，就在那里，什么时候不能去呢?

所以没去成。

后来到了北京，一住十年，没有去过天坛，原因也很简单：天坛就在那里，什么时候不可以去呢?没有必要去与全国各地涌来的人潮拥挤嘛。

所以天坛因近在咫尺，故而远在天边。

其间我每年回乡探亲，途经湖南，九寨沟就在脚边，居然也没谋面，原因不用提你也知道了：什么时候再停不行呢?反正总是过上过下的。

所以，作为中国人，中国的名胜就这样被我一错、再错地错过。

那年夏天，我和洪波在美国的旧金山湾区琢磨着要去哪里度假，灵光突然降临到了我：妹子啊，以往的旅游思想模式有问题呀!

于是翻然悔悟：“风景并不总在远方，要珍惜身边!”（并且连带引申了一下：“生活也不总在远方，就在眼前。”）

故而，那个八月，我们一家有了一次为时一周的“近处揽胜”。“近处”，包括五百公里外、海拔四千三百二十二米的侠斯达山峰（Mt. Shasta）。洪波负责做司机和脚伕，我负责旅行策划、导游和摄影，旅行团的成员则是当时分别为七岁和四岁的女儿。

小公园，大秘密

而这样一条大河，游人可圈可点的源头就在我们眼前的这个公园里。

“带着这两个小家伙去爬山?!”公布旅游计划的时候，洪波对我的安排就颇有狐疑。

“是去玩水和‘游山’。”我说。

对海拔数字缺乏常识的人就有这样的好处：不懂害怕，所以没有困难。

我兴奋地将精心规划的路线一一报来，第一天到哪里，玩什么，为什么要这么玩；第二天到哪里，玩什么，为什么要这么安排，等等，一堆信息细小琐碎，把洪波弄得头晕，忘记了对侠斯达的担心，觉得还是让老婆操心这些小事好了，他只将一件大事——开车管好就行了。

这样就开始了我们的旅行。

按照行程到了第四天下午，尚在一百多里外，侠斯达雪峰就在蓝天下遥遥地进入了我们的眼帘。

从绝对高度看，侠斯达山不是很出名的世界名山，虽是加州的第五高峰，在世界高峰榜上也进入前一百强，排行第九十六，却像奥运健将一样，虽然能去参赛已经很不错了，但所有的彩头却都被前面数一数二的山头给遮了去。不过，它在自己的地盘上，却还是以它的巍然、耸然，不由分说地抓取着视线——哪怕你在百里之外。

侠斯达山这么容易被看到，不在于它的绝对高度，而在于它的相对高度。这就是“鹤立鹤群”和“鹤立鸡群”的不同，仿佛它所属的喀斯喀谛山脉（Cascade Range）从北到南地延绵到此已成强弩之末，气若游丝，勉强坚持着，却又突然猛地跃起，爆发出一座火山来，比周围地区一下高出三千米，成为它的第二高峰。就是在夏天，它的山顶还是在过冬，以白雪的冠冕让在骄阳下冒汗的人惊奇不已，以为是自己错看了它的颜色，疑惑“那真的是雪吗？这可是夏天！”

如上帝一般孤独，
又洁白仿佛冬日的月，
侠斯达山从北加州的大黑林中猝然站起，
巍巍独立。

有美国“山岭诗人”之称的米勒（Joaquin Miller）曾如此描述说。

美国保护自然的平民名将墨尔（John Muir）则说：“当我第一次在错综的萨可伦门托河谷望见它的时候，我在离它有五十英里（约八十公里）的地方步行，孤单而且疲惫。然而，它却将我的血液变成了酒，从此我就再没有疲倦过。”

对这个在设立美国国家公园上功不可没的人来说，侠斯达山是激励他一生都投身于自然保护的一颗明珠。

现在，我们也在骄阳下望见了这颗明珠，大家都激动起来，仿佛已在炎热中尝到了白雪的清凉，没人去想以四岁、七岁幼龄且没有体育细胞的女孩，由书生父母带领去攀登雪峰是不是可行。

不过这个问题在当天还不成为问题，因为时间对于爬山来说晚了点，我们按计划先去了山下的侠斯达城，直奔它的城市公园。

这可不是一个一般的公园，虽然它看起来其实一般。通常人都不会想到，就在这个城市公园的一角，会是加州第一大河、也是全程七百十九公里皆在加州境内的大河——萨可伦门托河(Sacramento River) 的起源地，加州首府萨可伦门托就是因它得名。

萨可伦门托河是加州经济的生命河，人畜饮水和农用水都离不开它。没有它，大半个加州都将干涸，加州的农牧经济也不堪设想。它从侠斯达雪山开始，一路集川汇流，渐行渐大，最后磅礴地注入旧金山海湾。当人们为了水上交通而拓宽、拓深了河道后，远洋海船也可以一直上行，直到加州心脏——州府萨可伦门托城。

有趣的是，在萨可伦门托河中与海船一起溯流而上的，还有犯迷糊的大海鲸。曾有一只长十二米、重三十六吨的驼背鲸进入淡水河道，并一直往上游挺进，远离海洋一百一十多公里，成为旷世奇闻，沿途电台派出“狗仔队”对它进行追踪报道，爱称它为“汉弗瑞”（与历史上的一个副总统同名），不放过它的“一颦一笑”、“一呼一咋”、“一举首一投足”，最后汉弗瑞如大船“搁浅”，人们费了不止“九牛二虎”之力，而是“百牛百虎”的力气才将它解救入水，海洋动物专家和海洋警卫队也一起协作，通过不断播放驼背鲸进食时的录音，将它一步步诱惑到了太平洋里——它应该属于的地方。

也许是因为这种“名人待遇”的滋味还不错，汉弗瑞后来又再访旧地，让人疑心是不是有一个驼背鲸版本的“人鱼”故事。再后来又有一母一子两只驼背鲸沿着汉弗瑞的“鳍踪”而上，有想象力的人可能还会猜测一下她们与汉弗瑞的关联，按照人间的情理来演绎一番这海洋巨头的反常历程——莫非它们是一家人？莫非老汉弗瑞已经仙逝，母子俩是来为它了结一个未了的心愿？

不幸的是，海鲸母子身上皆有巨大的伤口，皮肉翻开，似乎被轮船的推动器所伤。为免其伤口被淡水河的细菌恶化，人们给它们注射了抗生素，并以诱惑汉弗瑞的类似办法——播放同类鲸声的录音来引导它们回归海洋。然而，对它们来说，归途似乎比来路漫长，也许是因为受伤的缘故而心有余悸，也许因对归途是否是归途还不确定，在沿途要游过的几座大桥前，它们都非常犹豫，循游圈转，徘徊不前，似乎害怕，似乎留恋，费了许多时日人们才终于将它们安全带到了旧金山海湾里，最后在夜色之中，它们游出了最后一座人造大桥——金门桥，消失在浩瀚的太平洋中。

汉弗瑞等驼背鲸的海洋客影，为萨可伦门托河增添了一层传奇色彩，也见证了它河道的深广。而这样一条大河，游人可圈可点的源头就在我们眼前的这个公园里。

带着好奇，我们走了进去。

公园不算小，进去之后，有高大的树木，宽阔的草坪，还有两个安有秋千架和攀援设施的儿童小乐园。源泉也并不难找，留心竖起耳朵往前走，就有清脆的涌泉声渐渐传来，越来越响，最后我们发现自己站在林荫之下，面对一堵翠叶掩映的天然石壁。

这就是它了！一个公开的秘密——公开，因为它毫无隐藏；秘密，因为如果事先不知道，人们很可能不能想见小小的它与奔流入海的大河流的关系，就像看见一个幼童，不知道他在一路长大之后会是一个吐纳有势的将军。

眼下虽是炎热的旱季，石壁之下，清澈的泉水却一股一股地奔

涌出来，带着相当的冲劲，刚出石壁就沿着水道半跃半滑地蹿出去了。难怪萨可伦门托河是美国注入太平洋的河流中水量第三的大河，看看这源头的架式！看看供给这源泉的侠斯达山的架式！

我半蹲下来，俯身去用水瓶灌水，眼底的波光飞快地闪烁，让人恍惚，手上能明显地感觉到水的冲力和水的寒凉，暑气顿时消去了一半。待起身就了瓶子将水喝下去，从牙齿到肺腑就都彻底地凉快下来。

“好喝！纯！还天然冰镇！比买的矿泉水还好。”我竖起大拇指，对着洪波和女儿们推荐，“要是住在附近，我们就不用买水了，来这里灌就好。”

话音刚落，有两个人提着大水罐一前一后地过来了。不是我一个人知道怎么用这里的水。

其实，如果不是水的源头，或者不清楚水的质量，像我这样毫不迟疑地爽快张口，很可能是自找麻烦。加州的河水——尤其是中下游的河水最好不要随便喝，历史上对金、铜、铅、锌的开采在一些地区造成水的酸含量、金属含量过多；更由于汞曾被用在早期的金矿开采中，有些河段还会有过量的水银，能严重威胁人体健康。

也许是为了庆祝这条加州生命河的诞生，也许是为了让这个公园更有意思更有特色，公园的设计者还别出心裁，利用河沟和它周围自然生长的树木和高草做出一个不规则的迷宫来。我领着女儿在里面转了一圈，上坡下坎，左拐右弯，过人造的别致的小桥，又过自然树木搭成的朴拙的小桥，遇到几只蜥蜴和蝴蝶，看见几条游泳的鱼和一些稀奇古怪的植物，不很难却也不是很容易地转了出来，还真有那么一点冒险的感觉。这么一趟之后，女儿们的乏劲全消，精神大振，出了迷宫后就直接冲向秋千架，仿佛两只彩色的大蝴蝶，飞向半空。

温那曼部族

在麦可劳得河岸的一边，她要白天独自步行、溯流而上，晚上则在树皮搭成的营棚里露营，以此证明她有足够的耐力和勇气来成为一个女人。

我也曾乘了电梯深入到大坝的里面，当时最强烈的感觉是：自己真成蚂蚁了——入大山的小蚂蚁，不过没有洞穴蚂蚁的自在感和安全感。

眼前的情景让我们张目结舌。

为了去看附近的麦可劳得河（McCloud River）的瀑布，出了侠斯达城市公园后，我们就奔向麦可劳得河——萨可伦门托河的支流之一。然而，当我们到达之后，它的瀑布倒没有让我们感到惊异，让我们惊异的是它的河床。

由于是旱季，水落石出，满满的全是火与水所造成的奇观——不知是哪个年代的玄武石，沉睡了百万年后从火山口喷流出来，在流淌中渐渐冷却了，柔和的线条波浪般流畅，石质细密，奇异的壶洞更是遍布石身，却又似乎被乱刀相截，于是每一块石头身上都是那线条和壶洞的片段，大块大块地堆着，挤着，挨着，连着，垒着，叠着……有的壶洞如此细腻圆润，是个几乎完美的空心圆锥，仿佛曾有顶天立地的窑匠将这些石头当作粘土，在窑轮上随意地揉捏把玩之后，却又随意地一丢，于是完成的与没完成的作品堆得遍地都是，清澈的水流就在这些灰黑的“陶瓷”间边跑边唱，靠近一处两三米高的断层时加快了速度，奔流如射，然后急速地扑了下去，发出轰鸣，在下面形成一潭，回旋滞留，半晌后才又奔离而去。

而就在这浸骨的急水中，有孩子在那里玩跳水，“扑通”、

“扑通”跃进寒潭，爬上来，抖缩着，有的还跳下去，有的则将自己包在五颜六色的浴巾里回暖，等缓过来了才将浴巾一丢，“扑通”又扑进那寒水里。

这就是当地一个叫做“温那曼人”（Winnemem Wintu）印第安部族的家乡，确切说，残存的家乡。Wintu，在该部族的语言中就是“人”的意思。

温那曼部族是个“濒临绝境”的部族，已经消失的和继续存在的北美印第安人部族的历史交叠在他们身上。在他们身上，我们可以看到一个印第安部族的消亡，也可以看到一个印第安部族的希望。

根据他们自己部族的历史，在欧洲人到来前的十九世纪初，温那曼部族的人口有一万四千多人。十九世纪二十年代，白人开始涉足他们的领地，也带进了冲突、暴力和新的疾病。除了流行病的强大杀伤力，人为的屠杀也在他们人口的剧减上扮演了非常残酷的角色。就像动物因为珍贵的皮毛而丧身，印第安人因为他们珍贵的土地而被屠杀，而有的正是以“友谊”的名义。温那曼历史上一次有名的屠杀就是以“友谊宴”的形式出现的，一次就有四十五名壮男被毒死。到二十世纪初，他们的部族人口已降到了三百多人，百年之后的今天成员更少了，只有一百二十几人。

“药女”通常是这个部族的精神领袖，她不仅医治人们的疾病，也负责带领部族举行各种礼仪和宗教活动。一九〇七年，他们部族近代史上的一个重要药女诞生了，当时的药女在六十高龄生下一个女儿，全族人皆感惊异，其六个精神长执（Shaman）一起联袂来看究竟，创下部族历史上的奇闻，为的是要来辨明这个婴儿的凶吉，结果他们的共识是：这个孩子是个特别的孩子，将注定成为他们下一代的精神领袖。

这个女婴名叫琼丝（Florence Jones），由于她一出生就别无选择地面对了印第安人与白人的历史积怨和文化矛盾，就面对了两种价值体系、生活方式的激烈冲突，我们不妨看看她的经历，因为她的经历，就是近代印第安孩子的经历，也反映了近代印第安人的历史。

五岁时，她被联邦政府强行带走，进入一个专为“同化”、“文明化”印第安人所设立的学校，温那曼人则面临失去“领袖接班人”的危险。十岁时，学校失火，琼丝乘机回到自己的部族继续她作为药女和领袖的训练，并按照传统，独自出发完成她的成年仪式——来回一百三十公里的徒步远足。

这个成年礼一般用四天完成，根据月亮的圆缺来定日期。在麦可劳得河岸的一边，她要白天独自步行、溯流而上，晚上则在树皮搭成的营棚里露营，以此证明她有足够的耐力和勇气来成为一个女人。过程中会有她生活中的成年女人，比如姨妈、姑姑等，来到她的营棚里，向她讲述生活的智慧和技能。等到了第四天月满之时，她就要在特定的地点游过河去，加入对岸部落的庆祝，当她从河里出来的时候，上岸的就不再是个孩子，而是一个长成的女人。他们举行庆典的地方，有块特别的大石，叫做“青春石”——她将加入其他女人的地方，她游过来的对岸，也有一块石头，叫做“儿童石”——那是她所告别的过去，在那里，她曾放上她的手，接受部落人的祝福，让她长大后好成为一个好人。也是在那里，她和其他孩子们通过部落人的口来清楚明白自己的天赋和长处。

我们不知道在这趟独自远足中，琼丝的外在经历和内在经历的细节，但是有一点可以确定，这条一百三十公里的长长的通道，不仅连接着她的童年和成年，而且也连接着她的当时与未来——部族的精神领袖。

成年礼完成不久，她再次被政府带回学校，然后被送到一个

旧金山的家庭做帮佣。十七岁时，她回到自己的部族，再次开始她的传统角色的训练：药女。

约十年后，她正式成为部族的药女，并与部族人一起经历了其历史上的再一次大灾难。

萨可伦门托流域的气候特点是降水不均，冬春雨季，夏秋旱季，而旱季正是加州连绵七百多公里的中央平原需要灌溉来保证成熟与收成的季节。于是，三十年代，为了控制洪水泛滥，保证旱季供水，著名的侠斯达大坝开始动工，地点在麦可劳得河与萨可伦门托河的交汇点，我们在来路上所经过的一个湖泊——侠斯达湖，就是坝成之后的水库。它是加州的第一大水库，包括麦可劳得下游河域在内的一百二十平方公里的土地全部淹没于水面之下。

我去参观过侠斯达大坝，一个弧形的工程奇观，美国的第二大坝，长一千五十五米，高一百八十三米，厚约一百六十六米，完全由水泥堆成，一边是宁静的侠斯达湖，青山环绕，彩帆点点、人可娱水；一边是深卧坝下、产生五十六亿千瓦时电力的发电厂，人在坝上，只见堤坝陡悬，落水微声，河水如溪。它的泄洪道是迄今为止世界上最大的人造瀑布，蔚为壮观。

我也曾乘了电梯深入到大坝的里面，当时最强烈的感觉是：自己真成蚂蚁了——入大山的小蚂蚁，不过没有洞穴蚂蚁的自在感和安全感。在上下左右都是厚厚的水泥墙的地方，你与世界等于是完全地隔绝了——你若呼天，天真的听不到你；你若呼地，得提醒自己你已经不需要呼地，因为你已经在地里——最结实的“地”；而一旦关了灯，真是连一个光星子也没有，眼睛等于就没有了，声音倒可以很响亮，没有多少逃逸。我们做了一个实验，把通道两头的门一关，在通道的这一头一拍巴掌，通道的那头就传来一声霹雳；在通道的这一头猛一跺脚，通道的那头就传来雷鸣。声音同我们一样，都只能在通道里来去，别无出路。

这样一个大型工程，造福无数，包括远在南加州的一些主要城市的用水、用电，如洛杉矶。

然而，除了每年冬季需要溯流而上来传宗接代的三文鱼，温那曼部族似乎是这加州功臣的唯一牺牲品。

世世代代以麦可劳得河域为领地的温那曼人，是个讲究自然崇拜的民族，其生活方式与自然环境紧密地交织在一起，既以自然物为对象、也以自然物为途径的宗教仪式，是他们的日常生活和精神生活的“中枢”，分量很重，不可或缺。由于侠斯达大坝的落成可以泽及大多数加州人，他们同意放弃自己祖祖辈辈生活的大部分土地，只要联邦政府愿意用另外的土地作交换，好让他们继续其传统生活方式，继续他们各样的圣礼。联邦政府自然同意，结果却是大坝建成，温那曼人的二十几个旧村落、墓地和一些重要的圣礼场所悉数淹于水下，而联邦政府所许诺的土地却一直没有出现。

琼丝正式成为部落的药女和宗教领袖的那年，正是大坝开工的年头。除了主持还可以进行的传统宗教活动、医治仪式外，她也踏上了带领温那曼人争取其土地权和其他权益的漫漫长途，并与别族的印第安人一起，取得过一些小小的进展，比如，可以在一些他们视为圣地、其他人视为公共场所的地方举行他们的宗教仪式；可以配戴雄鹰的羽毛而不至于触犯相关的动物保护法条；他们也促使联邦政府终于决定对他们失去的土地进行补助——但由于价钱低到才一块多美元一英亩，因而温那曼人拒绝这一努力得来的结果；他们还保住了残存的圣地之一——侠斯达山的豹草甸，没有让它变成又一个商业滑雪场。

然而，相对他们的失去，这些胜利还是太小、太少。当被许

诺的土地还没有争取到，更致命的打击却又从天而降——温那曼人发现在政府的独立印第安人部落名册上，自己这个部落已经被神秘地抹去，没有任何解释。

那神秘的一抹也许只是某个职员一个无意的错误，但是这个错误的严重程度只有温那曼人才会真正完全懂得：他们不再具有印第安人的部族地位，也就是说他们所失去的不仅仅是90%的土地，还有政府为弥补历史上对印第安人的亏欠所给予的医疗、教育等福利待遇，这些待遇直接关系到他们日常生活的品质；他们失去的更是与联邦政府对话的资格和地位，联邦如果要再做什么，根本不需要与“不存在”的部族打招呼，更别说谈判，在这种情况下，他们所能做的只能是请求和呼吁。然而，一个“不存在”的部族的呼吁能够到达哪里呢？

历史的答案是：无垠的虚空。

作为一个部族，他们的生存和前途都变得渺茫。他们与美国政府之间的战争没有终止，似乎也没有希望，他们感觉这无异于“文化上的种族灭绝”。

他们拒绝被文化灭绝，所以用各样的方法坚持着，甚至绝食。

第一次绝食持续了二十一天，一个参议员作出许诺将为他们的部族地位努力，他们的绝食才终止；三年后，因为事情没有多少进展，于是他们进行了第二次绝食，并因为他们已经失去医疗待遇，绝食的结果是两人丧身。

不过，这本来“可以避免的悲剧”发生后，他们的医疗待遇倒是得以恢复，琼丝等人则继续坐火车去国府，为他们的部族利益做进一步的争取。

与此同时，他们意识到与公众交流、取得公众理解的重要性，于是走出自己，向非印第安的美国族群介绍自己的文化，琼丝还选择性地参与了一些反映印第安人生活的纪录片的拍摄，只要这些纪录片不是以商业赢利为主要目的，她愿意透露一些通常不对外公开的部族活动，为的是与更多的非印第安人达成相互的尊重与了解。

当她在八十来岁高龄退休后，她的孙女继续在她的位置上担起了部族的担子。事情似乎还在往对他们不利的方向发展。在他们的土地尚未得回、部族地位仍然丧失的情况下，一个增高侠斯达大坝的提议却又已经被放到桌面上，一旦提议通过，水位会上升几米到几十米，温那曼人残存的礼仪圣地和已经迁徙过的墓地都将进一步失去；琼丝所经历过的成年礼，他们部族的女孩将再没有地方来经历，儿童石、青春石都将淹没在水面下；曾经被集体毒杀的四十多个先辈的葬地也会完全淹没在水底；更可悲的是，他们的生活方式将彻底失去赖以继续的场所。也就是说，侠斯达大坝的增高，虽然不会彻底毁灭他们作为一个个体的生活，却意味着他们将成为一个传统没法被传承、因而将失去传统的传统部族，实际上也就意味着作为一个“传统部族”的灭绝。

一个勇士孤独地站着，恐怕未来
不会再响起击打的鼓声和他弟兄的歌声

从海岸到海岸，我们的许多部族曾经矗立
如今却大部分失去了
美洲牛不再漫游

我们分享了我们的食物和土地，我们曾用敞开的心胸分享着
为的是友爱、希望与和平，然而这一切都被撕裂

只因我们不知道到底是什么隐藏在白人的心底
他们屠杀我们的人民，又掠夺了我们的土地
美洲牛不再漫游

但是幸存的我们仍旧会高昂着我们的头
先祖的灵魂仍然流动在我们之中，他们从未真的远走

我们的梦想也将永远延续，我们的民族也将重有诞辰
骨饰、珠饰和羽毛也将重新成为我们配戴的骄傲

如果你倾心细听，你将听到鼓声和歌声从风中传来
在那远方，美洲牛将又重新漫游
（马纳斯科，Tommy Flamewalker Manasco）

像其他的印第安人一样，温那曼人没有放弃自己的权益和文化，而没有放弃就意味着还有希望。

不过，温那曼人也与其他许多印第安人不同。美国联邦划给了其承认的印第安人传统部族一些保留地，允许他们自治，有点像国中的国，但是印第安部族在总体上仍然面对相当大的经济挑战，于是不少部族就在保留土地上开设了一种很有争议的行业——赌场。温那曼人对此持坚决反对的态度，相信赌业对子孙后代具有相当的不良影响，并为之深深担忧。

当琼丝怀着没有实现的心愿去世后，她的部族在新一代领袖的带领下，在侠斯达湖边举行了一百多年来都没有举行过的“战舞”——面对挑战时的应战姿态，相当于非印第安人的“游行抗议”。战舞为时四天，呼吁人们的关注和支持，并强烈地要求联

邦政府给予他们公道。

据说进行到第三天的时候，有议员来表态，要为他们说话，希望他们终止战舞，因为战舞已经“没有必要”；到第四天，一些具有全国性影响的媒体，比如《纽约时报》，也开始对他们给予关注和报道，他们的呼声因而更多、更宽地传了出去。

而这一切都没有白费，据说加州政府开始站在他们这一边，将与他们一起努力，为他们的部族名义向联邦政府争取；不过，又据说，愿意帮助他们的参议员因为一些人所不知的原因而有些动摇了。

这清澈的麦可劳得河水曾经祝福了他们几千年，还将继续祝福他们吗？这个讲究与自然和谐的部族，可以终于在现代社会里得到传统生活与现代生活的和谐吗？

黄昏了，我们向麦可劳得河告别。夕阳西下，车到一个安静的路边，我们停了下来。在宏阔而宁静的天空下，侠斯达山在不远的地方高耸着，雪峰上是一大片风旋霞映的火烧云，壮丽的同时似乎又有些难言的沧桑，因而其壮丽就更壮丽了，仿佛苍穹流露的一个魂缠魄绕的梦。

也许这就是当年罗斯福总统所看见的。

“我认为黄昏的侠斯达山是我所见过的最壮丽的景观。”他说。

痴看了一会儿，我醒悟过来，掏出相机准备猛拍，一开闸，镜头却伸不出来。于是才想起，在麦可劳得河的时候，相机电池就已经用完。

作为相机，没有比这更不识“相”的时候了。

圣山

人不自感渺小的时候是不能谦卑的，而侠斯达山的存在似乎就是为了让见到它的人联想到自己之外、人类之外还有更伟大的力量。

历史一路走来，本对印第安人怀着一分内疚，却因走得太远了，连补偿都不能很痛快。

第二天早晨，我的相机电力十足，我们自己劲头十足地将车开到了侠斯达山的脚下，准备爬山。

当松林覆盖的侠斯达山直截了当地高耸在眼前的时候，所谓“巍峨”的涵义才真实起来，具有相当的冲击力。关于侠斯达山高度的数字也形象化了，仰着脖子一看，感觉自己真是渺小如无。

“你真的想带小家伙们爬这座山?”洪波出发前的那个问题又回来了，语气重音落在“这座山”的“这”字上。

我手搭凉棚往上望，想：“是啊，这么小的人爬这么大的山?!”无声的重音也落在“这”字上。

他的问题终于成为我的问题。

我突然理解了为什么侠斯达山被许多人看作“圣山”。人不自感渺小的时候是不能谦卑的，而侠斯达山的存在似乎就是为了让见到它的人联想到自己之外、人类之外还有更伟大的力量。

何况它还不是一般的山，它是一座火山，意思是说它可以很有“脾气”。这“脾气”通常不发，然而不发则已，一发惊人，六百年到八百年爆发一次，相对人的短暂寿命来看，它发“脾气”的时候还很少。最近的一次爆发是在两百多年前，硝烟弥天，熔岩遍地，摧枯拉朽，可以想象在附近生活了几千年的好几个印第安部族——包括温那曼部族——对它的敬畏。侠斯达山不仅划分了他们的境界，也是他们共同敬拜的对象，他们认为在这大山的某处有个石洞通向大地深处，那里有大地的奥秘，只会对它选中的人开启。温那曼人更是常规性地在此敬拜他们的“山灵”，过他们最高的精神生活。侠斯达山可说就是印第安人的“大教堂”，比人建的一切教堂都要宏伟、神秘。

由于这个原因，印第安人并不随随便便地上山来，要来，他们必定带着敬畏的心。

白人其实刚开始也不是随随便便地到来的，到来的都是些有计划、有准备、有几下子的“专家”。十九世纪二十年代，来的是少数寻求动物毛皮的人，那也是与印第安人暴力冲突的开始；十九世纪五十年代，来的是寻求地里黄金的人；十九世纪八十年代，来的则是伐木求富的人。不过，到了今天，来的人则多是休闲及退休的人。

休闲的人中，有的休而不闲，也不随便，他们以登山为乐，要的是“山到绝顶我为峰”的征服感——对自己的征服和对大山的征服，所以装备齐全，严阵以待。

有的则闲而不休，也不随便。感到侠斯达山的精神魅力的，不仅是印第安人，许多与“新世纪”信念有关的个人和组织都被它吸引着。

鉴于此，当有人来此只是严肃而单纯地追求自己个人的心灵休憩和安宁时，也有人将这样的追求与“事业心”结合了起来，建立起“心灵康复中心”，欲借助侠斯达山神秘而深刻的力量，吸引更多的人来此恢复在红尘中疲惫了的身体和心灵；还有其他一些形形色色的信仰组织在此地成型，诸如“白玫瑰骑士”、“和谐创造力协会”，甚至“宇宙和平中心”；有一个大型的度假村也

正在企划中，以“灵性导游”为特色，量体裁衣为你做“灵性教练”，以帮你到达“魂、体、灵”（Mind－Body－Spirit）的全人康健。

不过，更多的来人只是随便的游人，他们春冬季来此滑雪，夏秋季来此观景。他们随性而来，又随性而去，到此一游之后，又各自各奔东西。

然而不论来者是随便还是不随便，印第安人的“大教堂”都被打扰了，包括这里的生态。印第安人视为神圣的自然物体，比如一些特殊的植物、石头或由它们构成的特别氛围，正不断地被不神圣的人以不尊重的态度改变、挪动、破坏或者亵渎。因此他们要求政府采取措施来尊重他们的“圣地”，就像尊重其他宗教的敬拜之地一样。

就是这么一座“圣山”，从山顶到我们的脚下，垂直距离三公里，对它的攀登却似乎是我旅游策划上的败笔。

“不是说‘车到山前必有路’吗？咱们往前开开看再说吧。”我故作轻松地说。

作为导游，出发前我就已经有非常明确的旅游“方针”——不让任何事情败坏了我们一家人的“高品质时间”，包括导游自己的错误。

洪波满脸狐疑却也别无良策，于是再次将车发动，犹疑地往前开，以为前面的松林就是路死之处。结果那路却不死，而且还一直不死，一弯一弯地通上去，通上去，一直地通上去，林深不知处。

“还果然是‘车到山前必有路’。”洪波有些喜悦地说，身体和心情都舒展起来，我则有点不知道是该失望，还是该释怀。

就这么一路盘旋地上，渐渐有些路段没有林木蔽目，可以眺望出去了，可见那远方的山峦重叠着，起伏着，并不觉高。等绕了约二三十公里以后，我们眼前一下子豁然开朗，出现一个大平坝——山腰停车场。

这里海拔约二千四百米，之后车就再无用处，若要攀登侠斯达，剩下的近两千米就留给足下勇夫了。

“太好了！”我想，又手搭凉棚往上望，“还可以爬山，只有不到两千米了。”

山的高度已经减了盛夏的温度，和风温柔的手指抚摸在脸上，眼前的植物带也有了极大的改观，松木明显地稀落、矮小了，这里一棵，那里一棵，在巨石间、褐土中呈现着沧桑和顽强。再往上，山就干脆秃了，原始而苍劲，有几块巨大如楼的火山熔岩矗立成几个侧峰，深红、紫褐，一草不长，以火熏火燎过的印记，在永恒中静默无声，而侠斯达的山顶则几乎白雪覆盖，在蓝天下闪闪发光，超凡，脱俗。

“还是……还有两千米？”我又想。

“哇！”

女儿们已经站到停车场的边缘，背对侠斯达山极目四望，发出赞叹。

远山苍翠层叠，却只与我们的脚平，渐远渐弥蒙地融进了雾岚和云气中，成为青色的背景，衬托出两个惊叹自然的彩色小不点儿。

我们的左方，一条小径弯弯曲曲拐进稀疏的林木不见了，通向该山著名的豹草甸。我拿出一些干粮来，让洪波给女儿们补充能量，为爬山做预备，自己则沿着小道去探索了一下。

豹草甸是林间的一片开阔地，也是新纪元等信仰操练者的能量圣地，许多人来到那里满足他们的精神追求，满足之余，就常留下一些诸如小塑像一类的“供物”，表示感谢。不难想象这些

"供物"堆积的结果。

有些人更简单，直接将豹草甸的花采了下来，献给豹草甸，献给侠斯达。也可以想象这些"供品"采集的结果——尤其是考虑到这里的植物多属于亚高山植物，生长期极其短，据说有的需要几百年才能成熟，那一摘一踩对生态的影响要比在平地上的一摘一踩严重许多；我虽然没有在小道上很深入，也看到一两处羊毛出在羊身上的"献礼"——倒是没有将花采下来，而是直接在看中的花茎上扎了个彩色的蝴蝶结——花现在已经没了，那结却还在，猛一看，还以为是花。

这也算是一种"创意"，以君之物，为君之礼，献礼者只做包装而已，还省了毁花一命，似乎慈悲。

也许，让人总想留下点什么是"圣地"和"胜地"才有的特色，这是为什么人们喜欢留下自己的名字，找个地方刻下"到此一游"，算留个名。这里，有人则留下小玩意儿、留下蝴蝶结表达对侠斯达山的感谢和尊崇，也有人在此种下自己的水晶石，相信无论去到哪里，只要自己的水晶石还留在侠斯达山上，他们就都可以通过那水晶来与侠斯达山永远地联结，也与其他"圣地"的能量场相贯通，水晶石是他们的精神联络方式。

据说，为了与侠斯达山紧密地联结，有些人更是采取一些惊人的措施，比如在路上当道一坐，与侠斯达山"毫无隔阂"地练习裸体瑜珈；或者将死者的骨灰带来，撒进这里的清泉和清泉周围的土地，因为相信这个方式可以更好地安置逝者的灵魂，让他们在这个宁静且充满宇宙能量的地方得到安息。

结果他们走了，也带走了这里的清洁与宁静；他们的死者也不知道是不是真正得到了安息，反正崇敬侠斯达山的人们显然没有，他们觉得这里的宇宙能量被打扰、污染了，一些爱护侠斯达山的义工在弯腰驼背地收拾"供物"、"遗物"时，尤其感到痛心疾首，不得不直身仰首大声呼吁，请“只留下祈祷”，请“只带走祝福”。

对于当地的温那曼印第安人来说，豹草甸更是他们传统中的圣地，草甸中流淌的溪水也是他们传统中的圣水。每年的春天，当山花怒放的时候，他们会在那里举行仪式，向他们心中伟大的山灵呼求；夏天的时候，像琼丝那样的部落药女会来到那里寻求指导和祈求医治的能力，举行长达四天的医治圣礼，不仅温那曼人会来到这里，方圆百里的各族印第安人也有人慕名前来求医。在温那曼人失去太多的情况下，豹草甸的保留，总算让他们还有一处地方来进行对他们至关重要的仪式。

不过，由于豹草甸也为其他崇拜侠斯达山的人提供了一个理想的去处，我们可以想见在如何使用豹草甸、尊重豹草甸上所引发的冲突。

不过事到如今，冲突已经不那么容易解决。由于温那曼人的土地已经成为美国国家的土地，他们的许多圣地已经是美国国家的公园，那么非印第安人的美国其他公民自然也认为自己有权享受自己的国土、自己的公园。你有你信仰的自由和权利，我也有我信仰或不信仰的自由和权利，那么当“自由”相撞、当“权利”冲突的时候，这些权利和自由如何可以都被尊重到呢？

这个现象其实并不仅存在于温那曼人的圣地，其他印第安人的圣地上也有类似的纠纷，比如位于怀俄明州的“魔鬼塔”——一块似乎是补天留下的巨石，近四百米高，如果照相的话，若将全石摄入镜头，那么攀附在上的人就看不见了，仿佛一粒极微小的尘点。它是山顶上的山顶，耸立如巨塔，因而是“魔鬼塔”。其“魔鬼”二字的意思，类似“魔鬼身材”里面的那个“魔鬼”。由于这块魔鬼石塔得天独厚，早在一九〇六年的时候，就已经成为美国的国家公园，也成为攀石运动爱好者的必去之处。

政府森林部曾经考虑到周围印第安人的要求，故在某个月份，希望攀援巨石的人不要去攀爬，为的是“尊重印第安人”的习惯，结果被告到法庭，说公园侵犯了他们的公民权。公园左右为难，历史一路走来，本对印第安人怀着一分内疚，却因走得太远了，连补偿都不能很痛快。

我叹了一口气，回到女儿身边。

俯看雄鹰

看鹰不是仰头而是低头，那是一种很奇异的感觉。

“雪！妈咪。快看！”我回转的时候，孩子们的注意力也已经转到了侠斯达的雪峰。

“壮观吧。”我说。

“真的要爬山啊?”洪波问。

我们的视野里没有什么路通向雪峰，一条两条似路非路的路伸到一定的高度就消失在乱石中了。很显然，侠斯达的壮观吸引着我们，但会阻止我们的，恐怕也是它的壮观。对于我们这样一支散兵部队，往上爬一段路是可能的，要到达雪峰，恐怕是有点不现实。

可是，已经来了，而且，要有“高品质时间”。

“嗨，JJ，CC。”我叫女儿们，“有没有在夏天玩过雪?”我问。

“没有。”“没有。”

“想不想玩?”

“想!”“想!”

“看那里，漂亮吧。”我将雪峰指给孩子们看。

体力的不足，看来要靠精神的力量来补充和调遣了。

“我们去那里把雪装进这个瓶子里面带回去，好不好？”我舞动手上的水瓶，里面的半瓶水被我摇得哗啦啦响，像我的半吊子信心。

“好！好！那么我们应该先将里面的水倒掉才会有地方装雪。”妹妹一副小大人的样儿。

“不要浪费，我们可以先将它喝完。”姐姐说，已将妈妈节约不浪费的原则深印在心。

“不要急。”我神秘地说，“等到了上面，瓶子自己就空了。”

“为什么呢？”姐姐妹妹都好奇起来。

“因为这是佚斯达山。”我悄声对她们耳语，“它有让水瓶很快就空掉的魔力。不信，等到了上面你们再看。”

参与和探险精神滋滋地从女儿们的眼睛里冒将出来。

小孩就是好，与生活的距离最近，真是给人情绪。她们从我的神秘中感受到了佚斯达自身的魔力，又将这份魔力传递出来。

洪波嘻嘻笑，摇头，嘴里说的却也是：“走，我们装雪去！”

“装雪去！”“装雪去！”女儿们最兴奋。

于是装雪去。

路比在下面看见的更不好走，全是滚石。刚开始的部分还有点路的样子，因为走的人多，上到一定的高度，脚下就只有松散的石头，根本分不清楚是不是路，所以老要抬头来定位，辨明目标，免得多走不必要的路，浪费了本来就不够的体力。

有一处有几块大石，这大概是许多人放弃的地方，因为过了石头之后，连依稀的路都全没了，而大石之上，则刻满了人们的名字和到达的年月日，算是到此一遭，然后打道回府。

就是在这里，我的大千金开始露出为难的神情，脚下也颇为迟疑起来。

夏天装冬雪是很有趣味，可是这个趣味太高太远，作为动力

不够长气。

我赶紧探寻“导游锦囊”。

“哇！快来看，CC，你能够想象在这样的石头缝隙里面可以长出这么美丽的花吗?”我蹲下来指给婷儿看一朵深红色的小花，贴着地面而开。

趣味，趣味应该是最好的“油”吧，能够加多少就加多少，何况，上帝对大帝国感到过厌倦，却从来没有厌倦过小小的花朵。

“哪里?”

“这里。你要仔细看才能看到。因为它们很小，旁边的石头也是红色。千万别踩到这些植物，你知道如果你踩了它一脚，会发生什么事情吗?”

“它就死了吗?”

“那倒未必。可是，因为这里的生存条件很艰难，位置太高，埋在雪下面的时间也特长，土很薄很薄，也没有什么好的营养，通常要花好多年——甚至几十年才能长一寸。如果你踩了它一脚，也许它要再花好多年才能长得跟现在一样。所以我们要当心。你看，这株是不是也非常的漂亮。”我又指给 CC 看一株盆景一般很袖珍很袖珍的“树”。

CC 完全被那些藏在岩石中的花花草草所吸引，我也很惊异，在远看一片荒芜的地方，实际暗藏了这么多生机。我们的眼睛能看的真的很有限。

“它们都很漂亮，可是也很会躲藏。你要不要看看你能找到多少品种的花?”我建议说。

CC 立刻精神大振，这个爱花的孩子，开始了乱石丛中的“雪峰花路行”。JJ 也自然就加进来了，两个小家伙不断惊叹她们的发现，惊叹花叶的大小、颜色、形状、所躲藏的位置等等，就这样，不知不觉我们就攀登了不少乱石，山腰停的车渐渐像是小玩具了。她们发现原来爬山真的很好玩，我也体会到原来探美会让探险变得更加有滋有味，探美会让遥远的目标变得不遥远。

“哇，你们注意到这些石头的颜色了吗？你们见过石头有这么多的颜色吗？”

随着地势的增高，“美”的生存条件越来越艰苦，女儿们的探美发现也就越来越少，有点沮丧了，我又给了一点新的建议，于是孩子们又开始数算岩石的颜色，并且自己创意下去，开始分享所见到的鸟儿，所发现的时续时断的小溪流，忙得不亦乐乎……

就这样，我们居然爬到了雪线带，女儿们好像没有意识到她们克服了多大的困难，立刻又开始玩雪，忙着堆雪人，做雪画。我这个导游也颇有成功感，深吸一口这高山之气，怡然四顾。

天风徐徐，远处众山矮小，近处有鹰在脚下滑行。

看鹰不是仰头而是低头，那是一种很奇异的感觉。我感觉渺小而满足。

不知什么时候，孩子们突然想起要装雪了，惊奇地发现妈妈手里的水瓶果然已经空了。

“我说过，它会自然变空的。”我得意地说，“你看，你们的也空了。”

“我知道了我知道了，因为我们爬山，渴了，要喝水，所以它就空了。”小姐姐突然明白了侠斯达山与空瓶的谜语。

“噢，妈咪！”她随即嗔怪地瞟我一眼。这么简单的答案我却卖了这么大的关子。不过她还是很高兴，又去画雪。

妹妹也很高兴，跟着叫“我也知道了我也知道了”。

当我们兴尽而归的时候，才发现要面对新的问题。

“妈妈，我觉得我的腿好像不太听话。”小姐姐说。

我看见她的膝盖在颤抖。再看小家伙的，也在抖，好像有自己的思想。我也觉得腿软，于是对孩子们说：“我们来玩松鼠跳的游戏好不好？”

“好。怎么松鼠跳啊？”

“就是这样，看啊。”我做示范跳了一下。

其实所谓松鼠跳，就是当发现脚下的石头比较稳的时候，不是走一步，而是跳一步，这样可以用到腿部的不同肌肉，脚就不那么软了。松鼠跳是我给它添的名字，为了好玩。

妹妹尤其喜欢这个游戏，因为她喜欢松鼠，所以一蹦一跳甚是欢喜，很快就跑到前面去了，害得她爸爸笨大熊一样猫着腰俯就着，跟在后面、候在左右地唠叨个不停：“小心啊小心啊！”

“你这么小的人怎么跳得这么好？”我大惊小怪地夸奖妹妹的松鼠功，她得意非凡，跳得更欢。

小姐姐人大些，比妹妹小心，大概正因为此，所以不太能够顺势而下，虽然我牵着她的手，还是好几次脚下打滑。我一边力挽狂澜，一边无视她的惊恐万状，惊奇地问她：“哇！你在这里还可以玩体操啊？你怎么做的？”

女儿惊魂未定之余，又惊异于妈妈居然是这样来看待她刚刚经历的危险，于是从惊慌中也生出几分欢喜来，说：“我也不知道是怎么做的。”虽然差点摔了，可是毕竟没有摔啊！于是渐渐开心放松下来，进入了“松鼠状态”。

所以，当我们这支散兵登山队顺利回到半山停车场——我们的临时大本营时，不仅女儿们的“松鼠功”、老爸的“大熊功”和我的“大惊小怪功”都接近炉火纯青，我们还带回了我们这个登山团队的“奖杯”：一瓶夏天的白雪。

永远的侠斯达之二

——这片林中的雕像

“只有死者才见过战争的结束。”

—— 柏拉图

在炎热的八月带了一瓶白雪从侠斯达雪峰下来后，虽然大家的腿肚子都发软，瓶中的雪也在山下的高温中渐渐融化了，但那种“头顶是纯净的蓝天，脚下是夏天的白雪，眼底是翱翔的雄鹰”的经历，让四岁、七岁的女儿们颇有一种成就感和自豪感，我也有一种做母亲的满足、喜悦，甚至有点为自己的导游“智慧”而自得。

于是春风得意马蹄疾，车在回旅馆的途中飞驶。突然间，我们发现自己正从一个有好些露天雕塑的地方飞快闪过。惊诧，好奇，在第一个可以掉头的机会，我们就赶紧折了回去，停了车去看究竟。

眼前是两个石垒而成的台子，担起一个被链子串结而成的木牌，木牌上是朴实的字体：Living Memorial Sculpture Garden。

我在心里试图直译这个名字，但怎么翻都拗口，因为它有一个“活”字在里头。

“活纪念雕塑园？”

为什么是“活纪念雕塑园”而不是“雕塑纪念园”，或者“纪念雕塑园”，或者就是“纪念公园”？为什么一定要加一个活字呢？

我们带着疑问走了进去，这一进去，心情就在不期然间完全

地被改变。如果说刚才我是喜悦而满足的，在园内一走，那喜悦变成了肃穆，而满足则被震动所取代。

这是一个纪念战争、思考战争、反省战争的地方。

无数青松之中，好几组金属的雕塑点缀其间，当我注视它们的时候，内心的气候起了变化，有时候风起云飞，波澜汹涌；有时候又涟漪阵阵，洞箫婉转——在日常生活中不太出现的情感被唤起了，或者说，是被调出、集中和放大了。

为什么

这是一个没有国籍的问题，这是一个人间的问题。这个问题一问就难免问到人性的深处，历史的深处。

在人间的“为什么”中，有些问题属于“天问”。我眼前的这组雕像正是如此，它的名字就是《为什么》。

《为什么》由三人一台构成，两人在下，一人在上。在下的一人正臂张腿抬地向后倒下，仿佛是被什么以极快的速度从正面重击，也许是一颗致命的子弹，也许是一块横飞的弹片，他的身体被半掀起来，他的生命则在那电光石火的瞬间坠向阴阳的界线；而另一人则在那一刹那意识到了这一切，他不顾死活地扑将过去，拼命想要接住自己的战友，仿佛只要不让他倒在已经血染的泥土之上，就可逆转那不可逆转的，就可减少一个他目睹了千百遍的场面。在这两个人的上方，站在高高的台面之上的是第三个人，他在剧烈的情感中大张双臂，悲怆地仰首问天——“为什么!?”

为什么!?

这是一个没有国籍的问题，这是一个人间的问题。这个问题一问就难免问到人性的深处，历史的深处。

无数那样倒下的人，也许就这么一倒不起了。

是谁说过“战争是年轻人的苦痛和光荣”？他可能是个年轻的父亲，家里有年轻的妻子和妻子怀中的幼儿在翘盼他的归来。

他可能是个新婚不久的新郎，刚刚尝过生活的甜蜜，却就此把永久的离别留给了等待的新娘。

他可能是个生活还未完全展开、还在编织梦想的青年，现在却再不能进出父母的厅堂，只能进出他们的夜梦，在昔日的照片上留下昔日的微笑，让父母捧在手中，天天年年地抚摸、思念、追想。

他也可能是个早年生活坎坷不幸的人，还没有尝过多少生活的好滋味，然而从此却再没机会让生活来对他做出补偿了……

他可以是任何一种我们熟悉的人，他也许甚至来不及想一想昨天还在深切思念的亲人，就让衰草血阳见证了他最后一口没有完成的呼吸。

而另外无数在不幸中倒下却又在万幸中存活的人们呢？

黄泉路上他们留下了“到此一游”的“物证”。有的留下了腿，从此人间路再不一样；有的留下了胳膊，从此人间事再不一样；有的失去了眼睛，从此人间景再不一样；有的留下了一个、半个内脏，从此人间情再不一样……

更有甚者，许多人在心灵上留下了战争的重创，心灵的腿断了、手没了、视力模糊了……对他们而言，是整个人间从此不再一样。他们不仅再没办法像出征以前那样去生活，而且几乎不知道要如何去生活了，严重者甚至采取自杀来解决内在的折磨，虽没有死在枪林弹雨中，最终却阵亡于自己的内心战场。根据美国疾病防控中心的数据，美国退伍军人中每天就有十八个自杀，每年有六千五百个放弃自己的生命。

战争，是通过摧毁来成全——摧毁无数个体的生命、生活，

来成全发动战争的理由。而那理由，可能是高尚的保家卫国、抵抗侵略，却也可能是霸权贪婪，是个人的野心或民族的大私心。自古以来，多少生灵因之涂炭。

在自己的良心所认同的战争中伤亡的士兵，他们相对是幸运的，毕竟他们打的是自己认为值得打的仗，其伤是大丈夫伤得其所，其死也是一个英雄死得其所，无情的战争毕竟还给了他们一股正义之气在自己的胸腔里荡气回肠。

而对于那些不认同所打之仗的人，或者从根本上就不能接受同类相残的人，战火摧毁的不仅仅是什么敌军或友军，战火所活烧、活戕的更是他们自己的灵魂。据统计，美国正在服役的军人中，就二〇〇八年而言，就有一百二十八至一百四十三位个士兵军责在身的时候自弃其生，约占万分之二。

回家

“一个人的死亡是个悲剧，百万人的死亡则只是个统计数据。”

——斯大林

“在战争中没有不受伤的士兵。” ——侯赛·纳偌思基

《回家》就把个体的士兵可能经历的复杂情感表现得非常揪心：女人扑向她日夜等待的人的怀抱，所有的担忧、焦虑、提心吊胆都在那一刻变成涌流的狂喜——他还活着！他回来了!!

他跟她一样激动，但是他却自持得多——战争中的种种残酷场面还没有完全从他的眼前消失；他的鼻中还有硝烟的味道，他的耳边也还有枪炮的轰鸣；敌人的、战友的血，还稠稠地铺盖在他的心上；更甚者，异国他乡普通百姓的无辜鲜血，可能还沾在他的手上，没有洗清，也永远洗不清，日日夜夜叹息着三个字：“杀人犯！”

据统计，现代战争，命丧黄泉的老百姓竟然占到所有战争死亡率的百分之九十，仅是早在一九五九年到一九七五年的越南战争，美军死亡约五万八千多人，三十多万受伤，两千人失踪，但是战争区死亡的老百姓却高达两百万，比南越和北越的军人死亡数的总和还多出八十万。而这个数据还在争论之中，因为，越南内战及相关战争中的几个大屠杀还没有算进去，如果算进去，又是几百万的无辜生命烟消云散。

“一个人的死亡是个悲剧，百万人的死亡则只是个统计数据。”斯大林说。

这个《回家》的士兵心中没有那些数据，只有他亲身经历的、满肚满肠的战争的血腥和残酷。他伸出一只手去搂他所亲爱的那个苗条的身体，他伸出他的另一只手，去抚摸他所亲爱的那张美丽的脸庞，千言万语无从诉说，就化为那个手势了。还有他那张脸——没有五官的抽象的脸，却不是空白的，也不是没有表情，相反，其表达的内容含蓄、丰富得让人痛心。

这大概就是为什么我们需要艺术，唯有艺术才能表达出我们内心深处最复杂、最微妙和最深刻的感受。

我猜想创作这些雕像的艺术家极可能本人就是一个经历过战争的军人，果真如此，他应该是幸运的，因为表达本身，就是一种医治，上帝给了他艺术才华，让他替众多的军人作出表达的时候，自己也会在艺术中经历深度的医疗和恢复。

我喜欢他的雕塑风格，简单却又耐人寻味。园中所有的雕像形体他都作了艺术的夸张，每个形体都修长、优美，同时又不失粗犷、健壮，肌肉的走向明白、清楚、简洁，动感逼真，所以他的人物虽都没有五官，却又都具有表情。也许正因为此，当结合于具有一定舞蹈艺术的肢体语言时，他们便微妙而丰富地表达出藏在身体内的人类情感。

我的目光长久地停留在《回家》上，《诗经》中的章句从古远的时代回响过来：

击鼓其镗，踊跃用兵。土国城漕，我独南行。
从孙子仲，平陈与宋。不我以归，忧心有忡。
爰居爰处？爰丧其马？于以求之？于林之下。
死生契阔，与子成说。执子之手，与子偕老。
于嗟阔兮，不我活兮。于嗟洵兮，不我信兮。

这个《回家》的士兵与《诗经》中的士兵不一样，他们处于不同的时代，属于不同的国家，打的不一样的仗；这个《回家》的士兵与《诗经》中的士兵却又一样，他们都因战争而撇下了所爱的女人，“我独南行”；他们都因战事紧急而“不我以归，忧心有忡”；他们都有同样的人类情感，在生死余暇都对所爱的女人深深地思念。

他尤其想到他和她的约：“死生契阔，与子成说。执子之手，与子偕老。”可是，他能保证这个誓言吗？他能实现这个与她执手共老的一生之约吗？

号角声或枪炮声似乎在替他作出回答，他心忧了，深叹天阔地远，两地相隔，生死未卜，只恐怕他要辜负她了。“于嗟阔兮，不我活兮。于嗟洵兮，不我信兮”，我叹此生与君相离，只怕天涯相望不可得聚！我叹可能阴阳两隔，路途更将茫远，让我无法实现对君的约信。

《诗经》中的他是不是幸存于沙场因而终得生活的圆满，我不知道，只能祝祷和希望；《回家》中的他却是明确地回来了，他和她似乎可以重续前缘，执手并肩来一起实现他们的美好誓言。然而，谁会料到，穿过了战火的帷幕之后，看多了死亡和鲜血之后，他已身是人非——他已经不再是他，他的心中已有太多的创痛和负荷，他的记忆中已烙下了太残酷的画面和图像，其中一些是让他哭也没法哭，说也没法说的。如果说“昨日像那东流水”，那么，他，似乎还沉浸在那“逝水”之中，还被它挟裹着漂往虚茫——他并没有真正地回来。那么，他如何去与她共建一个美好的未来？

千种万种的情感相汇集，他失去语言，只是去抚摸他所珍爱的那张脸。

了解退伍军人心态的人都能明白，成千上万的回家士兵，在今后的数月、数年，甚至全部的余生里，都会有些“反常”和“奇怪”。白天，工作中、休息时，饮食间、交谈时……或行或止，或动或静，许多不期然的瞬间，突然有记忆闪回，他们就再度置身于恐怖和血腥之中，于是出现与和平环境极不和谐的戒备和敌意，甚至不近情理。一些无意的手势、姿态，偶然的形状、声音或者气味，都可能引发他们的内在经验，致使他们失去常态，仿佛还在生死的边沿打仗，无法放松。而晚上，他们的时间更加难过，常常恶梦连连，有人甚至在梦中对枕边人大打出手而不自知。他们难有一个完整安稳的睡眠，常常硬生生地从睡眠中被激醒，猛坐起来后，发现只是一个梦，但也已经没法再睡了，于是沉郁地吸烟、喝酒，让烟酒来陪伴他们度过那极其纷扰而孤独的长夜。他们的身体和心灵在无意识中长久地处在高度的备战状态，仿佛任何时候都不是鱼死就是网破……

和平，还没有把和平还给他们。

因此他们容易反应过度，又因为缺乏休息而容易焦躁、生气，思想难以集中；另一方面，“曾经沧海难为水”的效应又对他们的生活发生负面作用，朋友家人所看重的事情，一到他们眼中，自然就被他们所经历过的激烈与死亡比下去了，几乎琐碎细

微到不足挂齿，所以他们显得似乎漠不关心……

这些现象，若持续而重复地出现，往往造成昔日朋友与他们的疏离，也造成亲近之人的痛苦和不解。于是，许多配偶因为共同点的严重消失而没法再将婚姻延续，而许多爱情也因行驶的风帆不断触礁而终于沉没。他们——国家的英雄，回国后却发现自己仿佛一个陌生人，而且是一个没有很好适应能力的陌生人。他们在战争中虽然没有失去生命，却因为战争而失去了他本来可以享受的生活。

然而，就是付出了朋友、亲人的代价，也还是挥不去战争覆盖他们的阴影。那阴影几乎取代了他们自己的身影，与他们寸步不离，纠缠不清。于是许多人因痛苦而开始的抽烟，更因痛苦而越抽越猛；许多人为了忘却而开始的酗酒，又因为不能忘却而越喝越多；有些甚至求助于毒品。这些，不仅进一步使他们的身体受损，还不可避免地破坏着他们与人的关系，使得他们将朋友亲人推得更远，更远，他们的生活也就因之更孤单，更痛苦。表面上看，他们好像没有在战争中伤亡，实际上，他们所受的伤却是更隐蔽，更深入，因而更不容易被处理，被医治。

“在战争中没有不受伤的士兵。”侯赛·纳偌思基（Jose Narosky）——一个阿根廷作家如此说，而此话并不是空穴来风。

一九八〇年，心理学终于给了这种恶性症状一个临床名字：“创伤后压力症侯群”——一种严重时可以完全剥夺一个人的生存能力和生存愿望的心理疾病。正是这种心理疾病，使美国退伍军人成为一个流浪率、自杀率很高的群体。

但是最需要心理关怀和心理治疗的人，往往最不容易寻求帮助。因为心理疾病还戴着一顶耻辱的帽子。

除非对战争的性质和意义有内在的认同，否则，战争的后遗症将继续对退伍军人进行摧残。

眼前的这个士兵还在将手伸过去，欲去抚摸他所爱惜的那张脸。他是属于哪种士兵？他所经历的战争与他内在良心的声音和谐吗？他所抚摸的那张脸会慢慢地从狂喜变为欢喜，从欢喜变为不解，再从不解变为痛苦吗？会继续从痛苦变为失望，再从失望变成绝望，最后从绝望变为疏离吗？

如果他有“创伤后压力症”，她，一定会对他们的婚姻作出努力。但是，就算她已经对他的这种情况有足够的知识和了解，也还要有多少耐心、智慧、时间和体能才能将这样的努力持续下去。而且，她像所有的现代人一样很忙吗？她有足够的时间来维护他们的关系吗？她在她的工作、生活中还有其他的压力的情况下，可以将他们之间的关系处理适当吗？她会最终感到累了，想放弃了并从他的生活中消失吗？

就算她是个超人，不仅在思想意识上能够理解他、懂得他，而且在其他任何方面都能满足他的一切需要，是上帝给他的再理想不过的伴侣，可是，他，在经过战争之后，在战争记忆还统治、控制他几乎全部的心思意念的时候，还能成为她的伴侣，匹配她的需要吗？

现代婚姻，以它的本质来说，其维持需要双向的努力，其和谐也需要彼此的满足。一个手掌，就算再努力，也拍不出和谐婚姻的脆响。

而如果她对他的情况并没有足够的知识和了解呢？如果她也不是一个理想中才有的超人呢？

这，恰恰是现实。

士兵，战争与和平都对他们不公平。

我再次走到《为什么》的雕像群，仰视那天问者。侠斯达山的雪峰在他后面高耸而沉默，散立的年轻的青松在他四周拥围而

无言，他头顶上的蓝天深邃无底，蕴涵着难以言说的关注，在这一片无声胜有声中，我仿佛听到他的呼声正从他的胸膛挣脱而出，直上苍穹，传向旷宇的深处：为——什——么!?

我的内心深处“铮——”的一声，仿佛电流穿过。

留下的人

“战争并不决定谁对谁错，战争只决定谁留下来。” ——罗素

许多人，可以等回爱子、爱婿、爱人、爱友；但是，有些人，却只能等来彻底的伤痛和丧失。

《留下的人》就展现了这样的丧失：一个女人，孤孤单单站立在松林中，头微微低垂，似乎在凝视她的双手正捧着的东西，据说那里本来是面国旗。我凝视着她所凝视的，看见的是空。

那时，我们已在这园子里转了很长的时间。我们看过了《战俘》——士兵被囚禁在铁笼里，上了脚镣、手铐，与老鼠、臭虫、饥渴、疾病为伴；我们也看过《护士》，救死扶伤，在枪林弹雨中以自己的生命冒险，来抢救可能失去生命的伤兵；我们也看过《吹笛的人》——和平者的象征，他的身边是放松的人和滑冰的舞者，展现的是和平中可能有的生活情景；我们也看过《伟大的一代》，几个士兵正将国旗插到制胜点——无数生死拼杀所换来的胜利的瞬间……这些都将战争的相关场面描写得非常生动，但当我看到《留下的人》，感觉气温仿佛一下子凉了下来，周身有点冷。

这里举行纪念仪式的时候，我相信一面真正的国旗会被放在她的双手之上，这似乎也非常实际地表达了留下的人所面对的实际情况：少数的时刻有一面国旗，更多的日子里，却是空——心中被生生挖出了一个洞。

留下的人，就是断肠的人。昔日的两对脚印，现在只剩下了一对；昔日共牵的双手，现在只剩下一只；昔日并肩的双影，现在只剩下一个，“徘徊三五弄，肠断忆南征”。

她们丧失的所爱被自己的国家叫做“英雄”；在盟国那里可能叫做“维和部队成员”、“友军战士”；在战火蔓延的敌对国家则被叫做“侵略者”、“强盗”。她们的英雄在战争中失去了整个生命，她们则失去了生命的一半。

战争，一个残酷的棋盘，无数人的一生都被一扫而去了，无数留下之人的生活则必须跌跌撞撞地进行。这个体那里的痛苦和荣誉，国家那里的功利和竞技，历史那里的陈词和罪恶，人类那里的荒诞和绝症，是曾经演绎、正在演绎、而且还将演绎的游戏，一场接一场，严肃而残忍。

“只有死者才见过战争的结束。”柏拉图在人类文明的上游幽幽地说。

太阳渐渐地转为桔色了。已是黄昏时分，山风感受到夜色的临近，开始加速流动，将一林的松枝都轻轻摇晃了，似乎急于要说什么；而侠斯达山的雪峰仍然在庄严而永恒地沉默着，“留下的人”也还在凝视着她那双纤纤素手所捧住的空。

我们常把战争分为正义的与不正义的，也就是对的与错的，但几乎“没有一个迈向战场的人认为上帝是站在对方那一边”（顾肯德，Terry Goodkind）。罗素则说：“战争并不决定谁对谁错，战争只决定谁留下来。”

谁留下来？

女人什么也没说，战争让她失去了她的所爱，也让她失去了她的语言。

有人说，人类战争是政治的延续，政治是经济的延续，经济是生存的必需。很多时候，战争实际是发动战争的人想对地球资

源进行重新分配，意即我多你少，我有你无，我存你亡。

似乎的确如此。于是毛泽东说："人不犯我，我不犯人；人若犯我，我必犯人。"牙将遇到的是牙，刀将遇到的是刀，枪将遇到的也是枪。

《和平的勇士》就是以类似的心情走向战场，为了结束战争而进入战争。

他站在园子进口处的高松下，进来时，我们的视线因首先被高高的天问者所吸引，竟没有看见他。他高举着一只手，胸前是八九个弹孔。我相信他在踏上征程的时候，他的心其实已经"中弹"了，所以虽然喜欢的是在工余饭后与家人共度闲暇，却为了和平的缘故成了一个手拿武器的人，为了生命的缘故而抛开了生命。

我相信《和平的勇士》之所以会站在公园的门口，表达的是一个士兵、一个艺术家的信念——战争，为的是和平。

可是，这个普通士兵的朴素信念真的代表了许多战争后面的巨大实情吗？许多时候，因战争所达成的和平又是以什么为基础的和平呢？

作为中国人，我们古老的身体上还因着"天气"变化而隐约发作着一种深刻的痛。

而这里，一个美国少见的对朝鲜战争的纪念像，则表达了战争所达到的另一种"和平"：一个士兵双腿前伸地坐在一块石头上，石上有字"ROK"（The Republic of Korea，南朝鲜）。他右手扶着额，左手松弛地伸搭在左膝上，腿下一把长剑断折为二，两截断剑上分别刻有"三"、"八"二字，是剑断三八线的意思吧。这身在南韩，却将腿伸过了三八线的士兵，仿佛是一个巨人，在重新俯瞰、审视当年的情景，似乎在思索、在痛苦、在回忆，也在反省。

那场战争，我们也出了兵去打击“美帝国主义侵略者”，叫做“抗美援朝”，因为我们和北朝鲜“唇齿相依”，唇亡则齿寒。所以当我眼睁睁地看着参战的“美国鬼子”似乎因那场战争而沉痛的时候，那种感受是复杂而陌生的。

当年，美军将军麦克阿瑟没有理会总统杜鲁门的担心，于是美国没有理会中国的警告，以必胜的信心越过了划分南、北朝鲜的三八线，谁知中国言出必行，人民志愿军跨过了鸭绿江。兵败而回的麦克阿瑟仍然以英雄的形象在华盛顿的大街上得到隆重的欢迎，与之不和的杜鲁门则说：热闹吧，过几个月就都过去了。

事实也果真如此。

迅速过去了的，是个人泡沫般的光荣，而流淌的时间，自有它保留的话要慢慢地叙，慢慢地说。

“敌人火力区降落点”

那上面的每一个名字都是一扇门，为熟识他们的人开启，曾经的呼吸、曾经的欢笑、曾经的举手投足，曾经的梦想、愁烦和音容笑貌，都借着纪念者的记忆，从时间的河道缓缓地、意味深长地回溯而上……

这个园子里，在这林、这岗、这夕阳、这群像间，时间逗留着，留下了非文字的叙事，也留下了文字的句式。在入口处的花岗石纪念墙上，它的文字句式如此简略，近乎无情。二十四列名单的空间，黑底白字，已经密密又齐整地布满了三分之二，名字挨着名字，名字埋没着名字，排列着，虽都是退伍军人——二战的，越战的，朝鲜战争的，海湾战争的，等等，却仿佛还是一支军队，还有着生前的军容。他们许多是阵亡于战场的，也有寿终于和平生活的，其共同点是：他们的生命和生活都被战争所改

变了。

在我们走向这堵墙的时候，一个男人正双手扶墙，将额头贴在其中的一个名字上，其他临近的名字也触摸着他。他并不熟悉上面所有的名字，却因为所熟悉的一个而懂得了其他，他们也懂得他。那上面的每一个名字都是一扇门，为熟识他们的人开启，曾经的呼吸、曾经的欢笑、曾经的举手投足，曾经的梦想、愁烦和音容笑貌，都借着纪念者的记忆，从时间的河道缓缓地、意味深长地回溯而上……

这个男人似乎正沉浸在这样的会晤中，而这样的时刻是需要尊重和体贴的。有了来凭吊、来追思的人，军人们的生命活动才将不全都如烟消散，一去不返。

当我们再回头的时候，男人已经不知去向。

我们走到纪念墙前。这堵墙分成三部分，中间高，两边渐低。它的名字是“Hot LZ”——“敌人火力区降落点”，越战期间美国军人的用语。两架钢塑直升机高高地悬在墙的上方，里面的军人们一派忙碌，各就各位，准备降落。

墙上，我们只看见满眼的名字，满眼的代表人的符号，却没看见一扇门。我们对于他们，是异国他乡；他们对于我们，也是如此。我们的生活从来没有交集过，我们只在人性的层次上相通着。

如果没有人为的原因或者自然的灾难，这堵墙将在岁月中站立下去，然而后来时代的人们，也会跟我们一样，越来越少有人会看见门的开启，时间的水流永远是流向洪荒，流向苍茫。纪念，原本只是一种尝试——不要忘记的尝试。

但对战争的思考和反省会继续下去，就像战争也还将继续下去。

这堵墙叫做“敌人火力区降落点”，似乎有着另一层深意，无论怎么英勇，人类最大的、也是最终的敌人——死亡，将用它的“火力”控制着“降落点”。战争，不仅帮助着东去的大江，产生一些风流又将所有的风流都淘尽，而且似乎正在以规模越来越恐怖的毁灭性，朝着“落得个大地白茫茫一片，真干净”的结局，为死亡增助一臂之力。

我叹息着环顾四周，寻找我的女儿们。她们在不远处一个红砖嵌成的迷宫图上玩耍。这类迷宫（Labyrinth）其实不迷，其意也不在迷。它是由一条单道的曲径构成的一个圆形图，小径通向中心，没有岔道，没有死角，具有象征和实用两方面的意图，当人在上面行走的时候，从外到里，似乎在渐渐走向自己的内心深处，并在这个过程中对内在的东西进行沉思和处理，所以它是为医治和安慰而铺设的。我的女儿们不懂得它自古就有的作用，只是单纯地喜欢它的线条，好奇它到底会通向哪里。她们在上面蹦蹦跳跳，鲜艳活泼，仿佛跳动的花朵。

我感到眼睛有点湿，眼前的画面显得如此宝贵。多少人付出生命的代价，其实不就是为了要让生命可以这样自由而美好吗？

活的纪念

值得做的事情就要去做。

离开纪念公园的时候，我的心情不像刚下侠斯达山时那样明朗，却多了一些厚实，它里面的雕像已经在我的心中站立，超越国籍。从这个意义上说，它的目的至少达到了一些：它要向人们讲诉战争，讲诉战争如何影响到它所牵连进去的人。

这个公园并不是美国政府修建的，它的构想、成形、成熟和落实都来自民间，先是因一个越战退伍军人有个初步的想法——种植五万八千棵松树，每一棵树，纪念一个在越战中失去生命的

士兵。他的想法引起朋友的共鸣，于是共同努力，经过一系列官僚步骤之后，最后得到美国森林部批准，获得一百三十六英亩土地，同时最初的构想也得到扩展，这个公园将不拘泥于某一场战争，它将献给所有战争所牵涉的所有的人——包括平民。

这也是为什么这个纪念园中有一组雕像叫做《逃难者》的原因，我们到达的那天，只看见名字和空地，仿佛“逃难者”真的逃走了。后来才知道其中缘故：它本由十七个高约一英尺的小型雕像所组成，有男人和女人，有老人和孩子，拖着疲惫的身体，背井离乡。有的孤独一人，有的拖家带口。这个群体，本是战争中无辜却又必定会有的一部分，在这个思考战争的地方，更是一个不可或缺的重要群体。可惜，仅仅一年时间里，就有好些雕像被盗，似乎“逃难者”在逃难的路途上遇到了不测。雕像的创作者登尼斯·史密斯无法，被迫将余剩的取下，使他们真的成为逃难者，并被“护送”到珍惜他们的人手中。

也许偷盗者在偷盗的时候，理由就是要“珍惜”这些雕像，就像有些发动战争的人，其发动战争的理由是铿锵有力的“和平”。

有了土地，艺术家史密斯应邀到达这里开始创作。他的确曾是个军人，参加过越战，这个主意与他内心的一些想法一拍即合，立刻跨州飞来，到达的时候，口袋里只有六美元，而请他来的发起人雷克·地鲁格的经济条件也只够给他提供吃住，无他。

但是，值得做的事情就要去做。随着他们的坚持不懈，了解并支持他们的人越来越多，渐渐的他们可以有资金购买雕塑的金属材料，并形成了董事会，将这个颇有意义的工程进一步推广扩大，并在来自社区、学校、教会和团体的无数义工的帮助、资助下，不仅安置了雕像群，还种植了九千多棵松树，以长青的生命来纪念所有在战争中失去生命的人。

这就是为什么它叫做“活纪念雕塑园”，因为纪念的方式是活的——经济、体力上的参与；纪念物是活的——青翠常绿、年年成长的松树；甚至那些静态的雕塑也是活的——以瞬间的姿态诉诸于人的情和理，因而让战争的影响呈现在人的眼前，难以相忘。这个纪念园，不仅只着眼于过去和失去，它也着眼于未来与和平。

这个纪念园还会增添新的雕塑——不会被轻易搬走的雕像，还会继续增添对战争所进行的思考和表达。它尝试用无声的声音来穿透人心的厚厚层云，也穿过大我小我的崇山峻岭，引发自古就有的回声：让战争不再，让和平永存。

柏帝角

温柔的海滩

远处，天苍海茫；近处，浪涌流旋；脚下，惊涛拍岸；头上，鸟翅驭风——我们来到了柏帝角。

自从发现了柏帝角（Bodega Head），我就常去那里。

我最先去的，是它最温和的地方，一个似乎没有名字的小小的沙滩，沙滩呈月牙状，随着潮涨而消瘦、潮落而丰满。它怀水靠山，其“靠山”不高，顶平，以数百万年的古老花岗石为主体，薄薄的土层上铺盖着各种各样的蒿草和灌木，一年四季都有一条清澈的溪流从山上流下，低声叮咚着，浅浅地切入沙层，数米之后才消失，却把这个地方变得别具一格，孩子们拿上风筝、小桶、小铲和一些瓶瓶罐罐，在这里拾贝捕风，戏水玩沙。

不仅如此，潮低的时候，沙滩扩大了，许多石头和水族露出水面，除了许多贝壳外，还能看到不少桔红、浅棕的海星和肥硕的“蛤猪”——一种白胖肥美的蛤，我们不知其名，就简单地以“猪”呼之。

对于“蛤猪”，我们通常会将它们拎起来，直接送回水中；而对于海星，女儿则通常要摸摸它们的硬壳，惊叹一回它们颜色的微妙，笑一笑它们有趣的形状——很正的星，歪脖子的星，“四手一脚”的星，儿童画里的星，手脚不齐整的星……这些海星，许多都还活泼着，提起来的时候，硬壳下成百上千的吸盘“小脚”还在空中舞动，寻找落脚点。不过它们不需要惊恐太久，因为很快就被抛回水中得以隐身，不必害怕对它们爱而不惜的人将它们捡回家中丢了性命。

不过，我们见得最多的还是海葵，大大小小的海葵在清澈的礁池中，紫鲜鲜、蓝幽幽的，很清新，用手一摸，细腻滑润；若是露出了水面，它们的花就收敛了，变成一个肉呼呼的圆盘，一碰就微微受惊的样子，将盘缩得更小一些。另一类具有规模的是长附在石头上的青口，密密麻麻一片，深蓝深蓝的，沿着礁石缝一个挨一个排着、列着，并肩接踵，像军队。你要是运气好，还能在石头中突如其来地找到大大的螃蟹。

这些都是我和孩子们的娱乐，洪波对这些都不太上心，他的注意力全在一种"象鼻蚌"的身上，在沙滩一走，如果脚下突然有水柱射出，却又不见什么东西，那就是它们"此地无银三百两"的信号。不被打扰时，它们深居沙底，将个长鼻高伸几尺到沙平面，呼吸吞纳。若是受了惊动，将水一喷，收回长鼻，全身而退，任那觊觎的海鸥失望发怔。

但失望发怔的不会是人。洪波早已摸索出一套简单易行的土办法，通常能将这些深居的"隐者"手到擒来。

由于这里能够让我们每个家庭成员都找到自己的乐趣，加上来人不多，我们的车就常常出现在那个坑坑洼洼的车场。

然而，也不知道是从什么时候起，我开始注意到停车场其实并不是来路的终点——虽然感觉上如此。就在车场处，来路做了个极其锐利地回转，几乎是一百八十度，但并不是真的回去，而是引向视线被阻的山坡。

于是，之后再到海湾时，我开始鹅一样扭长了脖子往回看，"那是去哪里呢?"我常问，一半自语，一半对洪波。洪波通常都没听见，因为此时，沙滩上的象鼻蚌似乎正将长鼻伸到地面，不仅慢慢呼吸，而且"声声呼唤"。这"呼唤声"唯洪波听得格外

清楚、格外悦耳，他面带兴奋，眼睛放光，心无旁骛，你几乎能听到他对象鼻蚌所发出的心声："我来了！到我的瓮中来吧！"然后是停车、拉闸、熄火，大声宣布："到了！"声音里已是一半胜利，一半把握。

终于有一天，好奇心战胜了老习惯，我做司机，没将车开进那去惯的停车场，而是顺着那条上山的路锐利地转了一个弯，甲壳虫一样爬了上去。

一上去，眼前就一下子空阔起来，那路将我们带到一个全新的高度，将海湾的全貌尽收眼底，并很快将我们带到一个绝壁之上，直面浩瀚无际的太平洋，收敛起玩笑，肃然无声。

这里，完全是另一个天地。

远处，天苍海茫；近处，浪涌流旋；脚下，惊涛拍岸；头上，鸟翅驭风——我们来到了柏帝角。柏帝角就像一条粗壮的胳膊伸展在我们的脚下，一面接壤波涛滚滚、长风劲吹的太平洋，一面守护着我们娱海的那个宁静的海滩。

从此，柏帝角——又温柔又有胸襟的柏帝角成了我的最爱。

置身人间又高于人间的地方

柏帝角是个与宇宙生命会晤的地方，你的内在灵魂在它的面前似乎会突然醒来，与它沉默相对，却不是没有交流。

不过，当提到柏帝角的时候，不知何故，我通常想到的是它面对沧海的一面，是它的波涛壮阔，而不是那个温柔的海滩——虽然那是它的一部分，就像提到一个奔驰疆场的英雄，通常想到的是他的叱咤风云，而不是他的缱绻柔怀。

所以，当说到"喜爱柏帝角"的时候，我多少感觉这个表达似乎有那么一点不合适，与其说喜爱它，不如说我是喜爱来到它跟前。喜爱的对象通常是在趣味上可被悦纳、心态上可以俯就或地位上接近平等的，但是柏帝角直接调动的是敬畏、尊崇、惊愕之类的情愫，会有“哇！”的一声从心灵深处响起，却是轻轻出口的，像一缕看不见的轻烟。

人在这里显得渺小，人的语言更是如此，甚至多余。如果硬要说什么，那就是“诸天述说他的荣耀，苍穹传扬他的手段”（《圣经·诗篇》），“他”，是宇宙之主，苍穹一笑就云破日出，长袖略挥就是万里长风。

这里的一切都是大气度，大手笔。柏帝角是个与宇宙生命会晤的地方，你的内在灵魂在它的面前似乎会突然醒来，与它沉默相对，却不是没有交流。宇宙的长风从太平洋上直接刮来，没有经过人世，因而不带一粒红尘，它以浩阔的气势直接从你的身体穿过，衣飞发舞的时候，你发现你虽然脚趾扣地、身体前倾而未被长风刮去，内在的尘屑繁琐、鸡毛蒜皮却都随风去了，留下的是具简洁的躯体和高远的心思——柏帝角的气度感染了你、洁净了你。

记得有一阵我内心有些艰难，那段时间便尤其渴望来到柏帝角，渴望它的长风，它的气势，它的力度和它的超远与浩瀚，每次来后归去，便得到一种神秘的恢复。事后回想这种恢复依然是知其然而不全知其所以然，它似乎隐含着某种天人关系的启示。力量和安慰有时候并不在人间，而在于苍穹、劲风、汪洋、傲石和黄土。一个人在大地的尽头来与覆盖、滋养自己的苍天面对面，仿佛是接近了生命力的源泉。

柏帝角是个置身于人间又高于人间的地方，当它伸出手来，尘埃中的心就可被拉上它的岸，栖息于它的高岩，恢复一种生命的眼光。

有眼光才有道路；有了道路，滞凝的脚步才能重获行走的风度。

苍穹下的名句

我从古老文明熏染的国度过来，直接、间接地见过许多人造的纪念，而这座建在草根上的毫不起眼的纪念却以一种前所未有的深度将我震动了。

今天是个晴朗的日子，天蓝、海碧、风和。在这蓝天碧海之间，柏帝角呈现了格外清晰的能见度，在目力可及的地方，天海交接，没有过渡的痕迹，天没有降低，海没有升高，合一得自然而超远。也许这合一是为了化解所谓的“天壤之别”，于是天海相平了，并在相平之处，雾霭轻笼，温婉呈现；而近处，鲜花明艳，鸥翅安宁，鹰鹬施然……

今天的柏帝角是平和的，在它通常的恢宏中透出几分秀丽，似疆场英雄换上了纶巾羽扇。

“天朗气清，惠风和畅，仰观宇宙之大，俯察品类之盛，所以游目畅怀，足以极视听之娱。”

王羲之是不是也是在一个类似柏帝角的地方写下了这些句子？

我沿着高岸上的小道往前走。如果你正在我要到达的地方——一个更远的崖岸，并从那里往回看，或者是在海上向岸观，你会和身栖礁石的海鸟所见一样，就是一个人形的小点在海岸的陡崖上移动，看不出男女，只看见她走走停停，东张西望。走是因为想要观瞻更多的风采，停则是想留住这风采，记住这风采，内化这风采。

也许是阳光与和风的缘故，今天的人格外多一点，每走几十米，就会碰上一个两个同我一样的小点。我们这些小点都在享受同一个大点——柏帝角，我们走在它的肩上，目光投向远方，只有在擦肩而过的时候，彼此才收回目光，友好地对视一下，打个招呼，说声你好，之后目光和心思就又被远方拉去了，那生生不息的白浪，列队飞行的海鸟，奔涌离合的波光，嶙峋坚韧的礁岸，都仿佛自古流传的名句，简单却又深邃。我被它的魅力所牵引，懂得它的好，却又没有完全懂得，所以就一读，再读，心旷神怡的同时，又有一种美好的不满足。

我觉得柏帝角是苍穹下的名句，还有一个根本的原因。这个原因正以抽象的三角形状伏在小道旁。我第一次看到它的时候，不知它是什么，以为就是一个约两米长的矩形水泥墩伏在草丛中，想也许是个什么废弃建筑的遗址，但仔细一看，发现不只是一个矩形的水泥墩而已，就在它的两边，各还有三个同样约为小一点的矩墩，排成两条虚线，构成它的两翼；在这两翼之外，又各有七八个矩墩，对称排出更长的虚线，构成它的外翼；整体一看，仿佛一个几十平米、有层次而无第三边的三角形，指向大海。

难道是船？

我自问，走进这三角形，发现果然是只抽象的船。第一个矩形水泥墩是披风斩浪的船头，就在它后面，有一个更高一点的台面，你若站在后面，面向大海，就会发现腹前是个舵轮，手扶舵轮，你就是舵手。而如果将眼光从海上拉回来，你会发现台面上是个金属的碑文："为向那些在这片海域谋生的男人和女人们致意，并纪念在此失去生命的人。"

这是一个双重意义的无名碑，一为致意，二为纪念，而所致意、所纪念的不是什么伟人、名人，而是那些在这海里来、海里去，以及在这样的来来去去中将生命丢在海里的普通人。

在我的印象中，纪念碑通常都比较醒目，意在吸引人，好让人注意到它所纪念的对象。但这柏帝角的纪念碑却恰恰相反，不是高高地屹立在岸崖，而是低姿态地匍伏，有意地与那地、那草相连、相等。那草土生土长，被这片沙土滋养；那人也多是此生此长，在征服这片海域的时候，也被这片海域征服。他们的生命与这海、这岸连在一起，互相渗透。那些不再归来的渔人，生时离岸入海，死时还是离岸入海，仿佛出世是为入海，去世也是为了入海。他们最后一次辞岸，似乎是最后一次，其实却不是，他们只是更彻底地归入了这片海土，朝朝夕夕在一道一道拍岸的浪中，抚摸这土地。

那么，有什么纪念碑比这艘永远出发又永远与土地相结合的船更贴切呢？

这一纪念碑的不张扬，似乎想表明立碑的目的不在于招徕目光，而纯粹在于心意的表达，天地共鉴，无须人许，完全回归纪念的朴实无华。粗心的旅人是看不见这碑、看不明这碑的，只有停下匆匆的脚步、收回远眺的目光，才能体会这平凡、低矮中的深意。

有意思的是，整个柏帝角以它的气势和伟岸，托住的就是这么一种平凡和低矮，就是这么一个朴实无华的纪念——纪念那些没有进入人类史册的“小点”，那些“在这片海域谋生的男人和女人们”。

谋生，有什么可纪念的吗？尤其是普通人的谋生？

柏帝角把答案做成一艘船——谋生的船，好让它与柏帝角共存于时空之浩瀚。

我想到海明威的《老人与海》。这一代文豪有好些大部头的作品，但那篇短小的《老人与海》还是他的代表作。老人没有做什么惊天动地的伟业，他只是个普通的渔民，贫穷、顽强，他通常所做的也只是谋生：出海、打鱼。

其实海上谋生的动作都是相似的，谋生的程序也都一致，就是出海、打鱼、归来，再出海、打鱼、归来，有时候有鱼同归，有时候是空手而回。老人就是因为一次这样的谋生程序而进入了文学史，因为他那次有鱼同归的同时，却又是空手而回，那一次他归得壮烈，空得富有，其间的细节让“谋生”二字跳出了劳役之禁锢而飞跃到人类精神的高空，因而把“谋生”二字写得人鬼同叹，不同凡响。

给海明威灵感的其实就是一个普通渔人在一个普通海边的普通谋生故事。真正的伟岸都是出自于平凡。

那么在柏帝角所纪念的人中，有多少类似老人的人呢？

我手扶纪念碑上的舵轮，望向大海，耳边风过如哨。

有多少荡气回肠的爱情故事还在海风中轻诉？又有多少悲欢离合还在潮起潮落中沉浮？

我敢肯定当年每一个手扶舵轮的船长，在驶向茫茫大海的时候，他们的心并不茫茫，而是充满希望，要让那个“归来”不仅仅是团圆，而且是完成生活中的一次圆满。面对这样的心思，纪念碑后面被海风雕塑的几棵劲松苍翠无言，而旱季的黄草在风中起伏，成为另一种波浪，唏嘘不已。

许多“归来”的确是圆满的，但在此被纪念的却都不是。

柏帝角所致意的是生命的顽强、生命的平实；它所纪念的则是生命的消逝、生命的陨落，是生命在消逝、陨落之前的不屈和之后的尊贵。这黄土上、黄草中的致意和纪念，正是柏帝角名句中的点睛之笔。柏帝角是有关生命和灵魂的，它对人性说话、为人性说话而无关伟名。它关注、纪念的是单纯的生命。

这是几千年人类文明一直在挣扎、一直在企及的深刻的单纯

和简略。

我从古老文明熏染的国度过来，直接、间接地见过许多人造的纪念，而这座建在草根上的毫不起眼的纪念却以一种前所未有的深度将我震动了。

人与海的距离

海洋其实就流淌在我们的血液里，所以来到它的面前，我们其实也是回归到自己——更大、更辽阔的自己。

也许我们喜欢观海，原因并不那么简单而浅显，冥冥中我们似乎与海洋有更深、更隐密的关联。

据说在人体中，水分占了百分之七十，而地球上，海洋占的面积也是百分之七十；人因悲喜而流泪，那泪是咸的，就像海水；人因劳作、运动而流汗，那汗是咸的，也就像是海水；在人心中，沉浮、游动、追逐着无数的思虑，就像海洋中，沉浮、游动、追逐着无数的水族……

海洋其实就流淌在我们的血液里，所以来到它的面前，我们其实也是回归到自己——更大、更辽阔的自己；我们心跳的节拍就涌动在海洋那永不止息的浪涛上，所以当与它鼻息相对，我们其实就是与自己相对，海洋中有我们更健康、更恒久的精魂，不拘限于形体，用我们自己所不能完全懂得的语言，与我们永恒地联络着，启示着，倾谈着，耳语着……

海洋是我们永远的诱惑，海洋里有我们灵魂的回声，于是无论懂不懂得它，我们都被它吸引着。

海洋是不可抗拒的。

这是为什么无论男女老幼，黑白棕黄，我们通通来到它的面前，观海，听海，踏海，戏海，思海，慕海……里里外外地跟它亲近。

柏帝角是慷慨的，在巨浪与险礁的这边，也还是有几个小小的沙滩，让愿意与海水更亲近的人来亲近它。高高的崖岸上，各有一条窄窄的小路陡峭地蜿蜒下去。潮高时，沙滩几乎全在水面下了，通向它的小路也只有鸥影从上面匆匆地掠过；潮低的时候，一个小小的半月露了出来，有少数勇敢而好奇的人们，就从那羊肠小道上半行半滑地降落到底，在黑黝黝的礁洞和很少浮出水面的石缝里寻幽探密。

我也下去过，是在就要涨潮前，一下子感觉跟海很近，有点太近的感觉，空气似乎一下子凉了许多，湿了许多，周身的毛孔扭捏了一下，有点不安；涌动不息的巨大水体也仿佛高到鼻子下，“哗”“哗”“哗”，回旋着、飞溅着白色的浪沫——海水已经在上涨了。

当庞大的海洋要主动爬上岸来与你接近、并轰隆隆地响将过来时，身后从三面环抱过来的陡峭悬崖给予的不再是护佑和遮蔽，而是威胁、堵截和压迫。这大概就是太伟大与太渺小过于挨近时，渺小者的感觉。我们热爱着海洋，却不能不保持着距离，保持着敬畏。

这里有一个沙滩倒是正好给人所需要的距离，不很大，却刚够让人感到安全，于是对海就有了从容欣赏的空间。

它就在停车场的悬崖下，其沙粗大，不适合堆砌各样的形体和城堡，却藏有许多绚烂多彩的碎石，是我的女儿们喜欢的地方。

喜欢这里的还不仅是爱美的小女孩们，大男人也喜欢这里，因为这里还有一种很有气概的石头：礁石。它们黑黝黝地冒出水面，连成一个礁石的同盟，一直往北延绵，铺呈在这一带海岸线上。许多礁石不是那种奇峰突起的犬齿形状，而是仿佛我们口中

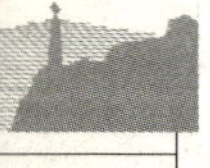

用来磨碎食物的臼牙，平而宽，有些不深的凹陷低洼的地方，潮落下去的时候，那里就形成不少礁池，一些海洋宝贝就滞留在里面，等待下一轮海潮将他们接回大海。

但是蔚为大观的还是临水礁壁上的青口，干净硕大，一大片一大片的，海涛还在它们的下面翻着白浪，它们则在阳光下泛着蓝光。不少男人会提了桶去割取。大洋，不再只是可观可叹的，它也给人收获感，于是，它不再那么可畏了，而是多了几分亲切。

不过不能过分，就像与王者亲近不能过分，过分就变成轻佻了。我见过在此轻率嬉戏的青年，在一个浪头中失足落海，海水寒冽，海浪翻旋，他没法被救助回岸，直到海岸警卫队出动直升机才将他从险礁和白浪中捞起，不知道还有没有生命的气息。

柏帝角有它帝王权尊的一面，轻慢不得。

不过这不妨碍人想去亲近它，要去与它肌肤相触，小心地，敬畏地；平和的时候，它仍然常常让人感到亲切，甚至还让人与人更加相亲相近——有时候，如果在岸边的高坡上往北走，往下一望，会发现除了半坡上有一两只雪白的白鹭纹丝不动地站着，沉思着，仿佛雕塑之外，在遥遥的崖脚下，就在那一大片出海的礁石上，在人们的视线被巨石挡住的这边，有衣着鲜艳的情侣并肩拥着，坐着。

面对着无限的海洋，他们似乎在享受着彼此之间的无限甜蜜，编织着对生活的无限憧憬，也规划着他们的无限未来。

“鸡蛋”与“巨石”之战

不仅是一方水土养育一方人，也是一方人护佑一方水土，人与地方就是这么相生相连。

也许，宏伟的自然、多娇的河山要么使人息心，给人安宁；

要么激发雄心，使人为之“竞折腰”。

东临碣石，
以观沧海。
水何澹澹，
山岛竦峙。

公元三世纪的时候，在太平洋那边的中原，曹操曾做歌吟，争雄三国。

公元二十世纪六十年代，几个人在太平洋这边的柏帝角上“西”临碣石，以观沧海的时候，也看到了曹操所吟咏的“秋风萧瑟，洪波涌起。日月之行，若出其中。星汉灿烂，若出其里”，于是，赞叹不已。

然而赞叹之余，一个意念也孕育而生，为的也是一种“争雄”。那些人就是美国的经济巨枭之一——太平洋气电公司的决策人士，他们决定在柏帝角建立一个原子能基地。也就是说，当地的居民将失去他们所习惯了的自由和清洁；铁刺的围栏将把他们与他们漫步过的土地隔开；太平洋上吹来的海风将携带污染；放射性物质也会不可避免地一点一点渗进脚下的泥土和身边的沧海。

在人类可以造成的污染和破坏中，核子放射物的污染可以说是最大、最深、最长久，因而最恐怖。这里的居民，不仅他们的生活与生命都将可能被核能所侵略，他们要继续生活在这片土地上的子孙后代也将如此。

于是一场小人物与大巨头相抗衡的“战争”拉开了序幕，而小人物的领头人更是让人意想不到——一个普通的女人，帮佣出身的土地拥有者柔斯。

所以，这场“战争”一开始似乎就是没有希望的，太平洋气

电公司面对的似乎只是一个没有什么后盾的女子而已，如同一块庞大的巨石面对一个渺小的鸡蛋。而后，巨石面对了两颗出头的“小鸡蛋”——柔斯的队伍里多了一个在餐馆做招待的同样没有后盾的女人。她们一起发起了签名抗议等活动，但那一串签了名的普通人，似乎也只是在她们这两颗鸡蛋后面多了一群鸡蛋而已，就算全部的常住居民都签了名，也不到千人。

事情应该说是不可逆转的了。公共设施委员会已经批准太平洋气电公司的计划，太平洋气电公司则不仅将核子反应堆的地点找好了，而且一个几十米的安装大坑也已然挖掘完毕，连核场的牌子都挂出来了：“原子园。”他们只有最后一个手续还需要通过，就是让国家原子能委员会首肯一下即可。

与此同时，柔斯等小人物却拒绝“识时务”，她们的“鸡蛋”队伍也在继续扩展，其中有一个叫做多蕾丝的人。

一天，多蕾丝带来一个加州伯克利大学的地质学专家，勘察了柏帝角后指出了一个决定性的事实：柏帝角半岛正好坐落在加州著名的地质断层带——圣安菊亚断层上（San Andreas Fault）。在这个断层带，太平洋板块与北美大陆板块相连接，相磨擦，相撞击，地震频繁。震撼世界的一九〇六年旧金山大地震就是它活动强度的一个例证，那次地震中，整个花岗石的柏帝角半岛北移了十五英尺。

虽然巨石还是巨石，鸡蛋还是鸡蛋，但是鸡蛋在除了“人和”之外，突然有了“地利”，于是说话多了分量，似乎只差“天时”了。

就在这时，也就是一九六四年春，阿拉斯加发生 8.5 级大地震，造成地表大规模严重变形，其恐怖的图画让一个问题尖锐化了，直接放到探讨的桌面：如果这样的地震是发生在柏帝角，后果如何？

如果柏帝角上有一个原子能发电厂，一旦地震，后果不堪设想。

太平洋气电公司继续以柏帝角具有五倍于阿拉斯加的抗震力来推动它的计划，但是公共设施委员会动摇了，原子能委员会也不敢去冒这个大险。

不得已，太平洋气电公司以一美元的价格将它收购到的土地“买”给了加州的州立公园，巨石竟然就这样被鸡蛋推走了。

于是，几十年后的今天，我们还可以在此自由地享受这干干净净的一方天涯，而以往挖好的原子反应堆遗址，时日一久，所积攒的天雨，已经成为一汪淡水的池塘，迁徙的候鸟在沿着太平洋海岸的上空飞翔时，俯瞰下来，发现它是个暂时落脚的好地方。于是，本将散发死气的原子园变成了活泼有趣的候鸟园，一年之中，包括天鹅在内的“留宿”飞禽名目繁多，大小各异，成为北美观鸟者的好去处。

据说，在过去的二十年中，有大约两千种鸟类在这里出现过，其中常见的不仅有白鹭、苍鹭、隼、鹈鹕，在此落脚的还有不少稀有鸟类，如雪千鸟、黑蛎鹬，长嘴麻鹬等。

回想这段历史，我对柔斯等当地居民充满了敬佩和感谢的心情。没有他们的勇敢和坚持，这里极可能已经是一个“闲人免进”的核能厂，因为阻止核能厂建立的“地利”因素不会那么及时地出现在桌面上；而没了“地震带”为强有力的客观基础，阿拉斯加地震所给予的“天时”，也就不再是“天时”，人们恐怕很难将阿拉斯加的地震跟几千里外一个核能厂的建立拉上关系。于是，“巨石”很可能继续以巨大的惯性滚动，不仅将碾过柔斯等的良心和意志，而且可能将一路渗漏出核污染，这一带太平洋沿岸的美丽将是“致命的美丽”，而且污染很可能横向面积更宽，纵向则祸及子孙后代。

然而，这一切都因为柔斯们的“不识时务”、不屈不挠而避免了。是他们的意志，缓慢地、艰难地，然而也坚决地，将刹车的装置推到了“巨石”的前面。

这些柔斯们，他们都是极其平凡的普通人，是小人物，是草根，却“不以己悲”，敢于坚持值得坚持的东西，勇于继续似乎必定失败的“战争”，于是他们拯救了自己的生活和土地，也激励了无数的后人和游人。

这些柔斯们，他们其实本是在这片美丽的土地上“息心”的人，只是，当息心遇到雄心的侵入，当他们所珍惜的正是雄心欲攫取的，那息心便睁开了双眼，如鹰盼青云，展翅腾起，为的就是要护卫那些让它之所以安静的原因，因而他们翅翼上的闪亮成为人类精神领域的闪亮，他们奔走的路程也成为文明史上颇有启迪意义的一行——如果习惯“重大”的历史巨笔不以为它是件太小太小的小事而忽略不计的话。

柏帝角是关乎生命的，它所滋养的生命，普通、平凡、美丽，像那些海崖上按季开放的鲜艳的花朵，其伟力已内化成那些普通生命的内在力量——顽强、坚韧，只要有个值得维护的理由，小小鸡蛋也可成为钢铁，与泰山压顶的巨石相撞，相持衡，直到巨石最后发现：离去是最好的选择。

这是一方自由的土地，因为有勇敢的人们维护它的自由；

这是一方平凡的土地，因为平凡也有它神圣的权利；

所以这是一方美好的土地。

东临碣石，
以观沧海。
水何澹澹，
山岛竦峙。

我再次吟咏这简洁的诗句，不由感叹不仅是一方水土养育一方人，也是一方人护佑一方水土，人与地方就是这么相生相连。其实，“水何澹澹，山岛竦峙”的地方不是这里才有，但是，并不是每个“水何澹澹，山岛竦峙”的地方，都可以有变成铁石的鸡蛋。当一方国土看重每一个“鸡蛋”的天赋权利和价值的时候，当“鸡蛋”明白自己的这些天赋权利和价值，并敢于去维护的时候，“鸡蛋”才真正可以与巨石抗衡。

“秋风萧瑟，洪波涌起。日月之行，若出其中。星汉灿烂，若出其里”。好一个柏帝角。

三　王　岬

——北美大陆最有“风度”的地方

有时候，一张照片所引发的既是一串回忆，又是一种向往。那个周末，在书店里，正是这样的一张照片，勾发了我对三王岬的相思，决定再度造访它。

出发那天是个冬末的日子，也是个夹在冬雨间的晴日。

在三王岬，冬雨间的晴日意味着三个反常：海风会反常地平和，气温会反常地温暖，能见度会反常地清晰。这个由疾风、巨浪、浓雾吟诵传奇的地方，将展示它相当温柔、和煦的一面。

那天也正是那张照片被拍摄的季节。若是从高空往下望，进入眼帘的，就是摄影师镜头里的景致：几朵薄云在下，云下徙鸟成队，再下是碧波万顷，一角披覆新绿的陆地苍茫地横伸过来，于是太平洋被打扰了，却又惊奇，一片哗然，在它的周围捧出白浪的花边。

这就是三王岬。

三王岬一带，季节的常识不适用。冬天的时候，虽有“寒天催日短，风浪与云平”，却鲜有“翳翳经日雪”和“凄凄岁暮风”。因为它的冬季就是雨季，冬风也仿佛春风，只是速度惊人，没有什么春的缠绵，倒是满溢着它一贯的桀骜野力。然而还是有草根可以将土地抓得稳，受得住它的狂猛，于是就在这样的风雨相浸之下，别处的“春晚绿野秀”提前出现在这里，变成了“冬晚绿野秀”，游人眼目所及，皆是一片“冬天来了，草绿了”的奇观。

不可抗拒的北滩

人在呼吸之际，吞的是眼前的舒展和气度，吐的却是自己的封锁和狭窄……

我们在通往三王岬的山间公路蜿蜒而行，在这绿野青山，似乎每一弯一拐之后就是另外一个田园美景，仿佛是对“曲径通幽”一词不断进行实例展现，变幻迷人。这种时候，洪波一般不让我开车，其中一个很重要的理由是：为了全家的安全。他对一个坐在驾驶座上把握方向盘却不断东张西望、赞不绝口，还常叫乘客们“看这里”、“看那里”的人不放心。我承认他的理由非常的正当、充分，于是乖乖从命。

当道路变得平直、两边的视野也都变得宽阔的时候，蔚蓝的大洋开始在树缝间和土丘的低凹处闪现。我们靠近了三王岬的北滩。

北滩是我们上次来时停留的地方。那天是个夏日，也是一个与季节反常的日子，没有夏时常见的磅礴大雾，倒是风和天蓝。我们本来只打算停一下，然后去看它的灯塔，结果一停就是一天，以至其他地方都无暇光顾。那沙滩的平阔延绵我从未见过，有一种安然的浩荡，在停车场似乎很多的人们，一撒上去就寥寥无几了。它雍容地伸展在杳淼无际的太平洋身边，一眼望去，仿佛没有终极。人在呼吸之际，吞的是眼前的舒展和气度，吐的却是自己的封锁和狭窄，渐渐便觉自己渺小下去，稀薄下去，似乎要没有了；而胸襟却大将起来，更大将起来，浑然与这辽阔而安宁的天地汇聚为一体，渐展渐远直至地平线上的遥遥雾霭，相融无痕。

那是一种奇异的“观沧海”的体验，有种“天人合一”之

感，是有限融入了无限，渺小融入了旷大的奇妙之境，烦躁没了，融化于安宁；失调也没有了，消失于和谐，于是一种难得的自由感携带着祥和与宁谧轻轻地笼罩下来。

所以不能怪我为什么那么纵容自己，我就那样长久地沉浸着，什么也不做，什么也不说，直至寻贝筑沙的孩子们来邀请我进入她们的游戏，我才“醒”将过来，不再驻立，俯身加入了孩子们简单的快乐。

真正的快乐都是简单的。

在我们嘻嘻哈哈、返老还童的兴头上，一幅平和美丽的画面突然进入我们的视线：一个紫裙的小女孩牵着一条白色的小狗在我们身边停了下来，大大的蓝色眼睛亮晶晶地望着我的女儿们，女儿们便自然熟地打了招呼，三个女孩和一只小狗就这样在蓝天碧海的背景前玩耍起来。

世界美好的时候，我们的心也觉舒悦。看着眼前天真、烂漫、自然的美，一种毫无心计的和谐，一种纯稚的东西合璧，我的心头有种感动。

带着这份感动，我脱了鞋去水边徜徉。这里的水在夏天也很冷，看潮的人比弄潮的多。我与洪波偶尔讲个三言两语，看着远处的白浪上来又下去，看着眼前的白浪越过我的脚背爬上沙滩，又再越过我的脚背退下去，觉得体会到了大洋心中隐藏的那份小孩般游戏的心思。

任由大洋在脚趾间留下了足够的清沙和寒凉之后，我才找了个地方躺下来沐浴阳光，拉下帽子蒙了眼，在暖沙、暖阳、暖意中，半熏、半醒、半眠，听女儿们的童声童语远远近近地飘来，在轻风中如同鸟语，时间似乎已远走他乡了，不扰清闲。

这其实就是为什么三王岬会成为美国“国家海岸保护区”的原因——让普通的人们可以从生活中走出来，从拥挤、忙碌、摩擦、忧虑、重担中走出来，到这里来呼吸天地的气韵，也秉承天地的恩典；来领悟天地的奥秘，并亲近天地的灵魂。然后再回到生活中去——一个得到休息、得到更新、得到启发、得到补充和恢复的人。

由于那一次的流连忘返，我们得出结论：面对北滩，恐怕我们的“抵抗”力还是微弱。鉴于这样的自知之明，当通向北滩的岔路出现在我们的右边时，我们决定就这么闪驰而过，避开“只看一下”的诱惑，径直开往灯塔和“烟囱岩”。

英国再现

德瑞克没有与米沃克人发生冲突，却也没有把他们真的放在眼里。像所有扩张的人一样，他简单地把所看见的就当做自己所拥有的。

这么一鼓作气地往前开，我们才发现灯塔和“烟囱岩”在冬春季节并不对私车直接开通，原因是，这是三王岬的观鲸旺季，周末的时候，通常人多，为了保护生态，减少拥挤，游人只可车到南滩，若要进一步深入，就需拐到德瑞克海湾停泊，在那里再搭特别公车前往。

德瑞克海湾也有一个很大的沙滩，从这头望向那头，游人也仿佛一个蚁点。但是它毕竟看得到头。早在一五七九年的夏天，英国航海家弗兰西斯·德瑞克爵士（Sir Francis Drake）在掠夺了西班牙人的财物之后，就是在这里停泊数周，为安全航回英国而彻底检修他的“金鹿”号，这个海湾、这片沙滩便都以他的名字载入历史。

命名本是一种人类的文明行为。在《圣经》中，上帝造了万物之后，又造了亚当，然后人类文明的第一件事就是由亚当为万

物命名。但是文明在这里却出现了霸气，因为在德瑞克到来之前，本地的海岸米沃克印第安人（Coastal Miwok Indian）已经在此祖祖辈辈生活了几千年，这是他们的土地，这里也自有他们取的名字，不过，那似乎毫无意义。

当年，德瑞克在这片土地上探走一圈之后，觉得它是适合养人的富饶之地，便以伊丽莎白女王的名义宣布了对它的所有权，并把它叫做“新英格兰”，因为这里白色的巨大崖岸，恰似他的祖国——大英帝国在英吉利海峡上正对法国的多佛尔白崖。

这方土地可谓得天独厚，沿岸有大洋的供给，内地有大地的供给，或许正是其物资的丰富使得生活在此的米沃克民族具有了强健而和平的性情。与其他印第安人相比，海岸米沃克人对战争和侵略相对比较陌生，所以当德瑞克的船只出现在海岸线的时候，他们待之以礼，惯于攻船掠物的德瑞克虽然建筑了临时“战堡”，却发现其实完全多余，没有什么用武之地。

德瑞克没有与米沃克人发生冲突，却也没有把他们真的放在眼里。像所有扩张的人一样，他简单地把所看见的就当做自己所拥有的。整个北美各族印第安人的悲剧，都是从这类外来者的傲慢开始。

我们曾在三王岬的“熊谷服务中心”区参观了一个海岸米沃克印第安人的仿制村落，他们的文明是简朴到近乎原始的文明，个人或家庭以树皮芦苇结棚而居，以采集蔬果，猎杀鱼、鹿为生，衣、饰皆自天然，不是出自于土地，就是出自于海洋。但是他们的宗教仪式场所却体现出较为复杂、实用的特点，兼顾了保暖、照明等需要，也显得更结实和安全，似乎更适合居住。人们难免要问，他们有这样的建设能力，却为什么只用于社区而不普及到家庭呢？

我们没有答案。但是，在只有啄木鸟“咄”“咄”啄树的寂静中，我们沉默着，感觉天际风云变幻，时间变得古老。当这样随遇而安、知足而乐的文明，与强权拓展、多多益善的文明不期而遇的时候，他们会有什么样的命运？

历史给予的答案充满了泪水与血腥。

不过，当年，德瑞克宣布了英国女王对这片土地的拥有权后，就扬帆回去了，没有着手实施他所代表的大英帝国对此地的实际占有，米沃克人似乎也松了一口气。据说在他们中间盛行着一种猜测，这些白色的人出现在他们的白色崖岸，其实是死去的鬼魂复还，所以他们鬼魂一般突然在海岸出现，又鬼魂一般驶入了大海，驶入了苍茫——他们突然出现的地方。

德瑞克就这么从米沃克人的视线中消失了，没有再来。他的确是回到了他所来的地方，却不是米沃克人所想象的那样。他与西班牙商船之间的纠葛也在另外的时间、另外的海域通过武力得到了解决。在这片海域之上，由于马尼拉－阿卡普尔科（Acapulco）海上商道的开发，西班牙大型商船依旧不乏来往，满载着从菲律宾马尼拉所换来的东方珍奇，前往当时的西班牙领地、现在的墨西哥港口阿卡普尔科。

但让这一带真正进入西班牙所绘地图的，却是一个西班牙探险家魏肯偌（Sebastian Vizcaino）。

那是一六〇三年一月六日，因天气恶劣，他被迫在德瑞克湾停泊，那天正好是罗马天主教的“三王节”，他就将此地命名为“三王岬（Point Reys）”。一个半世纪之后，西班牙在太平洋海岸线的统治从墨西哥延伸到加利弗利亚一带，毕竟胜者才最有发言权，魏肯偌的“三王岬”而不是德瑞克的“新英格兰”正式成为这里的名称。至于在这里居住最早、生活最久的米沃克人所给它的名字，似乎早已隐落在远远逝去的海风之中了。

鲸须和明朝瓷器

为什么中国瓷器会在米沃克印第安人的地方出现?

答案在于三王岬的烈性。

我带着大女儿进服务中心买票的时候，洪波则带着小女儿直奔德瑞克沙滩。

中心不大，却陈列丰富，有不少海洋生物标本、化石和相关资料，其中有两样东西引起我特别的兴趣。

其一是鲸须。

提到鲸，我一般想到的是它的巨大的身躯，巨大的食量，巨大的嘴巴和背上的“喷泉”，却没怎么想过它的牙齿。其实鲸有两类，有齿与无齿。无齿鲸吞食靠的就是它的鲸须作过滤器，大嘴一张，泥水与鱼虾皆进；大嘴一合，则鱼虾留下，泥水出去。

眼前这排鲸须非常宽大，仿佛巨人用的笤帚，又像是他们用的排梳，有许多层的梳齿，排得相当紧密，用手一摸，质若塑料，硬而结实。若是手上稍稍用力，它的韧劲和弹性就会立刻传到手指。这是加利福尼亚灰鲸嘴里的东西，有双人沙发那么长，若它真是扫帚，人被它一扫绝对整个儿出门没有余地。据说这还不算大，真大的可以到三米半，随便想象一下，不免就让人感到有些惊骇，入口不妙呀。

不过，像这样的庞然大物，它的鲸须却自十六世纪起就成为人间的时装“架构”——欧洲女性用的紧身衣骨和腰窄幅宽的裙架就是用它来做的，许多一尺六七的细腰靠的就是它来勾勒和维持，淑女们手上的小阳伞也是用它来作伞骨。它来自庞大之物，却被用于创制细小，似乎有些讽刺。

另外让我惊异的是，我国明朝的瓷器竟然鲜活地展示在这个天涯海角，整齐地放在木箱里，盘、碟、碗成套，完好如新，触手可及，有不知名的香料遍撒其上。它们是从米沃克人的遗址中发掘得来，青花内润，白胎质细，山水、亭桥、梅柳构成中心图案，工整中不乏疏朗清秀，似乎是万历年间的上品。

为什么中国瓷器会在米沃克印第安人的地方出现？

答案在于三王岬的烈性。

原来，在德瑞克离开这个海湾十六年之后，一艘叫做“圣奥古斯汀”的西班牙大型航船在从马尼拉回墨西哥辖区时，在此被风暴摧毁，于是在这片咸水汹涌的大洋中留下了丝绸、陶瓷等约有十六吨的东方货物，其中一些被米沃克人捡回，于是当时极其珍贵的“贵族用品”就这样跨越大洋，芳留中途。

我望向窗外的海滩和大洋，明媚舒爽，很难想象当年在这里发生的灾难性的故事。不过，这一望，一块巨大而光滑的“礁石”倒是引起了我的注意，走到窗边的望远镜一看，“礁石”有了肥硕的鼻子和半睁半闭的眼睛——原来是头颇具“规模”的象鼻海豹正在懒懒地晒太阳，它周围有半人高的细小旗杆松散地插着，形成一个象征性的圈将它远远地围在中间，三五成群的人们点缀在旗标圈外，非常尊重地保持着距离，有些人正用各式望远镜来观察它。

工作人员说：“这个大家伙一大早就上了岸。”

这样的大家伙一般都是雄性，虽然雄性的象鼻海豹平均重量是二千三百公斤，长约四米，但最大的可以重达三千七百公斤，长近七米；而雌性平均六百四十公斤，最重可到九百公斤，长度二到三米。我根据人的“彪形大汉”来与它们比了一下，还是只能吐舌头。

眼前的这只似乎不是最大的，但也是属于相当重量级勇士无疑。如此庞大的躯体，它们可以在没有水的浮力来帮一把的情况

下，拖着如此吨位爬到暖沙上晒太阳，似乎也是世间一奇。

美国“三姐”

“她们是女神！”女士欣赏地看看我身边的大女儿，又看看还在忙碌的小女儿，继续说，“她们实在太可爱太美丽了！她们是女神！”

我跑到沙滩上去看这一奇。

到沙滩上去看其实不如在望远镜中看得清楚，距离还是远了点。根据美国《海洋哺乳动物保护法案》，不仅人对鲸、海豹、海狮等海洋哺乳动物的捕杀违法，对它们的“骚扰”也是违法的，而“骚扰”包括离它们太近。

那么什么是“太近”呢？三百英尺以内，也就是大约九十一米半以内就是“太近”。

我目测了一下，与我们这些观察者的希望相比，这头受保护的大家伙虽然离得远了点，但是离九十一米半的标准还是差得太多。不过它的五官已看不分明，如果不是它偶尔用尾鳍将沙抛到自己身上，还真让人疑心它是不是还活着。

不过，也不是每一个围着它站的人都在看它。一女士就正与洪波热烈地交谈着，这是一个对东方有着强烈兴趣和爱好的白人，她身穿一件黑色的夹克，上面印有一个武馆的名字，是我全“认识”的日文——因为全是中国字样。她用日语把它读给我听，又用美式中文兴致盎然地告诉我们她在家是“三姐”。“三姐”这个词对她来说似乎有种令人着迷的异国神韵，她重复地说着，骄傲而浪漫，告诉我们她不仅参加一个日式健身运动，也到达过包括中国在内的好些东方国家。不过，她的先生似乎对海豹的兴趣大过跟东方人说话，一直在高高支起的三脚架后用他的高倍望远镜观赏那只懒海豹。

“你们的女儿真是太有艺术天分了!”女士祝贺我说，因为小女正在沙滩上挥洒她的艺术感受，用她的小手筑了一个沙雕。如果说那边躺的象鼻海豹是个可畏的大家伙，那么她手下的象鼻海豹则是个非常可爱的小家伙，细节分明。这还得益于女士的丈夫那台高倍望远镜，在我过来之前，小女已经应邀分享过他的兴趣。

兴趣到了童心那里，就是一个艺术的天地。

“她们是女神!”女士欣赏地看看我身边的大女儿，又看看还在忙碌的小女儿，继续说，“她们实在太可爱太美丽了！她们是女神!”

美国人喜欢称赞孩子我知道，但是这样极端的称赞还是我第一次听到，不能说不吃惊。

也许是感觉到我的惊异，女士继续说：“我去过马来西亚的一个岛，那里的居民把她们这个年龄的女孩叫做‘女神’，因为她们已经不是那种小小孩子，又还不是女人——你知道的。”她停顿了一下，看着我。我点头，明白她所指的是生理上的成熟。

“她们这个阶段最纯洁、最美好，是女神。”她用手比划着一个神台。

我看看我的“女神们”，小的似乎什么也没听到，继续精心地完善她的艺术；大的长发飘飘，美丽而礼貌地笑着。我再看看“女神”之父，随随便便、大大咧咧，虽是神气活现，却也实在是一个俗夫凡胎。

不过从他而出的却是两个“女神”!

似乎有点不可思议。

女士显然喜欢这个风俗，我也仿佛隐隐约约地看到一个女孩子的天堂。不过，作为俗人，一个不脱俗的问题也自然浮现出

来：在那个色彩显得迷幻的岛屿之上，“女神”们的实际待遇是怎样的呢？她们是得到相应的尊重和特权呢，还是一边被罗曼蒂克化了，一边仍然是会劳动的资产和附属的“物品”？

女士没有答案，她只说：“她们是女神。”

这时，我们身边走过几个人，其中也有一个“女神”，提着一个类似金属探测器之类的东西，兴高采烈地跟着貌似父亲的男子。他们看起来像是“沙滩梳理员”——自发在沙滩上寻珍探奇的人。

德瑞克沙滩是“沙滩梳理员”美梦萦绕的地方，其他沉船不算，光是“圣奥古斯汀”留下的东西，不知还有多少躺在沙石之下，等待被发现，被挖掘。这几个人兴冲冲走过，对那只大海豹几乎没有看一眼。见多不怪了吧，何况，他们的目标是在远处人少的巨大白崖之下，那里海浪翻滚，将人间的珍宝卷走又还回，埋葬又吐出。没有人知道什么时候、在哪里，大海会突然给予不期然的惊喜，但有一点可以肯定，运气总是碰出来的，只要常常来碰，与运气相遇的机会总是会多些。

我想，我们不来梳理沙滩，也许可以来参观或者参加一年一度的沙雕比赛。这种比赛以娱乐为主，个人、家庭、团体分类进行。我看过以前的一些照片，其中给我印象极深、忍俊不禁的，是个团体杰作：一个几乎完成的大城堡，一人扑倒其上，头在里，身在外，四肢无力，臀股朝天。它的名字叫做“就义于努力之中”（Died of Trying）。

我将目光从小女的沙雕，转向浩荡的大洋，那里仍然高岩危立，浪涛阵阵。三王岬有王者的气派，却不是王者的地方，普通百姓可以在此神游浩瀚，踏沙探奇，也可以在此挥洒创作，漫步野餐。

三王岬是普通人的海岬。

从“三王岬”到平民岬

要经历这种艰难，也许是因为它是开拓者。

我们踏上了十五分钟一趟的公车。

这是跑机场的豪华公车，也是公园保护环境的一个步骤。它蜿蜒而行，如同绿色地毯中一个奇异的虫子。游客舒服地坐在其中，或私语，或远眺。外面绿野柔和地起伏，牛马悠闲，大洋在远处浩瀚无边；眼光拉近一点，看得清风吹草舞的细节，那草更是鲜嫩欲滴，是平凡美的极至，让人感动。

长久以来，三王岬本自由自在，任人出入，麋鹿遍布山野，后来在墨西哥政府统治时期，整个半岛被分封给三个领主，成为三个人的私有土地，似乎真的应验了“三王岬”的名字。墨西哥政府被推翻后，半岛落入旧金山的一个法律事务所手中，土地被分租出去，从此牛羊马开始在这里漫游和沉思，“星期一还长在这里的青草，星期天已经变成了旧金山杯中的牛奶”。

不过，这里的牛羊所看见的浩瀚并没有随着牛奶流入饮奶者的心胸，这里的牛羊所呼吸的宇宙之气也没有让城市产生对自然应有的尊重。当城市越来越大，越来越拥挤的时候，它抓攥的手便向四周伸展，以吞噬别的空间来扩展自己的空间，以消费别处的资源来补充自己的缺欠，于是，砍伐和建造的响声也在三王岬的上空此起彼伏，三王岬的前景似乎已命中注定。

然而，另外一些人则在以另一种眼光注目三王岬，那是欣赏的眼光，也是保护和珍惜的眼光。这样的眼光不仅看到海岸线的美丽和可贵，看到她正在被糟蹋和拍卖，也看到她已经被隔离在铁丝网之外，热爱她的人们来接近她的道路已经被截断了。大海，虽然不被任何人所拥有，却实质上已成为少数土地拥有者的

专利。

于是三王岬由私有到公有，由开发到保护的曲折道路开始了。

同许多伟大的事情一样，“三王”的三王岬成为今天大众的三王岬，在于民间的努力。一个自然保护组织“山岭会”（Sierra Club）在其中发挥了相当重要的作用，它在建立著名的优胜美地国家公园、红木国家公园等方面作出了关键的贡献，在保护三王岬的努力中也是功不可没。一本叫做《时间中的岛屿》的书在一片开发声中出版问世了，以诗意的语言和图片，将三王岬的历史、人文、地理与现实呈现出来，被摆放在立法者的桌上，加上环境意识强烈的各界人士和成千上万志愿者的共同努力，在无数的劳苦、汗水甚至泪水之后，终于众志成城，过五关斩六将，通过了美国复杂的立法程序，由肯尼迪总统在被暗杀的前一年签署了批准三王岬为美国“国家海岸保护区”的法案。

可惜，在包括总统在内的立法者以为这件事已安全有保证的时候，事实却并非如此，因为三王岬的土地仍然是私人土地，不到国会拨款将这些土地从私人手中买下那天，这片土地上仍然继续进行着破坏性的建造和开发。同时，由于国会的这个法案，地产业者看到了其中的利润和油水，在国会按照程序慢慢申款、拨款时，三王岬的地价、房价早就被炒得高飞入天，可望而不可即了。

所以，等到拨款真的下来的时候，离市场要求的价格已相差了一大截，越过千难万阻而制定的法案几乎成为一纸空文。

要经历这种艰难，也许是因为它是开拓者。太平洋边的三王岬和大西洋边的鳕鱼岬（Cape Cod National Seashore）是美国第一批以公购私而成为公园的国家海洋线。

在白宫和国会不愿继续拨款的情况下，公园万不得已只好想出一个退而求其次的办法——卖掉已经有的但不是最关键的土地，去买回最关键、最重要的部分。

这个拆东墙补西墙的提案让热爱自然的人震惊了，于是草根阶层的支持和呼声如潮汹涌，抵达国会，政府迫于压力终于再度拨款将剩余的土地买了下来。

三王岬的平民化来之不易，平民化后的三王岬要如何保持生态原貌也充满了挑战。旅游事业摧毁了旅游的土地，这样的事情并不是没有发生。于是剩下的“事业”，就是如何让现今的大众向往而且能够自由地接近三王岬，同时又可以保证今后的大众还是向往并且能够自由地接近它。

这是为什么在旺季人多的时候，人们不能将自己的车开向灯塔。在自然微妙的平衡中，人流、车流总是个威胁。

不过，说到旺季“人多”，在我们这些从人口浩瀚的泱泱中国而来的人眼中，实在尚属“人烟稀少”。

“人烟稀少”了，看风景自然就看得更纯粹，更顺爽。

车在山脖子的地方停下了。停车场不大，顺着山势似乎有二十个左右的车位，若要去灯塔，游人还必须向顶峰攀援，灯塔就在山顶那边的山腰间。

不过这段路实在值得步行，每上一步，视野就更宽了一层，不久，几乎整个半岛和小半个太平洋就尽收眼底了，一波一波的海浪永无休止地涌向海岸，先是温柔而迤逦的，一到长长的海岸线，则情绪激荡起来，如万马奔腾，白鬃飘扬。

这是太平洋对大地的爱恋。

人们纷纷在此长久驻立，眉宇舒展，胸襟涤荡。

那是宏观的三王岬，是一幅潇洒着墨、气度非凡的山水画。

再往上走，我们需要穿过一截由柏树的虬枝所达成的“隧

道”。这些古柏被千年海风所雕塑，以苍劲而流畅的姿势斜向山坡。海风之力和它们自身的生命之力在它们身上交手博弈，日复一日，年复一年，挥就了我们眼前这幅意饱墨酣又遒劲内敛的书法。

然后是地面上由人手所挥就的一幅大型灰鲸彩画，似乎是告诉游人海洋就在前方了。

果然，拐过一奇特的山顶，脚下的路立刻窄小下来，眼前却豁然开朗——无边无垠的太平洋再次迎接了我们。这边，悬崖陡壁，山石嶙峋，一条窄小的梯道一路落将下去，像条蜿蜒的绳，挂住半山悬崖上正对汪洋的灯塔。

“风度”无匹

那“石像”是自然的一个手笔，万年的花岗石与万年的劲风相对了万年，于是有了一个巨大的“鹰头”，犀利地守望在三王岬的崖岸。那，才准确地表达了三王岬最基本的气质：猛，烈，险。

灯塔所在的点入海二十公里，是三王岬的最前沿，终年风缠雾裹、惊涛拍岸；一旦晴朗，却又空远辽阔，清新壮丽，蔚为大观，就像今天。

今天还有一绝。

我们右边那块巨石就是这片山的山顶，它古老而荒瘠，纹理苍劲奇特，千年万年的地质秘密和逝去的生命的故事，都以一种加密的语言凝固在那些线条里，而一朵优雅的花却就在它的一个缝隙里亭亭玉立，鲜艳夺目，其视觉冲击力是震撼性的，尤其是当知道对于花来说，山这边的生存条件是多么严酷。

严酷不在于温度，而在于“风度”。

论及北太平洋海岸风速最高的地方，经历丰富的海员和气象数据都会将手指指向三王岬，指向它的灯塔。这里一年到头的平均风速约是每小时七十公里，而时速高达两百一十公里的疾风并不少见。风大的日子，灯塔工作人员常常要手脚并用，匍匐贴地，等待风力稍减的间隙才赶紧挪动。当空气以两百公里的速度移动时，它已经不再是空气，而是攻击性的庞然大物。你已经无法与之面对，更别说将它吸进身体。对抗是没有用的，减少对抗才是上上之计。

我们今天是幸运的，如果风速到达六十四公里以上，就会被当作影响安全的疾风，灯塔区将不对游人开放，它不希望游人在这里冒险，做被“疾风”所知的“劲草”。

以前听到“疾风知劲草”这句话，意境中的劲草是青翠而坚韧的，迎风舞动，伏而不倒，我们在来路上所见到的牧草就是这样。但是到了灯塔这里，“劲草”已没那么诗意，生存不仅需要顽强，还需要智慧，智慧在这里的表现就是“不起眼”，“不成为目标”，原因很直截了当：草高于堆风必摧之。

这里的草都体态袖珍，要么贴地而生，要么在一个幸运的岩石缝中稍微将腰直起，赶着赶着就开了花结了实。泥土是极少见的，暴露在风翼下的，早就随风而去，杳无踪影。所以，这一面山坡上，要么是纯粹的岩石，要么是缝隙里贴地而生的“劲草”、“慧草”。据说在早期，一个守望员的妻子曾经辛苦地开垦了一小片地种胡萝卜，谁知刚种下去不久，大风吹起，连苗带土都没了踪影，不知被风刮到哪个角落去了。

而我们面前却有这么一朵花，大漠艳后一般光彩照人却又不可侵犯，令人难以置信，简直就是一个传说，一个神话。

神话也需要土壤，那个深深的岩缝里，就有那么一撮，大风那灵便而不可抗拒的手指也不能将它夺走；神话也需要扶持，这

面巨石将身子微微倾侧，于是形成了一个背风减风的大墙。

大气候下的小气候，大环境中的小环境，创造了这么一个奇迹——坚硬嶙峋中的亭亭玉立。我不由岔开了一点心思，联想到家庭的教育和“树人”的事情。

其实，这份亭亭玉立也是三王岬的一个反常，与它隔壑相对的“石像”应该才是个“正典”。那“石像”是自然的一个手笔，万年的花岗石与万年的劲风相对了万年，于是有了一个巨大的“鹰头”，犀利地守望在三王岬的崖岸。那，才准确地表达了三王岬最基本的气质：猛，烈，险。

猛、烈、险的其实不仅是崖、是风，它还有更含蓄、更间接的形式：雾。

雾封雾锁的世界边缘

这里，天地是如此之大，大得让他们迷失自己；天地又如此之小，小得仿佛牢狱。

提到风，三王岬占了北美之最；提到雾，三王岬则占了美国之最，是美国境内雾最大的地方，雾锁苍海是夏天的三王岬最惯常的景色，一旦雾起，其细密连绵可达八十公里，覆盖着整个半岛和它周围的海面。这是为什么除了阿拉斯加外，三王岬是美国夏天温度最低的少数几个地方之一。

不过，大雾弥漫，也为这里增加了一番人间至景。如果是站在高处、身居雾外的话，你可看见青山浮于慢慢腾涌的雾海之上，阳光随着时辰的变化，随心所欲地运用着它那晕染色彩的艺术天分，造就出既气势磅礴又秀丽柔婉的万千气象，让人心驰神往，荡气回肠；而如果是身在雾中，这番感受就将大不一样了，你会觉得身边雾浓似锁，密不透风，放眼是无边无际的迷茫，抬脚也是无边无际的迷茫，于是似乎身内身外都迷茫了。

这就是许多航船沉没的原因之一。大风日，这里礁险浪急；大雾日，这里不见天日，加上不可预测的疾旋暗流，三王岬几乎等于是地狱之门。

然而，它却是海上航道的必经之地，尤其是到了十九世纪中的淘金热时期，矿工、农工、林工等，都指望一条安全的航道往返日渐繁荣的港口城市旧金山，将他们珍贵的矿产、农产、林产运送出去，他们不希望将其财物和生命交付给三王岬，于是对灯塔的需要便迫在眉睫，灯塔的建设也就势在必行。

一八七〇年，三王岬的灯塔终于在黑暗和浓雾中闪亮起来，光辉透达二十四海里。那光束，是迷茫中的方向，也是无望中的希望。困境中的船只看见它，信心升起来，沮丧降下去，它在寻求的眼睛中就是生命之光。

可是，这生命之光来得并不容易。今天，从可容身一人，二人相遇则需侧身的阶梯降落了三百多级之后，我们来到灯塔面前；当年，建塔者却必须在恶劣的气候下，从陡峭的悬崖和致命的绝壁开始，先吊绳下来开出一方平台，再在平台之上垒出一座灯塔。有记者描述当时的施工情景说，观看工人系着绳子在绝壁上晃来荡去，让人“鲜血凝固”。

然而，没有这海面上的“鲜血凝固”，就将有更多的人在海面下“凝固鲜血”。因为雾浓，灯塔若是建在山顶上就太高了，水面上的船不容易见到它的光芒，所以灯塔必须低建，虽然这毫无疑问地增加了施工的艰难。

不仅是施工艰难，施工前购买土地时也有许多意想不到的拦阻，私有财产神圣不可侵犯，价钱谈不下来，于是灯塔从批准修建到正式放光，前前后后竟经历了二十年。在这推迟的年月里，

又有若干船只灭顶于巨浪之下。

但它毕竟放光了，与后来不久就吹响的雾号一起，成为黑暗和浓雾中的希望。

不过，在那些保持这希望之光、警醒之号的工作人员中，反倒有不少人自己陷进了深渊般的无望和沮丧。

守护灯塔意味着极度的孤独和枯燥，似乎被流放在世界的边缘，终日与海风海浪为伍，每天重复的是给一千片灯片擦洗、打光等机械活，在大雾天则还要给蒸汽发动的雾警器上煤加火。虽然他们通常有四人，一人为主，三人为助，二十四小时轮流值班，但四个人也还是不能改变这个地方的孤独。

这里，天地是如此之大，大得让他们迷失自己；天地又如此之小，小得仿佛牢狱。太平洋的浓雾如同愁烦的化身，经年累月地缠绕着他们不放；无情的海风则如宇宙间最冤的冤魂，昼昼夜夜地在天空、在石缝、在屋角呼号，将他们的神经拉来拉去地磨损；而冬春的雨水则淅淅沥沥、哗哗啦啦，连日连周地下，仿佛苍天的伤心泪，将他们精神的翅膀淋得透湿、沉重难举。于是酗酒、暴力犹如鬼影与他们纠缠不清。我们作为游客，来这一日，觉得新鲜动心，而他们在此长久居住劳作，风声就是世声，浪语就是心语，轰响着他们内在的孤独和迷惘。在这个地方，如果不懂得自处，不安于孤独，那么，其寂寞足够让人疯狂，喝再多的酒也是“寒灰心事酒难温”。

据说，为了逃避内心的孤独和杂乱，有个守塔人甚至在缺酒喝的时候，去喝擦拭灯片用的酒精。当一片烈火烧在他的五脏六腑的时候，只怕他的痛苦不仅没有被烧去，反而被点得更旺，被加增了数倍。

记得有个威尔士诗人说：“一个人若要懂得祷告，就让他到海洋上去吧。”其实，一个人若要学习祷告，也可以让他去守护灯塔。许多时候，也许只有上帝的手指才能将平和的安慰递送给他们抑郁的灵魂。

但也有坚持不懈的人，一守就一二十年，不仅保持希望的光束一直明亮，而且还在风急浪涌的黑夜，吊绳救援翻船的不幸者。如果不懂得并尊重自己这份工作的价值，如果不痛下决心在此安身立命，他们很难坚持并胜任这样孤远而寂寥的生活方式。

这也许是为什么，在美国大陆的那边，一个叫做斯诺（Edward Snow）的作家、历史学家跟他的飞行员朋友一起，从一九三六年到一九八〇年，在他居住的东岸，每年圣诞时节，都将包好的礼物空投给灯塔守望人和他们的家庭，连续四十多年不间断。他们深懂这些坚守在天涯海角的人所经历、所承受的。他们的礼物是后方对前哨的感谢，是大陆对半岛的牵挂，更是人与人之间的一种美丽的扶持和关联。

“犁田”的灰鲸

它们的一生，似乎都在这两个“家”之间来回奔波，一个家为生养，一个家为吃饭。

眼前的灯塔很墩实，三面环海，背依险岸，虽然和下面的雾号设施一样都已自动化了，但是它的菲涅耳透擦（fresnel Lens）灯仍然在工作，只是不对大众开放，因为多年前一个幼童参观时，在旋转的灯片下失去了幼小的生命。

不过，不能进入灯塔大家也不太在意，因为来到这里还有一个目的：观鲸。灯塔区因入海很深，是观看太平洋灰鲸迁徙的理想地方。

太平洋灰鲸是温和的庞然大物，也是加利福尼亚的州立海洋哺乳动物，它们长可达十六米，重及三十多吨，我们之所以能见

到它们，是因为它们要到水面来呼吸。它们夏天在北冰洋的白令海和楚科奇海（Chukchi Sea）大吃大喝，饱餐海泥，因为虽然鳞虾和一些小鱼都是它们的食物，但藏身海泥的一种类似鳞虾的无脊椎生物才是灰鲸的最爱。所以，灰鲸如同巨大的海牛一样在海底“犁田”，用重达九百多公斤的舌头搅泥入口，海泥入口的时候携带无数活物，出口时则活物留下，海泥出来，鲸须就是在这里发挥过滤作用的。

据说一头鲸在一个夏天能够翻泥约四十多万平方米，吞食六十五吨食物，增长百分之三十的体重，释放出许多隐藏于海泥中的营养供其他生物享用。它们在夏天所增长的肥膘，将支撑它们南下八九千公里，前往水暖的墨西哥生养下一代，然后再携带幼鲸北上八九千公里，原路返回。在这一来一回中，它们很少再进食，几乎全靠身上的“存货”。它们的一生，似乎都在这两个“家”之间来回奔波，一个家为生养，一个家为吃饭，在这周而复始的迁徙中，水陆相隔的我们得以看到它们信号般的气柱和偶尔腾跃的身影。

不过，它们并不是自己单独迁徙，它们还随身携带着两种“微生物”——之所以微，是相对它们而言。其一叫鲸虱，半寸大小，寄生于它，同时又是帮它清伤除病的朋友；其二是一种叫做藤葫的贝壳类生物。藤葫立足“江湖”的谋生之道通常是将自己粘连于固体之物，灰鲸因其大，够格做“固体”，所以它们成群结队地沾在大灰鲸身上，并且一旦定居，就交托终身，随鲸南征北战，猛一看，好像灰鲸的皮肤斑。

这类生物据说有一千两百多种，其中只有几种为人所食，西班牙和葡萄牙人就把其中一种叫做“鹅藤葫”的当作一道佳肴美味。藤葫还是海洋生物学家用来辨别灰鲸进食是“左撇子”还是“右撇子”的办法，如果灰鲸嘴左边的藤葫少，那么那只鲸就是

"左撇子"。因为灰鲸"犁地"的时候，是侧身而行的，好方便大舌头的运作；如果它是"左撇子"，那么它的左腮就与地面接触多，磨擦多，在它的左边，藤葫就难以平安地寄生。

不过，跟随灰鲸迁徙的，并不总是这些可以和平共处的小生物，另外还有大型动物对它们进行着围追堵截，那些恐怖分子就是白鲨和虎鲸。

白鲨相对体小，一般只捕食幼小的灰鲸；虎鲸体大，也叫杀手鲸，对于成年灰鲸也可攻杀不在话下。由于白鲨和虎鲸的威胁，灰鲸被迫靠近海岸，尤其是北上的时候，母鲸都携带着小鲸，安全成为一个更高的关注，这就为观鲸者提供了更好的机会。

我找到一个最佳位置，睁眼瞭望，我的女儿也举着个小小望远镜，盼望在水波粼粼之中可以辨识出一条小小的灰鲸的喷泉。据说这个早晨，在我们之前，就有人看到它们悠悠南行。

这似乎是很一般的事情，但实际上，人们得以观赏海鲸却是一个失而复得的娱乐。

相对其他须鲸，灰鲸算是浅水生物，北美太平洋沿岸一直是它们古老的迁徙路线，也使得它们与人类的遭遇更容易，也更悲剧。它们曾是印第安人的食物，但是印第安人的捕食没有影响到它们的数量，其命运的大幅度改变是在人类发现它们还有其他商业价值的时候。除了鲸须的多种用途，它肥厚的油脂也成为宝贵的灯油和机油。虽然比起露脊鲸和北极鲸来说，它的油脂质量下乘，但是当露脊鲸和北极鲸被猎杀几尽的时候，人们便退而求其次，于是灰鲸的"天敌"突然大增，只因一只成年的灰鲸，可以为人提供二十几桶油脂。

于是屠鲸场在太平洋沿岸建立起来了——为了方便。灰鲸的尸骨从此遍撒无数的海滩，悲凉凄惨，在亘古的海风中无声地呜

咽、申诉、呼喊。

到十九世纪末，灰鲸从海岸线消失了，少数幸存者宁愿更靠近其他的杀手。比起人来，这些杀手要慈悲得多。

没了鲸，沿岸的屠鲸场关闭了。然而，远离了海岸线，却并不等于远离了人。到了二十世纪初，气动船和爆破性捕鲸叉发明并使用了，虽然灰鲸油脂的工业用途已经被电力和石油产品所取代，可是它还是可以用在其他的方面，比如制造肥皂，而且它的肉虽然在人的口里不美，却可以用来作肥料和宠物食品。于是，到了三十年代，世界的灰鲸总数只有约一千只。它眼看就将在人的手中灭绝。

“我们是这样的唯一族类，当选择去做的时候，可以尽其极大的努力去拯救那可能被毁灭的。”（斯特格纳，Wallace Stegner，美国作家）

濒临灭绝的灰鲸在这样的生死关头，因为少数人努力不懈地关注，成为海洋的使者，海洋的声音，向人类呼吁长远的眼光和生态的平衡。

三十年代末，美国禁止了对灰鲸的捕杀。

四十年代末，几乎所有捕鲸国通过了国际禁令，对商业捕鲸进行严禁，虽然日本、芬兰、冰岛因这样那样的原因仍然继续捕杀海鲸。

七十年代初，美国通过了《海洋哺乳动物保护法案》，不仅是灰鲸，所有以海为家的哺乳动物都得到了应得的尊重和保护。

九十年代中，灰鲸的名字从“濒临灭绝的动物”名单上去除了，它们的数量增至了两万多只，它们又开始在太平洋沿岸游弋，人们不是举起屠鲸叉来对它们进行屠杀，而是举起望远镜来对它们进行观赏，它们时时发出的喷泉似乎是些自由欢快的音符，在庆祝着生命与生命之间的可贵和谐。

我觉得我看到了一点什么，遥遥的海面上似乎有小小的飘忽的水柱，待再辨识，它却已快快地散在微风和碧波中了。其实，灰鲸的喷泉远看细小如水雾，若是站在它的背上来看，则需要仰目高视，因其喷泉至少有两人高。远看似乎不分明不重大的东西，近了，却常常使我们惊愕。

“那是一只灰鲸吗?”我自语自问。

“可能是。”我旁边一个双鬓灰白的男人回答我说，“就是不是也没关系。”他微笑地看看我，又转头去远眺大海，似乎站在这里就很满足。

的确，在我驻留的这段非常有限的几十分钟里，看得见还是看不见灰鲸似乎真的不重要。有这海，有这天，有这观鲸、爱海的人，就算无幸看到灰鲸跃水以悦目，却也有人海和谐的感受以赏心。

“大鼻子”海豹和它的后宫佳丽

对于象鼻海豹而言，一旦为雄，生活就充满了“枪林弹雨”，没有多少讨价还价的余地，要么妻妾成群，要么孤独终身。

告别了灯塔，我们搭车前往“烟囱岩”。

烟囱岩并没有一块如烟囱的岩石，究竟如何得名，不得而知。前往烟囱岩的路上，驾驶员很有心情，一会儿让我们往右看，一会儿让我们往左看，我们就左一看右一看，这里看见三五只悠然的黑尾鹿，那里又看见一两只稍示警觉的雄麋鹿，偶尔还能见到一两只野兔弹出青草如出弓之箭，从这个草丛射向那个草丛。

我们不仅看见野生动物，我们看得更多的还是家畜，尤其是

牛，有黑白相间的荷兰奶牛，黑、棕、白的英国肉牛。有时候牛站得离路非常近，我们能看清它们耳朵上的标签号码，它们似乎也在看我们，嘴里在缓慢而有节奏地嚼着草，不在乎的样子，大眼睛在长长的睫毛下明亮而平和。

这是非常美丽的生物，它们之所以能够存在于这个公园，哲学家一般注视着人间的车来车往，是因为公园要保持它的历史风貌。目前有十三个牧场还在与公园目标相和谐的条件下进行着运营。

突然，车停了下来，一个悠然的牛群正慢慢地横穿公路。在人大讲效率、匆匆忙忙的时候，它们的脚步却一点也不赶。在这个时间似乎是永恒的地方，大概它们也没有这个必要吧。

车还停了一次，也是为一个我们想不到的原因：驾驶员要下车去搬弄一个路牌，因为再往前走就是不好错车的单一车道，他要将一个“公车在路上”的路牌放到道中央，以避免在回程时与下一辆公车迎头相撞而没有退路。在高速公路四通八达、交流方式极度现代化的时代，看到这样的交流方式，颇有些奇异和新鲜。

当我们泊车的德瑞克海滩从对面遥遥地映入我们的眼帘时，烟囱岩到了。其实烟囱岩也是德瑞克海湾的一部分，在它弧线的尽头。

我站立了一会儿，眺望对面的巨大白崖，有点身在法国隔着英吉利海峡眺望英国多弗尔白崖的感觉。难怪德瑞克一见到这里的白崖，就将它取名为“新英格兰”。不知当年拿破仑将目光投向大英帝国、让多弗尔白崖进入眼帘的时候，是怎样的心情。拿破仑战争中，多弗尔是英国抗击法国入侵的第一哨。实际上，任何外族要从英吉利海峡过来，都必须先突破英国的第一道陆上防御——多弗尔白崖后面、多弗尔古堡下面数公里的军事隧道。它们自中世纪就被挖通构建，后来又被发扬光大，以至多弗尔白崖成为英国和英国力量的象征。充满乡愁的英国人可以用他们的著名作家克卜林（Rudyard Kiplin）的诗句来表达：“多弗尔的悬崖还是白色吗?”

“快来，妈咪!”

在我略略驻留的片刻，女儿们已经远远地跑到了前面，向我召唤。我快快地赶上去，三拐两拐之后，就到了路的尽头。那是一个可以俯视下面沙滩的悬崖，一个观察象鼻海豹的好地方。

已经有不少人在那里。我找了个缝隙探头一看，下面密密麻麻，挤满了胖乎乎的海豹。因为远，它们仿佛肥胖无毛的虫子，兀自静享年华，在暖暖的阳光下发懒。

但也不是所有的都懒。通过义务人员预先安设好的望远镜，就可以“近距离”观察到它们中间情绪的流动。

海豹习性，一生都在迁徙，一年要旅行一万八千公里以上。上岸来长时间停留，对它们来说只有两个原因，一是换皮，二是生育。

眼下，正是海豹们交配及生育的季节，看那海豹群中体积最大的那位，几乎是其他海豹的三倍，它就是“阿尔法”雄性，其它全是它的妻妾。“阿尔法”一直警觉着周围的动静，貌似睡觉，其实是“狼假寐”，它在眼皮后面虎视眈眈，随时准备捍卫自己的领地和嫔妃。

一般来说，雄性海豹会首先到达一个偏远而安全的海滩，海滩不仅要不受人的干扰，还必须能够避开风浪。在这选中的地区，雄性海豹们不再吃喝，而是追随古老的决斗原则来决定谁说了算，一个“地主”就是这样通过暴力而产生，并随着雌性海豹的到来，构成一夫多妻的社区。虽然次等雄伟的“勇士”们对岸

上群芳颇有觊觎之心，但它们也不能不权衡利害，不能不考虑那位“大鼻子”的狰狞面孔，光听它低沉如雷的吼声、短促而不由分说的吠声，就知道它有多危险。这三个月，阿尔法“大鼻子”将不再进食，终日所做，就是打架和缠绵。也许这是为什么阿尔法雄性一般不长寿的原因之一，它的生命消耗量非常的密集，其寿命都延伸到几百个儿女的身上去了，可谓英雄命短，位寿不能两全。

对于象鼻海豹而言，一旦为雄，生活就充满了“枪林弹雨”，没有多少讨价还价的余地，要么妻妾成群，要么孤独终身；而妻妾成群的那位，也未必可以永远风流快活，通常也就可以称霸一到两年，忍气吞声的精英们也就是暂时屈居其下，并未真的心甘，终将会有更杰出的壮士前来挑战，并推翻它的独裁，在它的位置上成为另一个暴君。

我疑心在德瑞克海滩上看见的那个大家伙就是一个上代的英雄，失去了国土、江山和美人，它被放逐也自我放逐，独守一个巨大的海滩，抛弃了避开人类的原则——或许是因见过世面而不再怕人，或许是因为已“荣华富贵”过故而再无他求，该打的仗打了，该经历的“人生”也经历了，于是已可老去，已可死去，已达生死置之度外的境地，自然敢在人堆里我自安然。

一个活跃的义工问我们：“海豹出生时是七十五磅（约三十四公斤），一个月后多少磅？”

“四百？（约一百八十一公斤）”孩子胡乱猜测。

“相当接近！”义工大声鼓励。

与一出生就是九百公斤、每天要喝母乳五十加仑的灰鲸宝宝比，几十公斤的幼豹尚属“微生物”。不过海豹宝宝出生后，将以每天七八磅的速度增长，母亲会以脂肪含量达百分之五十五的乳汁喂养它近一个月，然后会再次怀孕。阳春三月，雌性海豹们因完成了这一年的生养责任而纷纷离岸，阿尔法雄豹也会相继离去，海岸上将只有毛色由黑变为深银的幼豹们，它们最终也将在基因的推动和海潮的鼓励下，冲向大海，进入海豹们古老的生活圈。

义工从他的特殊箱子里敏捷地摸出几根圆润纤细却又颇具硬度的棕色东西来作奖励，说“这是它们嘴巴边的东西，海豹须，你们可以摸摸”。

原来是海豹的胡子。我也伸手去摸了一下，像根有韧性的刺。

“先生，是不是有一点点小小的希望让我留一根呢?”一个翘着小肚皮、头发乱乱的小男孩明知不行但还是忍不住问一句。

“哈哈，对不起，小家伙，这实在不行。”义工说，“这还是她今天去做记号的时候，冒着生命危险去收集来的。”他指指旁边的女士说，“不过我可以给你们看看这个。”

他又从他的魔术盒里拿出一块绒布一样的东西，那是海豹换下的皮毛。同所有的哺乳动物一样，象鼻海豹也要换皮毛，不过其他动物是一点一点地换，不动声色，终年不断；它们却是一次性解决问题，所以那皮毛也就换得触目惊心，大块大块地脱落，如同全身受伤，让慈悲却不知情的人看了要得心绞痛，因而得名“灾难性换皮”。由于海豹就是靠这张皮和一身的脂肪来防寒的，在换皮期间，它们一定上岸求暖，直到新的皮毛长好之后，才重新回到冷冽的海水中。

我摸了摸它的皮毛，薄薄的一层，像干的纤维。这些生物，同海鲸一样，因为它宝贵的一身脂肪而被人追杀，在三王岬消失了一百五十年，直到人们醒悟过来并采取了保护措施，它们才在三十年前逐渐回归、生养，先是一只，几只，而后十几只，几十只，到二〇〇七年，已经到达一千多只。

我很高兴可以在今天看到它们，这些大鼻子的海豹，不只是遥远地眺望一下它们肥胖的身影，而是在这些可敬的义工们的帮助下，观其行，察其形，听其声，还摸其皮，捋其须，也实在不能多求了。

海上救生队

三王岬，晴朗时有王者之大气象，大手笔，大胸襟；郁怒时有王者之危险，之威力，之无情。近它者，要么接近天堂，要么接近地狱。

三王岬不仅有风浪声，海豹声，这里还有一曲人间的悲壮歌声。

“你一定要走出去，但是你不一定要走回来。”这是这里救生队的座右铭。

灯塔的建立，让海上的航行容易了些，也避免了许多可能发生的事故，但是还是有事故发生。三王岬的礁石、惊涛、浓雾和大风似乎不能被单单一盏明灯所征服，应验了英国画家兼诗人罗塞蒂的话：“除了上帝，这海洋没有王。”

在灯塔建立之前，不少船只是自信满满地驶进灭亡，以为海岬是个岛屿，从而错把地狱之门当作金色的海港；灯塔建立之后，失足的船只则多是因为风掀、雾缠、浪裹以及激流的劫持，身不由己。

三王岬，晴朗时有王者之大气象，大手笔，大胸襟；郁怒时有王者之危险，之威力，之无情。近它者，要么接近天堂，要么接近地狱。

一八八九年，一个救生站在灯塔北面连接南北滩的大沙滩边建立起来，沧海仍然翻腾着暗流，长岸却有了长立的守卫，在无情的海洋边上随时预备着有情的救助。如果说灯塔是为防患于未然，救生队则是为救患于已然。

最早的救生队由九人组成，无论是冷雾浸骨的白日，还是狂风扫荡的夜晚，他们都要徒步巡逻那长到几乎没有终极的海岸线，四小时一轮班。遇到难情，一组人就八人划桨，一人掌舵，携带着救援设施，即使是狂风暴雨也会冲向“职场”——永远紧挨死亡的地方，因为生死之争只在一刻，耽搁不得。

为了在关键时刻可以战胜自然，派上用场，他们每周有两次实战演习，任何天气下风雨无阻。而这实战演习，不比真的抢险容易，在恶劣的气候下，千钧巨浪就那么砸将过来，他们还是要将救生船推出海去，他们是随时行走在生死线上。

在我们的来路上，在面对北沙滩的一个山坡中段，就有四位为了救生而丧失了自身生命的队员，他们连同他们的作为一起，埋身于一片林地的衰草，安静地眺望着他们曾经守护的那片海洋，被少数同行纪念，却被大多数人遗忘。

在惊涛骇浪中出驶救生船的艰巨性，在这没有多少遮护的地方操作一个救生站的挑战性，最终导致了对这个救生站的放弃。一个新的地点被选中了，一九二七年，救生站重新落脚在更有保护性的得瑞克海湾，设备也更现代化，推船出海已经有特别的“铁轨”，而船的发动机也不再是人力，使得救生人员可以更快地到达需要他们的地方。除此之外，意大利发明家、诺贝尔物理奖得主马尔可尼（Guglielmo Marconi）已经协助在三王岬一带建立了无线通讯的传输和接收站，形成了当时在太平洋沿岸最有效、最成功的船岸、海陆通讯网。

不过设施现代化了，省力些了，海洋的威胁性却并没有减轻，救生队员仍然行走在地狱的边缘。一个风雨交加的夜晚，两个年轻的队员又在完成了救护任务之后，葬身于归途中的大海。

一九六三年，当美国海岸警卫队成立之后，四五十只船、一架飞机获救之后，这个救生站被接管过去，完成了它的历史使命。

我们走向已经成为纪念馆的救生站，它就在离观豹处不远的地方。

救生站被维护得很好，红瓦白墙，在碧水青山之间显得非常醒目和秀丽，通向它的路也既干净又安静，一边是高高的柏树，因没有劲风经年累月的雕塑，挺拔岸然；一边是山坡，山坡上是一座维多利亚风格的住宅小楼，油漆得很好，却似乎空着，别致纤秀，不知派的是什么用场。在这么安宁的地方行走，很难想象当年有那么多惊心动魄的故事。

一个身穿制服的年轻人在前面的一个小小的车库门前洗车，听到脚步声，回过头来友好地向我们微笑，孩子们却似乎听到了什么，呼啦啦地跑到前面去了，清脆的声音又立刻传了过来："快来！妈咪，快来！"

她们的声音打破了这里的安宁，仿佛不应该。我抱歉地向那年轻人笑笑，赶紧跟了过去，一边作手势提醒女儿们小声点。

女儿声音小了下来，一个劲地用手指路边，一个不认识的小孩子也加入了这个神秘而兴奋的指示行动。我赶到跟前一看，路边的坎下，一头象鼻海豹正在碎石上呼呼大睡，不很长，两三米的样子。看起来是头雄性的少年，尚无缘于温柔之乡，兀自漂泊，兀自流浪，水流带他到哪里，哪里就是他的家，哪里就是他的睡床。

我取出相机，喀喀来了几张，没有一张有他的脸，都被草遮住了，所以进入我相机的，是一只橄榄形的大墨虫。

"那里还有一只！那里还有一只！"孩子们大叫。

只听到一点些微的水响，我看到一个黑家伙滑入水中，游了出去，进入救生站外搭建的甲板支架中。

另一只少年海豹。

不只有它们。救生站的那边，挨水的水泥地上，一个成年的海豹正在休息，不是非常大，但也不算小。听到人声，起初只是对我们睁一只眼闭一只眼，而后就仰起头来，发出犬吠声，再后来干脆立起半个身来，张嘴吼叫，肥硕的鼻子显示着他的力量。这是战斗的姿态。

良久，也许是看出我们无意挑战它的领地，他便又渐渐地矮下身躯，警觉地歇息下去。

一个白发的义工来到我们身边，说它已经在这里好几天了。

“有没有雌性海豹来找他?”我问。

“没有。这只看样子只有七岁，通常男海豹要到九岁才达到成熟的高峰，也最有性魅力。女孩子都去那边了。你们有没有去看那边的海豹群?”她边说边指“那边”。“那边”就是我们来的地方。

也许是因为谈得投机，也许是因为纯粹的热情，义工女士邀请我们进去喝杯热茶，他们还为前来参观的孩子们预备了热热的液体巧克力。

我轻啜着与我们中国茶风味迥异的英国茶，在救生站里慢慢游荡。它有上下两层，上面是简单狭窄的宿舍，还有一间不大的会议室，许多抢险的运筹、培训和方案就是在这里产生的；下面是简单宽敞的“船舍”，约十三米的自动救生船停泊在那里，粗粗的缆绳上似乎还系着无数的英勇事迹，服役过的救生圈里似乎也还托着得以生还的希望，船用的铁轨仍然从船库直接滑入海中，让人可以想见当年，当警报响起，救生员如何以最迅速的动作从楼上的睡铺冲下来，各就各位，闪电般地扑向风雨和浓雾，

在世界的视线外，气吞山河、可歌可泣。

名牛，还有爱情

这头牛虽然生得默默无闻，却死得惊天动地，以一截尾巴扬名于人世。

该回去的时间到了，夕阳西斜，山影树影都变得长而浓重。三只黑尾鹿在山脊上悠然漫步，时而低头吃草，时而抬头远视，在天空下形成一组安详的剪影。一些等车的人们和我一样，安静地望着它们。它们与我们似乎是无关的，而我们的心却因为它们的存在而感到静谧。人与万物似乎都有这么一种虽然重要却不易察觉的关系，我们与它们的实际关联比我们意识到的要深刻许多。

车载着我们驶向归途，归途上还是绿毯起伏，其上，牛群仿佛流动的图案，也在它们的归途中不紧不慢地走着。车拐了一个弯，坡顶上，一头牛在夕阳中孤单的立着，它的脚旁，一只小牛挣扎着要站立起来，似乎是刚刚诞生。

车一直往前走，我也一直扭着脖子看它们。它的主人知道吗？晚上寒冷，小牛如果不在牛圈会挨冻。它的主人一定会清点牛头，一定会发现少了一只，然后来寻找它们对不对？

洪波安慰我说：会的！他们是老手了，这点事情一定知道。

我觉得有道理，心安然了许多。

牛的故事在三王岬，同沉船的故事一样多。最初许多沉船的物资是由牛车搬运的，灯塔的建筑材料，也是牛车运送上山。牛，分担着三王岬的灾难和骄傲。

但是，如果牛群有口传故事的传统，一个悲伤的故事一定在它们中间流传。那个故事与一九〇六年的旧金山大地震有关。

在众多的远足小道中，三王岬靠近“熊谷中心”一带，有一条道叫做“地震路”，该路兼跨两个大陆板块——太平洋板块和北美大陆板块。在这两大板块的交集处，伟岸的红木有办法只长在北美大陆板块上，而拒绝太平洋板块的泥土，似乎有非常原则的“家乡”观念，也有特殊的办法来将这本来连在一起的土地判别清楚。或许是因为它们要活几千年，古老的智慧使得它们不喜欢脚下的土地动辄移动吧——虽然移动不多。

而人对土地则没有那么明白，直到一九〇六年，旧金山大地震后，人们才发现刹那之间，一条好好的白色围栏错位了五六米，平缓的斜坡上裂出一个大口子，就是在那里，你如果就地一躺，或分腿站立，或抬脚跳跃，你就兼躺、兼跨、兼跳了地球七大板块中的两块。对于人这么一个微小的生物来讲，这不能不说是件奇异的事。

当年地震后，这片土坡上的牛群被分在两边，幸存下来，正中的一只却没了踪影，只有一截牛尾无言地翘在裂缝之上，牛身则深卡在地缝里面。

这样结束了的是那头牛的性命，但是没有结束的却是它对主人的贡献。这千载难逢的巧事、怪事，就跟天上掉下一块金子正好砸在世界上最富有的人头上一样，属于是“零”的事情，但是那天“零”就是变成了“一”——一出不可能的牛的悲剧。虽是悲剧，却也为震惊之后的人增添了喜剧感。人们好奇地前来观望，人多了，牛的主人于是开始收取观赏费，这头牛虽然生得默默无闻，却死得惊天动地，以一截尾巴扬名于人世，它的尾巴也一度成为工艺品，因为那是“名尾”，并成为有人造假模仿的名流，因为它是“名牛”。

公车经过最后一个牧场，再下一个大坡就是我们停车的海

滩。我侧过身去最后望了一眼已经望不见的灯塔边的悬崖，想起某年某月我跟一个朋友的一段对话。那时她刚刚突然订婚，见我感到惊讶，于是含着笑、睁着亮晶晶的眼启发我：

“险处有什么?”

“危险。”

“还有呢?”

“嗯……风光!”

“如果在既危险又风光的地方求婚呢?”

“啊呀，那可够浪漫的！该刻骨铭心了!”

“就这效果。”

“所以你就答应嫁给他了?”

“就答应嫁给他了。”

想到这段对话，我不由微笑起来，朋友满足、幸福的表情似乎还在我的眼前，尚未完全散去的惊喜让她焕发着奇异的神采。

我想，如果这是一部电影，镜头一定在那个时候拉向三王岬的高空，盘旋俯照，那苍穹下、惊涛边、险崖上，一个男子单腿下跪，将心捧上；女子长发飞舞，惊喜而泣，被这个时刻摄去；而后两人长久地拥立，在永恒的天地间成为亲密无间的剪影。三王岬的险崖和风光，就这样进入人间，进入两个人的世界，将一个城市的爱情故事点化为记忆中的一份传奇。

三王岬也将是我记忆中的一个传奇。

金色之州的故事

“那些觉得自己过于聪明而不愿参与政治的人，他们所得到的惩罚就是被比他们愚蠢的人所治理。” ——柏拉图

二〇〇八年冬假期间，天气寒冷，然而比天气更寒的是美国的经济。我所居住的加州失业率还在一直向上攀升，令人不安地占领着美国前几名的地位。周围的朋友有不少被迫多休假，于是难免无事生愁。为避免这种于事无补的不良情绪繁荣昌盛，大伙儿便一窝蜂地前往山区滑雪，充分利用这种经济形势下，山区酒店为招揽客户而做的自残性优惠，在双重的寒冷中自求欢乐。

那阵子我们则有些懒，所以就逆潮流而顺性，在家睡懒觉，吃懒饭，尽其所能地闲散。然后静极思动，上车出发，去了约两小时高速车程的加州州府。

加州州府所在地是 Sacramento，音译“萨可伦门托”，本地中文报纸和电视台叫它“沙加缅度”，我们则戏称它为“三块馒头”。

如果说全世界每四个人中有一个人居住在中国，那么全美每八个人中，就有一个人居住在加州；加州如果自己单独出来，作为一个经济实体跟其他国家相比的话，它位居世界第七；洛杉矶这个城市如果单独出来，作为一个经济实体跟美国其他的州相比的话，它则位居第四；除了众所周知的以好莱坞为代表的娱乐业、以硅谷为代表的高科技业，加州农副业也赫赫有名，每年产三十万吨葡萄、一千七百万加仑葡萄酒，“世界葡萄干之都”、“美国的沙拉碗”、“美国的鸡蛋篮”等称谓都落到它的土地上……

这么一个经济大州，它的政治、历史吸引着人们去了解也就

不足为奇了。

柏拉图说："那些觉得自己过于聪明而不愿参与政治的人，他们所得到的惩罚就是被比他们愚蠢的人所治理。"

我们不是政治家庭，对政治的兴趣也非常一般，不过还不是柏拉图说的"过于聪明的人"，也了解华人在这片土地上"被治理"的一些历史，故而还有那么一些适当的关注，愿意通过去参观州府这个很直观的途径，跟孩子们一起共度一天含有一点"政治成分"的时光。

家里的大小两千金听说要去"啃""三块馒头"，立刻显示出了活动发起人所喜欢的积极性。虽然这是我们第二次到州府去玩，但由于第一次是在三四年前与人结伴而行，那次不知道是谁做的游玩计划，几个家庭呼啦啦地来去迅猛，不仅一天来回，而且还一路玩了好几个地方，效率奇高，效果奇低。结果当时一个同伴因急于跟车而闯了红灯，被交通灯旁的自动相机拍下车牌号和勇猛冲锋的光辉形象，缴了二百七十美金罚款，我的两千金被问及"还记得去那儿玩过吗"时，也都嗯嗯啊啊，四只清澈的眼睛呈现出搜索无果的茫然，令人痛心。

鉴于这样的历史教训，加之我们血管里的血液依旧按照假期的速度流动，我们决定将"三块馒头"慢慢地"啃"，而且没忘记自己是"民以食为天"中的民，也是"摆船要摆到岸"的船，所以预先把民的食、船的岸都打探、安排好了，才让时光从容不迫地流淌。

州府门前的幸福溪流

他们构成一条追求幸福的溪流，从州府门前缓缓流过，只因这里的美丽正好对应新婚的美丽，这里的庄严也正好对应婚姻的庄严。

按照一般规律，凡是重要的地方，都有一种外在的形式不允许你小觑了它，越是重要，你就越是远远地就知道它很重要了。这一点上，“要人”与“要地”似乎相通。见“要人”一般要先通过秘书助手之类的次要人物，进“要地”则要先通过一些铺陈衬托的关卡。加州州府也随大流，一半有意、一半无意地入了俗套。

衬托它的首先是横跨在萨可伦门托大河上的塔桥。

从感觉上讲，几乎是刚下高速公路，车就上了黄色的塔桥。塔桥是萨可伦门托市区内的第二座跨河大桥，第二次世界大战前，战火未燃，战争的硫磺气味却已被一些敏感而重要的鼻子闻到了，于是为应付迫在眉睫的战争，塔桥速建而成。当时，塔桥的颜色是低调的灰，为了不引人注目，到了今天，塔桥却已是温暖、甚至夺目的黄色，不看到它都不行，让人想到一首英文老歌《她在脖子上系了一条黄丝带》：

在她的脖子上她系了一条黄丝带，
冬天夏天他们说她都这样来配戴，
如果你问她为什么要这般来打扮，
她会说那是为了她在远方的爱。

她的远方的爱是一个士兵，正在打仗，她不知道是否能等到、何时能等到他的归来，于是天天系了条黄色的丝带来表达相思。

黄丝带后来被不少的故事演绎，都很动人，意思也多了起来，或是表达对和平的期待，或是象征着温暖的友谊，而最著名的，则是其所表达的忠贞不渝的爱。

不过，落到萨可伦门托的塔桥身上，它从灰到黄不仅“变了

色”，而且似乎也“变了质”——它的目的不再只是为了应付战争，在功能上也不仅仅是个交通要道，它更是兼职为州府做了第一站的招待，起了迎客、引客、送客的作用。我们刚穿过桥上两座耸立的塔门，就进入一个夹道欢迎的特别“仪仗队”——两排高大的建筑和两排庄严的树木。

“看！州府！”小姐姐兴奋地叫道。

“感谢上帝！终于到了!!”不喜欢坐车的妹妹说。

没有疑问，远远的路尽之处正是一幢高木掩映、白色拱顶、雕塑饰立的大楼，那就是州府议会大楼。大桥的塔门和特别“仪仗队”做了它们该做的工作，女儿们虽然对州府没有印象，但是一见之下，却毫不怀疑那就是我们要去的“重要地方”。

这个重要的地方还有两个重要而高大的“侍臣”在它侧前方——一左一右的法院大楼和图书馆大楼。它们和议会楼一样，都是渊源于古希腊、古罗马建筑的新古典建筑风格，柱廊矗立，神话人物化为高大的大理石形象注视着往来的人们。三座大楼之间、四周，有喷泉、花园和一些纪念性的塑像，还大面积地种植着从全州精心选来的代表性树木，整洁而葱茏。

这一切都在传递一个信息：重地。

可是，虽是重地，却不森严。就在我们寻找地方泊车的时候，一个红裙的新娘和白装的新郎正在这里拍摄结婚照，鲜花前，俊树下，台阶上，柱廊边，他们都留下了自己的“历史性瞬间”。

这就是州府的好处：虽然重要，却可以被随时亲近；虽然伟岸，却不让人觉得渺小。它白楼绿树，布局和谐，有美丽有庄严，有气度有典雅，所以也是情侣们新婚留影的理想胜地。这对看起来是墨西哥裔的娇娘俊郎，给这里还增添几分……嗯，“民族平等与和睦”的内涵——一个种族非常多元化的州所竭力达到的理想，就像那些精心栽种的各类树木，其实也是为了象征一种融洽与和谐，象征这份理想。

这个理想虽然还是一个正在努力的目标，不过看着这对白男红女和那些盛装而来祝福的人们，我们的感觉是："美！好！"在婚姻失败率仍然高升的今天，还忍不住悄悄多给了他们一个祝愿：不仅开始美好，过程、结尾也美好！

其实，他们不是唯一的一对。当天，我们在进州府前看见的是他们，出州府时则看到了两对其他欧洲裔新人。那么如果相信在其他时段里，还有一些成对的新鸳鸯来此留影，应该是合情合理的。

到州府来照婚纱照并不是今天才有的特别现象，这些新郎新娘们，他们不仅前有"古人"，而且将后有来者。他们构成一条追求幸福的溪流，从州府门前缓缓流过，只因这里的美丽正好对应新婚的美丽，这里的庄严也正好对应婚姻的庄严。

于是加州重地，也成为婚照圣地。这是一个草根也可以闪光、可以创造自己的历史的地方。

"大篷车"上、大金球下

单是我们中国人，仅那个时期就有大约二万五千人越洋而来。加州是在对金子的挖掘中诞生的，几乎可以说是被金子的声音给呼唤出来的。

你可以说加州人是有个性的、是实际的、是尊重历史和现实的，但是，你不会说加州人是唯美的、是传统的。

说到州府，感觉上应该是稳端端、沉甸甸的，不论从历史的分量还是从身份的重量看，州府似乎都应该是个坐镇一方，让历

史在它那里川流、汇聚的地方。

可是，加州的州府却一度是个流浪特质非常突出的州府，“轻”到可以被搁置在“大篷车”上，搬来搬去。它坐落在萨可伦门托是地理书上的事实，后面却有相当一番“热闹”和“挣扎”。

加州约在十九世纪中叶正式成为美国联邦的一个州，一旦为州，就要落实州府所在地，于是历史便在这片土地上上演了一台“五龙戏珠”的戏剧。五龙，是众多城市中比较有实力的五个城市；州府，就是那颗使得五龙腾逐的珠。在不到五年的时间里，它在“五龙”的争夺下迁址六次，五度珠落玉盘，最短的一次只有七天，次短的是一个月。

“五龙戏珠”的说法赋予了它被争夺时候的政治诗意，也体现了这番争夺中的内在精彩。美国人自己的看法就朴实许多，带着当年西部的泥土味，以一幅漫画为代表：一个衣衫窄短的瘦长巨人一手提着跋涉用的木棍，一手将州府和州府上的政要官员撂到背上甩开大步往前走，面呈笑意，身后是一些只到他小腿肚的小人在谷仓的背景前，伸长了手臂拼命追赶，仿佛在呐喊：“站住!”“把州府留下!”

巨人是能够为官员提供优质、宽敞的办公处所的地方，也要能够保证官员们在议政期间有合适的地方歇脚。当年，包括萨可伦门托在内的五龙其实都不怎么“胖”，似乎旗鼓相当，所以争做“巨人”就争得比较辛苦。后来还是萨可伦门托以它在经济上的额外慷慨和空间上的舒适广阔胜过一筹，让州旗和国旗一起在她的土地上飘扬起来。

不过，就是在州府已经落脚、洗尘之后，还是有些颇具竞争力的重要城市，像港口重镇奥克兰、现今的科技之都“硅谷”圣荷西、太平洋沿岸的明珠蒙太瑞、加州著名学府伯克利大学所在地伯克利等，还在继续努力，试图将它搬走，它却终于厌倦了流浪，坚决地留了下来。

我们在议会楼的跟前向上仰望，它比在远处看更有威仪，国旗和州旗在正中微微地飘动着，再往上看，会感觉脖子酸，不过眼里却是金光一片——不是因为头昏眼花了，在空气中无中生有地看出了金光，而是一个真金镀身的大铜球耸立在大楼的最顶端，似乎因为加州的土地是富含黄金的，州府一下“大篷车”，落脚之后，在建筑的顶端就结出这么一个大大的金球蛋来。

加州是加入美国联邦的第三十一个州，其议会大楼的建筑格调跟许多其他州的州府一样，都随美国国府，似乎是代表一种秩序。其布局在中心是圆形大厅，穹窿高高地覆盖其上，大厅两翼则分别是众议院和参议院，如此，大厅既将两院分开，又将两院连接，加上歌林多式廊柱的使用，象征着民主制度。

有意思的是，在这个象征民主制度的建筑顶端，就是那个镀金的大铜球，形似淘金热时期的一砣金，仿佛是赤裸裸的拜金主义的最高呈现，因而一度引起强烈反对，认为让一个金球来君临一个州的政府，实在是对州府的贬低和戏弄，第二个做总负责的建筑师更是从建筑艺术的角度说，那金球是“纯粹可笑而恶心人”的东西，建议像美国国府一样，用一个代表“自由”的艺术雕像来取代金球，甚至开始找人出钱、出力，预备将雕像准备好，好将金球取代。

但金球始终没有被取代，似乎坚持对历史的尊重胜过了关心视觉给人的印象，因为加州之所以成为一个州，跟十九世纪中期的淘金热有着直接的关系。淘金的高热让几十万人在极短的几年时间里迅速涌进加利福尼亚，永远地改变了她的经济、文化、社会和政治。单是我们中国人，仅那个时期就有大约二万五千人越

洋而来。加州是在对金子的挖掘中诞生的，几乎可以说是被金子的声音给呼唤出来的，所以采用一个金球来坐镇州府，意在尊重历史，也可借此来跟以雕像为顶的国府相区别，有点自己的特色和个性。

爱默生说：“对金子的欲望并不在于金子本身，而在于它能带来的自由和好处。”他的话一定讲出了包括加州人在内的众多人的心声。一个被赋予“自由”名字的雕像可以站在美国国府的顶端代表自由，那么一个象征带来自由之金的金球也可以站在加州州府的顶端代表自由。

你可以说加州人是有个性的、是实际的、是尊重历史和现实的，但是，你不会说加州人是唯美的、是传统的。

西部，永远是冒险者和不拘一格的人施展自己个性和才干的地方。

不过，民主的特点就是总有不同的声音出现——只要有个出声的引线和理由。这些声音刚开始是乱糟糟杂声一片，很难听清楚、听明白，因此后来便渐渐有了“发声规则”，形成一套“发声制度”，民主的秩序也就出现了。

其实，有关金球的争议实在只是这些嘈杂闹议中的一点点，对加州州府的争议，大到落脚点的选择，小到建筑石料的运用等，一直都持续不断。而在州府里所争论的，当然不只是关于它本身的事情而已，现今，每年大约会有六七千个提案要在这里经过争议的程序，有的在众议时就被枪毙了，有的则像鲤鱼跳龙门一样，经过若干沟沟坎坎，最后终于挺身一跃，到达州长的桌面，并被认可，署名，盖印，成为一项政府的措施或者法律条款。二〇〇九年七月通过的“ACR42 法案”就是其中一例，这是一个向华人致歉的法案，加州众、参两院全票通过，州长斯瓦辛格签字生效，就一八八二到一九四八年间的美国排华政策和措施正式向中国人道歉，让华人在这片土地上的伤口，在加州法律上得到正式愈合。

这当然是华裔参政的直接的结果。正如奥巴马所说：“我始终相信，如果人们有足够的关注，我们就得到好的政府和领导力；而如果我们懒惰，在民主和民事上抄小路，那么结果就是得到不好的政府和政治。”

民主政治的特点之一就是你必须参与、必须发声，而且要让你的声音被听见、被认同。

“O”下面的哥伦布与女王

“我会用我卡斯提亚的皇冠来承担这项事业，”女王说，“也准备好去典当我的珠宝来支付它的费用——如果国库的资金将不够的话。”她左手是个肯定的手势，右手轻轻握着珠宝链成的腰带。于是十五世纪末那次改变世界的航海成为可能。

我们来到州府的东门前。拜“九一一”所赐，2001年美国纽约的世贸双子楼倒塌之后，美国各地的安检措施都加倍设立，进入州府更是如此。好在我们到得早，游人似乎比安警少，所以我们得以免去长队，直接在数双全副武装的警眼监视下，开背包，掏腰包，走过安检仪，没有听到警报声，于是过关。

过关之后，往前是加州各县的橱展窗，以简单的地理模型介绍其特点和物产，全美国最大的县就坐落在加州；往右则是几级台阶，上去之后，是条暖光霞映的走道，其高顶上的流畅线条、两侧房门的纹饰、地板的图案等建筑语言，都立刻通过视觉传输着愉悦，让人心中荡漾起美好的感觉。

通道的那一端，是历史上的州长办公室、财长室等，原模原样供人参观；而通道的正中段就是整个大楼的中心——它的圆形

大厅。人们多半都会在此滞留片刻，仰着脖子看它高高的穹庐。穹庐被工整而俏丽地装饰着，顶端和侧面共有接近三十个天窗，于是天光与灯光相辉映，站在它下面，你会更懂得为什么这种建筑结构会被普遍地运用在大教堂、国府、州府等要求你充满尊重、甚至敬畏的地方。

建筑本身就是一种有力的表达，一种要求，一个命令。

我身边游人不多，都沉浸在“仰慕”中，其中一个印度人有些例外，他先是对着穹庐睁一只眼闭一只眼，然后又闭一只眼睁一只眼，两眼这般几番轮换之后，终于将相机压在最后得权睁着的那只眼睛上拍照，可是怎么拍都不是很满意，总是与裸眼看到的有距离，于是摇摇头走了。

我突然得到（也许是想起）一个“寓教于乐”的灵感，问女儿们：“你们知道 capital 和 capitol 的区别吗？”

“不是一样的吗？”小女儿奇怪我为什么会问这个问题，因为二者听起来一样，以为妈妈在闹着玩。姐姐大一点，明白，先对妹妹解释了一下两词的拼法，然后说：“有 a 的，是首府这个城市；有 o 的，是首府里面政府的办公大楼。简单说，就是一个是城市，一个是建筑。”

“那你怎么来区别呢？好像很容易搞混哟。”我问。

这回姐姐奇怪了，说：“你就是知道呀。你一旦知道了你就知道了。”

妹妹突然眼睛一亮，快乐地说：“噢，这个容易，你看那个圆拱，”她仰起脸来，捏起小拳头，竖起中指往穹庐指指，“它是圆的，像个 O，它是在建筑里面，所以有 O 的 capitol 就是政府的办公楼。”

启发成功！

在那个“O”的正下方，是一座重达八九吨的大理石雕像，叫做“哥伦布向依莎贝拉女王的最后请求”。西班牙女王依莎贝拉一世高高地端坐着，在英国、葡萄牙先后遭拒的哥伦布单腿下跪，手上托着一个圆球——似乎代表地球，在游说女王资助他的远洋航海计划。

“我会用我卡斯提亚的皇冠来承担这项事业，”女王说，“也准备好去典当我的珠宝来支付它的费用——如果国库的资金将不够的话。”她左手是个肯定的手势，右手轻轻握着珠宝链成的腰带。于是十五世纪末那次改变世界的航海成为可能。

当然，历史上的游说过程没有那么简单和顺利，不过，哥伦布经过七八年的多方努力、多方挫折之后，终于得到了女王的支持，也是个“有志者事竟成”的例子。

这件雕塑本在美国东岸一个私人豪宅里，由美国雕塑家米迪（L. G. Meade）在意大利花了六年的时间精心雕琢而成，再远洋运输过来。后来它的主人将它卖给加州的银行家米尔斯——曾经通过购地、送地而让州府落脚萨可伦门托的主要人物之一。米尔斯相信“加州州府的大厅非常适合陈列这件纪念对西方命运产生巨大影响的艺术品”，一八八三年，也就是美国正式立法排华的第二年，他一手包办了该雕塑的购买、运输、安装等费用和手续，耗费将近今天的百万美元把它送给了州府，也把他自己的名字留在塑像的座基上。

然而，在州府里，没有争议的事情似乎是不可能的。这件礼物也一样，虽然慷慨，却招致许多反对。

首先表达异议的是一个叫做“金色西部的本土儿子们”的兄弟会（The Native Sons of Golden West），一听之下，这个组织给人印象似乎是个北美印第安人组织，其实他们是由在“金色之州”——加州出生的白人所构成，尤其要是加州加入美国联邦前“刚毅的开拓者”的后代。他们以自己的先辈为荣，为自己是他

们的后代而骄傲，觉得他们才是“金色西部的本土儿子”，并担起“本土儿子”义不容辞的责任，致力于保护、宣扬加州早期历史——或者更明白地说，是他们先辈的历史——的工作，保住了一些历史遗迹，还竖立起不少纪念性雕像。所以当年他们很反对将哥伦布的塑像放在“金色西部”的州府大厅，因为哥伦布别说到了加州，连离加州几千公里远的土地都没踏上过。

不过，这个组织似乎也反对双脚踏上了这片土地的人，根据一九四二年的《纽约时报》，它曾公开反对中国人、墨西哥人、日本人的移民，因为他们相信加州的土地“是上帝赐给白人的”，他们要“靠着上帝的力量保守它”。

他们的“力量”的确进入了加州的历史，比如一些地方性排华事件，比如二战期间促使美国法院将日裔圈进集中营等。如今，他们的组织似乎也与加州一起在逐渐“成熟”，似乎也在顺应着时代的进步而改变，从狭隘的时间本位、族裔本位渐渐拓宽出来，除了保持历史遗迹之外，也做了不少慈善的事，成员中的族裔也开始多元化。

当年他们阻止哥伦布塑像没有成功，不过，他们后来倒是成功地实现了一桩他们和“本土儿女们”的使命——在州府公园里开辟了一个山茶花园，作为对先辈的活纪念。

山茶花园里有茶花八百种，其中近两百种是市场上没有出售的祖辈遗传。山茶原非加州土产，淘金热时期被引进加州，却从此蓬勃发展，艳压群芳，“接管”了萨可伦门托，使之成为一座山茶花城。从这个意义上看，他们对山茶花的选择实在很合适，非本土却支配了本土，就像他们的先辈。

话说回来，“哥伦布”入驻州府，不仅被自封的“本土”人反对，另外，拉丁裔以及真正的本土人——印第安人，也对放置这座“哥伦布与女王”的雕像表示反感。他们认为该塑像只可以陈列在私人宅院，却不适合在一个州的州府中占据最醒目的位置，因为哥伦布翻开的是一场血腥的历史，印第安人因为欧洲人的到来而几乎种族灭绝。

不过，这些历史被尊重着，没有被篡改；许多争议还在进行着，没有被停止；但是争议的对象却也仍然稳而重地陈列在中心，重达八九吨，没有离开的迹象。哥伦布拉开序幕的那段历史，以它巨大的车轮在美洲大陆轧碾而过，残酷地轧碎了原野上的本土生命，却为殖民、移民铺开了道路。

美国——美利坚合众国，从一开始就是一个移民国，哥伦布遗泽的是大多数，而这个大多数，声音更多更大，也更有力量。

人民，职员和州长

“尚未实现的崇高目标，要比已经达到的渺小目标尤为珍贵。”

——歌德

我走到大厅的服务台前去拿些资料，居然也有一份中文简介。我取了，问多少钱，小姐礼貌地答曰：“噢，不要钱。这是人民的地方，参观这座大楼和取用这些单张都是免费的。”

她用“人民”一词——上一代和我们这一代中国人都太熟悉的一个词，让我想起多年前在国内的一个政府部门里听到的一段对话，并且希望它所代表的东西已经成为一去不返的历史——

访者问政府职员：“你们不是说是为人民服务的吗？怎么态度这么不好？”

政府职员鄙视地说：“我们是为人民服务，但不是为你服务。你是人民吗？”

逻辑学家可能会详细解释一下这句子里的概念、逻辑问题，但其实这里的问题根本就不是逻辑问题。有内在的人性弱点，没有外在力量的强制和坚持，许多类似的现象都会出现，叫做“何患无词”。

作为人民，就有人民的悲哀。在讲义务时是人民、讲权利时却不是之际，尤其如此。

这里，政府所在地不是禁忌森严的衙门，而是普通人也可以进出的“公园”，而且是免费的，作为“人民”的一员，你不免觉得“人民”多少有点实际的意思。在理想的含义上，既然民主是“人民当家作主”的意思，那么人民可以随意进出“当家之地”，在议会期间有资格在楼上旁听议员们的讨论和决意，并随时有合法渠道表明自己的意见和心声，有权选举或废除不能代表自己意见的官员，似乎合乎逻辑，所谓民主统治是“由人民，为人民”。

“由人民，为人民”，我相信这个世界上还没有一个地方已经将这个理想充分地实现出来，以“民主”而自豪的美国也是如此，加州自然也不例外。不过就像歌德所说的：“尚未实现的崇高目标，要比已经达到的渺小目标尤为珍贵。”

有意思的是，我们后来跟随导游继续参观的时候，导游也用了“人民”这个词，她抿着鲜艳的嘴唇、斜着精致的眼睛对现任州长斯瓦辛格高声表达不满，说：“他把许多旗帜放到墙上。要知道这是人民的地方，他没有权力随意破坏人民州府的墙。”

站在我对面的两个印度人面面相觑了一下。

议会楼的重要职能是召开议会，所以对于议会厅，我们自然要前往一观。

导游童心未泯，在领我们上楼去到众议、参议两个院厅时，不仅自己带头将手指放进扶手栏杆的雕兽嘴中，还号召大家都如此做。我们中的大多数果然这么做了，于是那龇牙咧嘴的雕兽少了些威胁性，这政府楼则多了一份平常心。

不过，摸雕兽可以，我们却不能直接走到议员们的桌前去摸东摸西，他们的座位在一楼，我们则是上到二楼旁听席。议会厅二楼其实就是大楼的三楼，因为凡庄严宏伟的效果都是需要空间来达成的，议会厅占了三层楼的高度，其二楼的旁听席只仿佛一个三面环围的包厢，占据的是部分次要的空间，可以俯视楼下议会厅的整个情况。

如果你是自己来，而不是跟随导游，两院厅还是可以非常明显地区分开来，一是通过颜色，二是通过大小。

众议院既然是“众议”，所以它相对大些，座位多些，约一百个，与英国的下院类似，以含蓄又不乏清新的绿色为主调，主席台后面的墙上高高挂着林肯的画像，像下刻有一行大大的拉丁文：“通过公正的法律是立法者的职责。”

参议院则是更“精英”的议政之地，既是“精英”，自然座位就少些了，约有四五十个，与英国的上院类似，以高贵的红色为主调，挂有华盛顿的画像，像下是拉丁文：“保护人民的自由是参议员的职责。”两厅都端庄、典雅并渗透着些许华贵之气。

如果现在正是议政期间的话，我们就可以在现场观听到下面的政治人物如何地唇枪舌剑，如何在古老、朴实的桌面上繁忙地操作最新、最现代的电脑设备；早就设置好的几台摄影机、文件传输器也会转动起来，直接连到相关电台、电视台和报厂。

“现在的财政预算有很多危机，斯瓦辛格和那些政要人员正在伤脑筋——他们实在应该早点伤脑筋才是。过一个星期才会有会议，你们要是实在有兴趣参与，或者将来有兴趣参与——”她后面那句话是特别对着我们中间的小孩子说，“你们下个星期可

以再来。你们可以就坐在这里。不过要小心，不要做你不想让别人看到的动作和表情，那些东西——”她指指下面墙上的摄影镜头，“可能不太客气的。”

“那么不能挖鼻孔了。”一个小男孩说。

大家哄笑。

“等一下你们也许想去看看斯瓦辛格插的旗，要是不喜欢，就反映给他。”导游又说，没忘记斯瓦辛格在“人民的墙上”擅自插旗。

“他需要多听到一些人民的声音。”导游作出结论说。

导游其实是个上了年纪的女人，不过她很漠视时间在她身上、脸上所动的手脚，不仅用口红宣布了她对自然年龄的背叛，而且在转身和上楼的时候，其步态和速度也在坚决地向时间作出挑战，宣布她的确还很年轻——比她听众里的好些年轻人都年轻。

我听说过三十岁的人有六十岁的身体，她是反过来，让我见到六十岁的人有三十岁的身体，以自己令人意外的敏捷和时闪锋刃的谈吐，向一群一群来自五湖四海的参观者证明：迟缓不一定是年老的特征。

由于游客里只有两类人：正在长大的和正在变老的，她的这一特点就给后面一类带来了激励。我发现自己就在楼梯的转弯口，暗念一闪：将来老的时候也像她一样有活力就好了——当然可以略过她那有活力的口红。

我们最终没有去看斯瓦辛格在墙上插的是些什么旗，对他“在人民的墙上”如何任意妄为并不怎么关心。

不过这个从好莱坞走来的州长似乎有许多不同“政见”者，在插旗这种小事上，他的政府员工与他意见相左；在大事上，比如二〇〇八年总统选举，据说他的妻子、加州第一夫人玛利亚·

希莱魏——肯尼迪家族中的一员，与他的投票不同。他是共和党，投的是共和党候选人麦肯；第一夫人是民主党，投的是民主党候选人奥巴马，结果是历史站在他夫人这边，或者说他的夫人站对了“立场”、选择了历史，奥巴马做了美国历史上第一个黑人总统，虽然要在二〇〇九年二月才正式上任，不过已像一条闪亮的界标划分了时代。

这个加州第一家庭的党派分歧，倒也提供了一个小小的窗口，让人得以管窥民主是如何在一些政治家庭中体现的。投票的时候，希莱魏不是斯瓦辛格的妻子，也不是加州第一夫人，而是一个有独立声音的独立选民。

我们中国人说“道不同不相与谋”，如果他们同意这个规律的话，这里的“道”，一定不是政治派别。

罗马女神与二十五天的共和国

这个发现让我自己也甚感惊奇。加州的大印上，怎么会选一个罗马的女神来坐镇？

走出参议院议会厅的时候，我没有跟着大伙儿走，而是详细看了看镶嵌在走廊屋顶的加州大印——一个悦目的透光彩色玻璃图案。州府似乎特别希望大印被大家所了解，所以除了这个玻璃图案外，在大门外的平台上，还有一个巨大的铜案。

大印象征的是权力，在州府里，州印才最有权威，是加州的“玉玺”。有了这个大印的印章，提案才会正式成为法律；被这个大印加盖的文件，州长也必须遵守。它代表的是“铁打的衙门”，州长们一届一届地轮换，却都只是流水的官。

不过，州印虽然代表加州范围内的最高权力和权威，它在设计上所强调的却并不是权力和权威。若不是这次来游，对它近距

离相看，那么除了它是个圆形，我对它是什么样几乎毫无所知——尽管我一到美国几乎就天天在携带它。它盖在我的驾驶执照上，成为我合法驾驶的证明，也成为许多场合的身份证。而今天这一近距离相看，还真看出点意外——一直为我在美国的合法生活做证的，竟然是个罗马女神密涅娲（Minerva）。

这个发现让我自己也甚感惊奇。加州的大印上，怎么会选一个罗马的女神来坐镇？

答案将人引向文化。

文化的传播和继承似乎不怎么理会政治的疆界、领土的划分和政权的转移。有生命力的文化，仿佛弥漫于空气中的无形的种子，不仅在它的原生地孕育大成，而且还随风而行，若是土壤、气候合适，它就在别处也落地生根，或保持自己的原貌，或越淮而为枳。这个尊临加州大印的罗马女神密涅娲，相当于希腊神话中的雅典娜，据传说，她是直接从罗马最高神朱庇特的大脑中脱颖而出的，一出生就已经完全长成，带着长矛与盾，就像加利福利亚，从来没有做过美国属地，就直接成为美国的一州，一出生就“完全长成”。

加州在加入美国联邦之前，属于墨西哥，地广人稀。一八四六年，一些来此客居开拓的美国人对墨西哥政府的土地政策非常不满，也害怕当时正在发生的美墨两军的冲突致使墨西哥驱除他们，于是几十个人集合在一起，举旗起义，自设为“加利福尼亚共和国”，定都所罗玛，这就是加州历史上有名的“熊旗叛乱”——他们的“国旗”上有一大棕熊、一五角星，象征力量和独立，国旗设计者还是林肯夫人的外甥。

但这个共和国只存在二十五天，因为国家成员意识到，如果墨西哥政府真的前来剿灭他们，他们区区几十人是没有办法抵挡的。于是取下自己的“加利福尼亚共和国”国旗，将美国的国旗扬了起来，并开始协同美军共同制墨。两年后，美墨战争结束，有驻军没政府的加州也正式申请加入美国联邦，但是在被正式批准并设立州级政府之前，它兀自按照一州的格局开始议政施政。与此同时，由于淘金热使人口暴增，旧金山等地迅速从毫不起眼的小村落发展为不可忽视的沿海重镇，联邦不得不跟进脚步，迅速批下。于是，一八五〇年，加州完整地“搬进”了联邦，没让联邦来为州政府费心，它当年的国旗，也变成了州旗，稍做了一点点改变，不过还是一熊、一星，还有那句话：“加利福尼亚共和国。”

如今，“加利福尼亚共和国”几个字仍在加州的州旗上飘扬，联邦继续以一种幽默的包容接纳着它，并不觉得受到挑衅和威胁。

这里要多说一句。从一八四八年开始的淘金热，到一八四九年，金矿的消息已经随风广传，整个美国和世界的人们都开始从水、陆两路涌入加州，规模浩大。虽然以后几年人们都还在持续涌来，“49 人”却成为淘金者的代称，歌曲《49 年的那些日子》被广为传唱，淡淡地咏叹着当年那“古老的日子，金色的日子”，那艰难、蓬勃、顽强、悲喜交加的日子；“49 人”也成为旧金山职业橄榄球队的名字，不仅淘金者的领域从河床到了球场，淘金者的精神——开拓、勇敢、顽强和希望，也从昔日的乱林深沟，展现在今日殷绿齐整的竞技场上。

加州永远是“金州”。

加州成立之后，开始寻求自身的标志，它一出生就“完全长成”的特点，使它将青眼投向具有同样特点的罗马女神密涅娲。

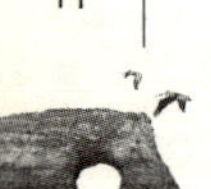

初初的一瞥其实还是打量性的，谁知这一瞥之后，加州的视线就不再飘忽，而是定睛凝目，由此就更加身不由己地尊崇密涅娲了，因为密涅娲戴上头盔时是坚韧有力的守护战神，摘下头盔

后又是智慧、艺术和财富的化身，其勇，其智，其实惠，其秉赋，都是加州所欣赏的。于是，在罗马众多的女神中，唯有密涅娲特别地玉树临风，终于被万水千山地请到了加州这片新鲜、富饶又彪悍的土地上。密涅娲也不负众望，长途跋涉之后，不仅没有失去她与生俱来的智慧与力量，更在这片生机勃勃的州土上激起无限的勇气和遐想。

“密涅娲奖”就是其中一个例子。

加州第一夫人

这一挑，加州第一夫人的眼光被显示，华人在美的公众形象则更加丰富和立体。

提到“密涅娲奖”，还不能不先提一下州府的建筑雕塑。

古希腊和古罗马的建筑中，雕塑是其中不可分割的一部分，不仅是为了装饰、美观和气势，也是因为在文盲较普遍的时代，视觉形象可以很有效地传递一些建筑的内涵。

加州州府承袭了这样的风格，刚刚落成时，在顶楼和正面的山墙中有大理石塑像三十余件，分别代表“和平”、“战争”、“名誉”、“辩才”等，风雨无阻地俯瞰着脚下的人间。可惜在一九〇六年旧金山大地震后，州府需要更新装修，这些雕像便被临时取下。取下之后，虽然体积庞大，却仿佛袖珍玩物，不知被谁“随手”拿去把玩，然后就永久地销声匿迹、不知所终了，也许是在某洲某陆某些豪华的院宅里亭亭玉立，也许是在一些昂贵而讲究的水池旁优美地沉思，不管怎样，州府大楼两翼的屋顶倒是从此风行畅通，不论是春风还是秋风，都不需要在这些“人物”身边绕来绕去了。

不过密涅娲还在，她不仅被刻在加州的大印上，镶在州府一楼的地板上和墙壁上，她还高高地站在州府前额的山墙上，高约三米三，着古典长袍，一手持矛，一手握盾。她的左右两侧各有两座雕像拥戴着她，左边的是公平和矿业的象征，右边的则象征教育和工业。

年轻的美国之州与古老的罗马帝国，被一个女神的手牵在一起。

二〇〇四年，加州第一夫人玛利亚·希莱魏来到密涅娲的面前凝视她，奔流的血液中似乎响起了密涅娲智慧而刚强的声音。希莱魏转身之后，创设了加州女性奖“密涅娲奖”，得奖资格是：在生活中以自己的方式站在人道的前沿，在发现难题、面临难处之后，敢于去身体力行地解决问题和挑战难题，并在这个过程中展示出异常的勇气、坚韧、智慧和同情。

简单说就是，能够得到“密涅娲奖”的女人，她们不仅要是勇敢的战士，又必须是和平的天使，总之，是密涅娲在某个特定领域的化身。

我其实是因为这个奖才对这个加州的第一夫人产生了兴趣。有个事实有些意思，就是她没有按照美国的习惯沿用夫姓，不知道这事有没有给她的丈夫斯瓦辛格在政治前途上产生什么不利影响。在当代的政治风景线上，在她之前，美国还有一个更有名的女人在丈夫做阿肯色州州长的时候，也是保持自己婚前的姓氏，结果丈夫在竞选续任时败北，于是她被许多人攻击，说她是她丈夫失败的根本原因，因为她不跟丈夫的姓，冒犯了保守民众的心理。

这个女人就是曾经的美国第一夫人、前任纽约州参议员、刚进入当选总统奥巴马内阁的希拉里·克林顿。当年为了丈夫的前途，希拉里决定向传统妥协，保名换姓，果然克林顿后来再度参选得胜，进而为他的政治生涯铺设了又一个台阶。如果当年希拉

里不改姓氏，那么美国历史上是不是会少一个平民出身的总统呢？

不得而知。

那么如果斯瓦辛格要继续追求他的政治前途的话，玛利亚·希莱魏是不是也必须成为玛利亚·斯瓦辛格呢？加利福尼亚是否同阿肯色州一样对这样的细节表示在意？

在州府公开的网页资料上，加州第一夫人所占的位置非常有限，仅玉照一张，唯一例外的是希莱魏，多了一个链接联到她的网站，叫做“我们”——“我们是加利福尼亚，加利福尼亚如何在于我们”。网站上醒目的徽标就是刻有“勇气、智慧、力量”三字的密涅娲奖牌。

希莱魏的作为似乎与密涅娲奖紧紧地绑在一起，不知道是因为有她才有了这个第一夫人的网站，还是因为有了第一夫人的网站，希莱魏才在此网站领衔为主？不过，醒目的密涅娲徽标和她说的一句话让我猜测是前者。她说：“加利福尼亚女人在每一件事情上都是开拓者，她们以自己的方式创造历史，她们不等着被问，也不等着被请，更不等着被吩咐，她们就是去做。我就爱去做的人。”

密涅娲奖就是她自己的一个“做”。二〇〇八年，一个中国女人因为自己的“就是去做”而得到密涅娲奖荣誉，由希莱魏在上百候选人中亲手挑出。这一挑，加州第一夫人的眼光被显示，华人在美国的公众形象则更加丰富和立体。

这个中国女人的名字是陈贝蒂（Betty Chinn）。

“蓝色天使”与中国“女神”

就是在这样的沉重而又沉默的历史背景下，突然出现了一个中国女人，向尤瑞卡伸出她的纤纤素手，谦和却高贵地、纯洁又优雅地，仿佛一个异国的美丽女神俯就下来，散发着超越的光芒，却没有俯就的心态，动人之极。

怀藏着黑暗秘密的尤瑞卡震惊了。真是怎样的玩笑！怎样的“报复”！

贝蒂从来没有想到自己身上会散发出神性。

她的生活可以用六个字概括：从辛酸到喜乐。她的辛酸，是一代中国人的辛酸；她的喜乐，整个世界却也只有极少数的人可以企及。

对于她的过去，贝蒂至今仍然不愿意多谈，就像她总是在灯光和名誉面前退缩。

贝蒂童年时代生活在中国大陆，父母皆是医生，七岁时，父亲因“文革”的原因被迫出逃，母亲被关押，她则被“红卫兵”挂上“狗崽子”的牌子进行羞辱。就这样，她突然间就失去了父母，失去了幼年所需要的保护和关怀，流浪街头，乞讨果腹，无家可归，人间的风雨与自然的风雨一起侵打着她。小小年纪，这一切都太不可理解，也太残酷，她承受着，却变成了哑巴，不再说话。

直到十一岁，她步行了将近三千公里，辗转周折到达香港，后又来到了美国，落脚加州一个叫做尤瑞卡（Eureka）的地方，在那里开始重拾她的语言，也重拾她的生活，成家生子，虽不富裕，却也有温情、有温饱。她对这个收留她的国家心存感激，也对她的生活感到满足。

不过，她虽恢复了说话，却不是用英文。她带孩子去上学时，不仅羞怯，而且还需要孩子做翻译。尽管如此，善良似乎并不需要语言来广播自己，就像炉火不需要广告也可让近处的人感受到它的温暖。一天，儿子的一个学前班同学突然对她说：“陈

太太，我好饿。”她就请儿子翻译说：“饿呀，那么以后要多吃点再来上学。”同学说：“陈太太，不是我不多吃，我是没有吃的。”

那是她在美国第一次这么近距离地听到饥饿的声音。

那个声音成为她走出羞怯、接济穷困的开始。

然后她看到更多的饥饿，她开始注意到以前没太注意到的事情：就在她所居住的城市，在稍微背风的街头拐角，有人在寒风中瑟瑟发抖、冻成紫色；在躲开人群的偏僻地方，在桥洞口，在铁道下，在树丛中，有人以天当被、以地当床……

她惊异了，疼痛了，仿佛那些人就是许多年前的她自己，与风霜炎凉零距离，无助、无依、无告、无温饱、无遮蔽……

她开始坐不住。

当她家中的暖气开动的时候，她想到了寒夜中没有四壁遮护的人；当窗户外面响起淅淅沥沥的雨声时，她想到了头上没有片瓦挡雨的人……这些人与世界疏远着——按照他们各自的理由，有些是主动的，有些是被迫的，其共同点是：都不会自己去寻求帮助。他们有的有心理疾病，有的是纯粹的经济破产，有的则吸毒——流浪的原因，或者流浪的结果，因而他们被世界看不惯，也被世界所遗忘。他们里面，有离家出走的少年，也有不能重新适应生活的退伍老兵；有两三岁的幼儿，也有八十几岁的白发之人。他们身在文明中，却又活在文明外。

他们不愿、不能走出来，贝蒂就开始走进去，去给他们送些吃、穿、用的东西。天气尤其寒冷的时候，她还会特别开车去找他们，将车中的暖气开足了，请他们上来取暖。

这样的事情看起来很小，但是后面的爱心却要求很大。暖气吹着，长年踯躅露宿的人，因无法清洁而积聚的气味散发出来，弥漫在狭窄的空间里，令人窒息，甚至造成生理上的恶心。有些人身上还有跳蚤。

可是，其引发的，却不是贝蒂的恶心，而是对他们的更深更大的同情——他们实在是太缺乏！

当她在儿子上的小学得到一份每周约十小时的助教工作时，她告别了断断续续的善举，用她的全部工资开始了一个人的常规性慈善工作。每天黎明前——一天中最冷的时刻，她带上在家中灌好的热咖啡和甜甜圈，寒中送暖，饥中送食，出门去寻找那些无家可归的人；傍晚前，她又将在家中做好的三明治送出去给他们做晚餐，也送去她真诚的微笑、毫无偏见的爱心和纯粹的人间的温暖，没有论断，没有目的，没有优越感，只有尊重、关心和人间没有杂质的善意。

她就是这么转动着，不拒绝帮助，却也不请求帮助——童年乞求的经历，使她不能再次开口，哪怕是为了他人的缘故。也许正因为如此，她的行动本身反倒成为一个号召，一个提醒——号召着本来愿意伸出援手的人真的将援手伸出来，提醒着露宿风餐的流浪者们：有人真心地关怀你，在意你的冷暖，要加油，不要自弃；也提醒着行有余力的人：一个人其实并不需要拥有很高的才能、很多的财富才能让世界有所改变。改变都是从局部开始的。

所以，虽然她不请求，帮助她的人反而多，个人、团体、教会、商店等都以不同的方式加入进来，甚至一些本不愿意捐助给“非赢利机构”的人，知道在贝蒂这里，他们捐助的每一分钱都是用在被助者的身上，故而也都愿意因她解囊。

可是，也不是没有困难。困难小的时候，她要跪在夜里，祈求上帝为流浪者们预备明天的食物；困难大的时候，她则要祈求上帝立刻给她几万美元，因为政府通知她，她的私人车不合乎“食品车”的法律要求，如果要继续供应食物，她必须使用专用的食品车。

她犯难了，食品车要好几万美金，她怎么拿得出来？

但是她很快便有了食品车，尽管没有任何募捐的活动，一旦人们知道了她的难处，捐助立刻到来，有出资买车的，有出资买车保险的。她的慈善已经不是她个人的慈善，而是整个社区的慈善、整个社区的良心。

她的蓝色的食品车被取名为“蓝色天使”。

就这样，她可做的事越来越多，不仅送吃送喝，送用送穿，还可以找地方给无家可归者洗澡，带他们的孩子去医院、去学校，帮助出走的少年联络家人，送张回家的车票、机票，如果是退伍老兵，还可帮助他们申请政府津贴等，假如气候格外的严酷，她还能联络旅馆，给最有需要的母亲和幼孩暂时的容身之地……

她照看的范围也越来越大，现有几十个幼儿和几百个大人。每天，她一大早就要带十几个孩子去洗澡，然后带他们去上学，如果是在学期的开始，还要给他们文具、衣物，带他们上医院体检等；之后照常送几百份热咖啡和早点，然后上班，然后做几百份的三明治，出门送饭……由于规模大了，她送饭的地点固定在当地的一个教会后面的场地，来领饭的人对她都非常尊重，好好排队，不抽烟，不讲脏话、粗话。

有人说她是在助长流浪人的懒惰，有人反驳说没有她的“助长”，这些人仍然在街头流浪；而有了她的“助长”，一些少年人跟家人联系上了，和好了，又回到了正常的生活中，而不少成年人则度过了他们人生中的劫数，重新站立在自己的双脚之上。

其实贝蒂也不是天真到不知世故，不过她更知道的，是她自己的心，她自己的角色——她只是一双单纯的援助之手，而不是判决的嘴。她只想在这些流浪者人生的艰难中，递送过去一些基本的人道，解决一些他们的燃眉之需。

也许不是每个人都理解她这番定位后面的沉重和人道。当年她流落街头的时候，按照当时流行的标准，她不也是一个“活该”吗？可是那“活该”后面有多少难言的悲伤和委屈，有多深的伤痛和孤寂！

所以她不问为什么，只做自己能做的。她如此一做并不是一月两月，一年两年，而是一口气就是二十多年，无论是雨天晴天，还是周间周末，也无论是常日节日，还是冬日夏日，几乎没有一天中断，包括当她自己不舒服的时候——她有长期的背痛症，严重的时候没有特别的床就没法睡觉。

这似乎不仅是每天的劳作，更是一种心灵的长征。然而，她做得那么自然，她说：“这不是我的工作，这是我的激情。”

她的牧师说：“不仅是激情，还是她的喜乐，她的事奉，她的医治。”

孔子说：“己所不欲，勿施于人。”耶稣说：“己所欲，施于人。”这两个伟人的名言都具体体现在贝蒂一身。她也做过无家可归的人，她不想被歧视、被白眼、被论判、被遗忘，所以她关心、她诚挚、她尊重、她记得那些流浪的人；她曾希望有温饱、有温情、有体恤、有鼓励，所以她竭尽她的全心、全力去给予这些人间最基本的、也是最宝贵的东西。而在这个过程中，她在生活中所受的伤竟然渐渐痊愈了，熟悉她的人都感到惊异，因为这些年的她，就像一朵羞羞怯怯的花朵完全地打开来了，芬芳四溢。

帮助他人本不是她自我痊愈一个手段，然而助人者自助，上帝自有垂怜人的法则，贝蒂在走出自己、帮助别人的同时，有种特别的富足流进她内心的深处，她早年所被剥夺的、被挖出的那个洞，被这份富足慢慢地填着，填着，填满。她无法不体验到一种深刻的喜乐。

所以她总是说，她得到的比给予的多。她真心感觉如此。

所以她总是说她其实没做什么，只是中间人而已，请人们将注意力转到她所帮助的人身上，而不是她身上。她也是真心地感觉如此。

但是人们不理会她怎么说，只是继续被她感动着。有位被感动的人曾一把捐出五千美元给她，特别说明是要她慰劳自己一下。那个圣诞节，流浪者们却得到一顿丰富的牛排大餐，他们的孩子们还各自都得到一份上好的礼物——他们小小的年纪所很少有的稀罕东西。五千美元就这么被她慰劳掉了，而且慰劳得非常快乐。

在人间，经历过辛酸的人，由辛酸而自怜是容易的，由辛酸而苦涩是正常的，由辛酸而仇恨是可理解的，由辛酸而苦毒是并不罕见的，但是由辛酸而可亲可敬、而慷慨体谅，却是反常的。

贝蒂是个反常，反常得动人心弦。

由于她的“反常”，那些无家可归的人如同有了“家人”来照顾和关怀，许多人最终得到机会与风餐露宿的生活作了告别。

希莱魏在颁奖时动情地说，贝蒂做的事情“小而简单，但是她的影响却巨大而深远”。

一种人间行为一旦进入了人类精神领域的高空之后都通常如此，而没有立足于精神高地的行为则很难持续。

我曾经疑惑是什么力量让贝蒂可以二十几年如一日，“激情”不灭？看了她的时间表，我似乎找到了答案：她每天凌晨两点多起床，第一件事情是做半个小时的灵修默想。那是她安静的时间，宁静以致远，唯安静的心才能到达远处，高处。

当贝蒂的住地知道密涅娲奖给了当地一个“慈善家”的时候，认识她的人起初觉得不可能是她，以为是重名。因为在一般概念里，慈善家都是些富豪，行有余力所以广施救济，而贝蒂只是一个小学教师的助手，先生也只是个退休的物理教授，收入有限，看她的房子也知道她拥有的只是一个有温饱的一般家庭，怎么可能做慈善家呢?

正是这个原因，她给出的并不是九牛一毛，而是她的全部真心——纯度最高的一种给予。

能这么去做的人，实属人间绝品。其绝有二——境界绝高，数量绝少。他们可以说是无私无求，如此境界，没有多少人可以攀登上去，故而那里的“人烟”近乎“绝”。正因如此，参加密涅娲颁奖大会的一万四千多人，包括“股神”巴菲特、前美国国务卿赖斯在内，多次被她的故事感动得流泪，多次起立鼓掌对她表示敬意。虽然与她同时得奖的人，有历史性、国际性的著名网球巨星比莉·金和其他三位杰出而颇有成就的知名女士，而她——非常地道、极其正宗的普通女人，却因为“没有自己”而成为大会之心、之魂。

丘吉尔说：“我们通过所得到的而谋取生存，然而我们却是通过所给予的而创造生活。”

贝蒂通过给予而创造的生活像火一样往外散发着人性的纯洁和温暖，成就的是人间心灵的极致。当一万四千人多次起立给予她敬意的时候，他们是在向着一种罕见的美好鞠心灵之躬，是在对一种几乎无法企及的巅峰表达崇敬，是对那巅峰上的纯净和辽阔表达仰慕。

而如果再知道一点她的住地尤瑞卡的历史，她生命的光芒则几乎要圣洁到让人的心刺痛了，在她身上凝结的时代的传承性也因此而来。

尤瑞卡不是一个欢迎中国人的地方。

二十世纪七十年代的时候，当地大学历史课教授菲尔泽

(Jean Pfaelzer) 发现一个奇怪的现象：她班上的学生中没有亚裔，尤其是没有中国学生；后来一个姓王的中国教授到达了那里，翻开电话簿，居然没有找到一个熟悉的中国姓。他感到自己仿佛到达了另一个星球，难以置信。光是王姓的中国人就有一亿余，遍布全世界，而这里却只有他一个！怎么可能？

谜底在于 一八八五年和一九〇六年。

一八八五年二月的一个傍晚，占一条街的尤瑞卡中国城中，有两个帮派发生枪战，一个当时的城市官员——五十六岁的白人，正好路过，被流弹击杀，还有一小孩的脚受伤。于是整个尤瑞卡爆炸了，六百人拿着武器冲进中国城，勒令所有中国人在第二天下午三点前离开，否则就被送上绞刑架。一个男孩舍不得他的白人牧师朋友，三点过了还去向他作最后的告别，结果一些人怒发冲冠，冲进牧师的房子硬将男孩拉走，并推上了绞刑架，将绳子套到了他的脖子上，若不是被喘气追来的牧师及时阻止，一个更可悲的悲剧也就发生了。

就这样，约三百个中国男性、二十个女性被赶上两艘船，运往旧金山。到达旧金山后，五六十名中国人联合雇请了一个白人律师状告尤瑞卡，说它强行侵吞他们的房产，法官的判决是：你们没有失去任何东西，因为你们根本就没拥有过。

第二年，尤瑞卡为排华成功骄傲地举行了盛大的周年庆典。

一九〇六年，来此做工的二十三名中国人遭受到同样被驱除的命运。

那个时期，相对其他地方的排华事件，尤瑞卡的作为似乎还是“和平”的，但这样的事情发生一件，对其他地方立刻起到鼓励和煽动的作用。在更宽的背景看，光是北加州就有约四十个地方在进行类似的除华活动，清除华工是当时的时代潮流和时代歌声，有些地方甚至将华人成批围杀。

不祥的耳语从时间的通道悄悄地传递下来，中国人不再去尤瑞卡，直到二十世纪五十年代，不知情的中国人才又开始零零星星地到达那里。

就是在这样的沉重而又沉默的历史背景下，突然出现了一个中国女人，向尤瑞卡伸出她的纤纤素手，谦和却高贵地、纯洁又优雅地，仿佛一个异国的美丽女神俯就下来，散发着超越的光芒，却没有俯就的心态，动人之极。

怀藏着黑暗秘密的尤瑞卡震惊了。真是怎样的玩笑！怎样的“报复”！

贝蒂并不知道自己身上的象征性，也不知道自己的身上挽结着在美华人的两个时代，她身后的那个时代暗淡、悲惨、被动，而她身前的这个，则明亮、健壮、主动。在她开着“蓝色天使”来回奔波的时候，华工的形象已经在从蓝领转向白领，华人的经济已经从贫困转向中产，华人的领域已经从体能的低苦转向智能的高尖……她没有太注意这些，只是忙碌着，为尤瑞卡最最寒凉的地方，带去温暖；为尤瑞卡最最荒芜的地方，带去盼望。她的想法很简单，很朴实，这个地方给了她新生活，她想回报一些。于是尤瑞卡引以为耻的、被有意和无意忘却的地方出现了她的身影，天天月月，岁岁年年，冬夏不停，风雨无阻。

相形见绌。尤瑞卡真的羞愧了，至少其了解历史的儿女们如此，至少尊重良心的人如此。

“贝蒂是个活着的圣徒！”

“尤瑞卡应该感到羞愧！”

“美国应该感到羞愧！”

他们在网页上说着感受，为历史叹息，为历史窘迫。

不过也不是只有叹息。菲尔泽教授由于她在课堂上对生源差异的发现，开始走进历史去了解历史，又走出历史来表现历史

——她在更宽阔的背景下书成了那段历史，又通过纪录片来再现那段历史，目的不是为了揭示伤疤，而是为了提醒：这是一部分美国的成长经历，如此历史不能再度重演。

在她所发掘出的历史中，人们发现，除了从绞刑架上救下了男孩的那个牧师，也还有其他白人端着枪，誓死捍卫着自己的中国工人；在中国人似乎在尤瑞卡绝迹的时候，中国人所喜欢的食物及用品也还是常规性地被购买着——以欧洲白人的姓名。我们不能肯定地说这些护卫华人的人，其动机是纯粹利他的，但至少我们可以肯定，人性的亮光在那个黑暗的时代也还是闪烁着，还没有被种族主义狭隘的狂风给完全地扑灭。

有这样的人，有菲尔泽教授这样的人，有贝蒂这样的人，我们似乎有理由相信：后人即将具有的“美国经历”会比他们的前人更和谐、更人性。

Eureka！我找到了！

我找到了！

说来也凑巧，贝蒂的居住地叫做 Eureka，加州大印正上方也印有这个醒目的字：“Eureka”——加州的座右铭，希腊词，意思是“我找到了！”

据说 Eureka 最初是被希腊数学家、力学家阿基米德喊出来的，他在洗澡的时候发现了浮力原理，欣喜若狂，奔出澡盆，大喊：Eureka！Eureka！（我找到了！我找到了！）

加州这个面向大洋的州，这个充满野性的西部，它的个性也是外向、粗放的，将自己的座右铭大大地刻在大印上，向世界公布“我找到了！”

找到了什么呢？

如果说美国作为新大陆给了许多外来移民新生活，那么加州的金色黄金、黑色黄金（石油）、褐色黄金（土壤）的发现和开掘，则给了很多美国人新生活，让他们高喊“我找到了!”

正是这个原因，“我找到了”上了加州大印，代表在加州找到新生活的普遍心声。而敢以此呼声来做一个州的座右铭，像前面提到的坚持以金球坐镇州府，可见加州的不拘一格。

不过，既然争议是民主政治的表征，就像对州府的争议一样，对州印的争议也连绵不断。有人觉得将“我找到了”的狂喜刻在应该很庄重的政府大印上很不合适，提出用“在上帝里我们相信”来取代。

“在上帝里我们相信”从一八六四年就开始出现在美国的硬币上，因为相信“一个国家除非在上帝的力量中不能强大，除非在上帝的防御中不能安全。我国人民对上帝的信赖应该被表明在国家的硬币上”。不过直到一九五六年，“在上帝里我们相信”才正式成为美国的座右铭。

然而它虽然被提出成为加州的座右铭，几番纠葛之后，却没有被通过，于是每一份正儿八经的政府文件和法律章程上，仍然都有一个随性的、无声的呼喊：“我找到了!”

我掏出我的驾驶证看，上面就有这样的喊声，四重，一大三小，一个主喊，三个合唱。下次去新地方，要是开车没有迷路，那就可得大表心声了。虽然作为中国人我们持重而内敛，但至少有四重呐喊在为我表示应有的激动和快乐。

我再次端详镶嵌在天花板上的巨大玻璃印章，特别设计的灯光从后面透过来，让整个大印显得美丽、丰富，细节凸显：淘金的工人和他的工具，河流，商船，小麦，葡萄，山脉，醒目的密涅娲，她身边的北美灰棕熊以及 Eureka! 加州的自然、历史和人文特点都被包括了。

还包括了一个嘲讽。

嘲讽跟那只灰棕熊有关。灰棕熊之所以能够进入大印，成为加州的动物象征，不仅因为它曾是加州海岸区的常见动物，更因为它代表了被加州人所钦佩的勇猛、坚韧和力量等品质。可是，在精神上敬佩它的人，在现实中对它却是毫不留情。早在一九二二年，加州境内最后一只野生灰棕熊就被它的仰慕者枪杀了，标志着整个灰棕熊一族从它们一度巡逻、繁衍的地盘上被彻底、完全地抹去。而灰棕熊真正成为加州的州立动物，却是在一九五三年——它灭绝后的第三十一年。

也许正是它可钦佩的品质招致了它的灭顶之灾，它的勇猛、坚韧和强大使它不可避免地成为另一类勇猛、坚韧和强大的生物——人的威胁，因而成为人的敌人。所以人要先将它消灭掉，然后再向它致敬。如果加州灰棕熊的悲剧继续由其他勇猛的动物来重复下去，人最后消灭掉的，恐怕就是最勇猛、最坚韧和最有力量的自己了。

写意的州长，总统州长

眼看就要走马观花地过去了，一幅肖像却突然以它的格格不入抓住了我的视线。

也许该看看这政要机构里面的政治要人——州长了。

虽然州府里面州长一次只能有一个，不过州府有个传统，就是将历任所有州长的肖像一一存挂，肖像则都由州长们找自己喜欢的画家来完成。迄今为止，在加州一百五十多年的历史中，州长更换了三十八任，他们的肖像都很正式，都很重要，所以都没有什么趣味。

我正和其他游客一样目光飘忽，眼看就要走马观花地过去了，一幅肖像却突然以它的格格不入抓住了我的视线。

在一片要么衣冠楚楚的隆重，要么一丝不苟的端庄中，一幅肖像却介于写意与写实之间，还带有印象派的手笔，显得很扎眼。他的表情半严肃半沉思，眼神半忧伤半固执。作为州长，他似乎多了一些艺术气质，少了一些长官派头。他的名字是艾德蒙·布朗，也被称为小布朗。

美国政坛上有不少父子兵，布朗也是，有老少两个。插在他们爷俩中间做州长的，就是后来做了总统、也是唯一做了总统的加州州长里根。小布朗曾在一九七五至一九八三年间两度任职，按照传统，州长肖像要一度被拿到首都华盛顿去“亮相”，结果，他的肖像是如何一下抓住了我的眼光，也就如何一下在华盛顿“夺目”全国，如巨石落水，引起浪花一片。有人说他的肖像“可笑”，有人说他的肖像“丢脸”。一些民众因为“爱护本州州长形象及州长所代表的加州形象”，纷纷写信给他、给政府，坚决要求他重新找个画家来为他、为加州重新“整容”。结果是，肖像没有重画，形象也没有重塑，反是这张“夺目”肖像在印成明信片后，长年畅销不断，在加州州长肖像榜上遥遥领先，稳居榜首，加州历史上还没有哪位州长的肖像有过如此命运，包括里根。

一个人在选择肖像画家上敢于标新立异，坚持自己的风格和爱好，那么在他做事上有点“出格”也就不奇怪了。

小布朗最大的出格，表现在如何花费纳税人的血汗钱上。那时，由里根批准的新州长府邸已经建好，他却放弃那专门的豪华和方便不用，也拒绝使用州长大轿车，自己跑去租了一个普通公寓住下，再每天开着一辆本州出产的普通车去上班，弄得警卫人员只好充分发挥“创造性”，穿梭于车流和人群中。由于他们的努力，小布朗在位期间没有出现任何生命危险，得以施行注重能

源、环保的政策，并大力任用少数族裔和女性，在离开州长宝座的时候，留下了第一部保护农人的劳工法、第一个协助年轻人回馈社会的部门和普遍不错的口碑。

但是最名播四海的州长还是里根。不过，里根不是以州长出名，而是以总统出名。当里根做了总统并有了政绩，其成长背景继林肯之后，再度让所有错生在平民家庭却又偏偏胸怀伟业的普通人产生希望：心比天高的人，命不一定会比纸薄，“王侯将相，宁有种乎？”原因在于：里根没有什么贵族爸爸，他的父亲不是什么大人物，而是一个鞋子推销员。

说到了鞋子推销员，忍不住要提一下一个美国电视喜剧连续剧《结婚了……并有了孩子》，它于一九八七年出品，二十余年后的至今仍然还在上演并保持极高的收视率，将一个鞋子推销员艾尔·邦迪（Al Bundy）的生活以漫画的方式刻画，结果太成功了，以至扮演邦迪的演员 Ed O’ Neill 在结束拍摄之后，无法逃脱其巨大成功的副作用，几乎无法扮演其他角色，人们只要一看见他就笑，不管他在剧目里是什么角色，演得多好，他还是那个鞋子推销员艾尔·邦迪，实在要命。要想知道成功是如何摧毁一个演员的发展空间的，这是一个非常典型的例子。

而里根——建筑工、广播员和演员发展而成的总统，假设在当年的演艺上也有如此的成功，很难想象其成功的副作用是造就一个被称为“伟大交流家”的一代总统。

“伟大交流家”在还没有从加州舞台进入国际舞台的时候，第一夫人南希不喜欢当时有三十个房间的州长官邸，据说是因为它没办法应付火灾。为了孩子和家庭，她决定去一个高档社区租房子住。然而虽然掏的是自己的腰包，她还是引起很大的议论，说她“傲慢”。

也许是看到对州长府的需要，里根提笔批准了修建一个新的州长居所的提议，不过他自己却从来没有住进这个新居，因为直到他离开的时候，州长府才修好，而他的继任小布朗却又偏偏拒绝住进去，这样一折腾，自小布朗以后的州长府邸就不再固定，变成“临时动议”，完全由州长自己决定，政府给予补助。现任州长斯瓦辛格是住在政府附近的一个旅馆里，据说几乎每天都靠他自己的私人直升机在洛杉矶的家和“三块馒头”之间往返。这种通勤方式，在加州州府官员里，不知道是不是“绝后”，但肯定是空前的。

南希的意见改变了加州州长府邸的命运，加州对她的影响，也让她在做了美国第一夫人后，将一部分加州带进了白宫——她将他们的主卧房跟中国文化挂上关系，运用中国的墙纸，让卧室置身于淡雅的竹、青翠的藤、成双的蝶和并翅的鸟之中，在墙纸的底部，还有一对鸡夫妇在山丘上“男耕女织”，使得整个房间温暖而富有生活气息。

可惜，他们的卧室虽然是安宁而喜悦的，他们的家庭生活却并不完全如此，尤其他们的大女儿湃蒂（Patti Davis），是家中的黑马和他们心中的难言之痛。湃蒂不仅在政治上与父亲完全唱反调，并以去掉自己的父姓来表达其强烈程度，而且在生活上也采取与保守的父母完全相反的自由主义，抽大麻，支持同性恋，写书揭露家庭秘密，还在一九九四年四十一岁的时候做了《花花公子》的封面裸女。

值得安慰的是，在里根病重去世前，到了“知天命”年龄的她开始努力与父母和好，并率先阻止哥伦比亚传播公司的系列节目《里根们》，说该制作人有“惊人的疏忽和残忍”。在父亲最后的时刻，她也在父亲的身边。

不过，看到这个消息，我还是有点为他们难过，她父亲的病是痴呆症，这种病症通常随时间的推移而加重。里根已经得病十

年，只怕他已不认得、不记得自己的女儿，甚至都不认识、不记得女儿的母亲、自己的妻子南希了。一生反叛的湃蒂也体会到中国人“子欲养而亲不在”的伤痛吗？里根在清醒的时候，可也曾有过能治国却不能齐家的感叹？在历史的长廊中，这样的感叹可说是前赴后继、缭绕不断。

人间悲欢，王者难免。

他们也与中国有关

“任何说自己对政治没兴趣的人，就像一个正在溺水的人却坚持说他对水没兴趣”。政治无所不在，区别是，有你参与的政治和没你参与的政治；有你影响力的政治和没你影响力的政治。政治是没法逃避的。

意大利十八世纪的剧作家哥尔多尼（Carlo Goldoni）说：“从未离开过自己祖国的人充满了偏见。”当我在肖像之外更进一步了解加州州长的时候，发现离开自己祖国的人也充满了“偏见”——我只看得见跟我的祖国有点瓜葛的州长，如果不算因抢眼和名气而被抓住的目光。哥尔多尼还说过另外一句话：“一个智慧的旅者绝不贬低自己的国家。”不知道我的这种“偏心”能否勉强让我接近哥尔多尼口中的“智慧的旅者”。

据我所知，加州州长里还有三位跟我们中国人有比较直接的关系。

第一位叫做比格勒（John Bigler），在霍乱时期他不惜让自己染上重病，留在灾区帮助病患、埋葬死人，其奋不顾身让他深得人心，是加州第三任州长，任职于一八五二至一八五六年，也是第一个顺利完成任职并赢得再选的州长。在他负有盛名的一八五四年，一个镶嵌在内华达众山岭中的美丽湖泊曾用他的名字来命名，叫做比格勒湖（Lake Bigler），八年后才被正式改正，叫做“太浩湖”（ Lake Tahoe），并以这个名字享誉天下。

“Tahoe”，据说是当地一个印第安人的部落名，意思是“高处的水”。太浩湖是北美最大的高山湖，也是美国第二深的湖泊，水清可饮。几年前我船行其上，看着眼皮底下清冽幽蓝的水，被它的清凉和清洁所魅惑，真有种冲动想俯身下去，掬一捧入口，让那清、那凉贯通盛夏中的肺腑——虽然没有太多必要，因为湖上的凉风，早让人忘记了季节的炎热。

太浩湖区不仅水美，山也因水而有了灵气。而有了灵气的山并不失其山的雄风，一到冬季它就成为雪上运动的圣地，其滑雪场还在一九六〇年成为国际冬季奥运会的场所。当我们在“三块馒头”悠然参观的时候，我们那些去滑雪的朋友就正在这“高处的水”地区潇洒玩一回。

比格勒的名字虽然不会因一个美丽的湖泊而传诵，却会因他所定的反华政策而蒙羞。当他的前任州长在一定程度上支持中国人移民加州的时候，比格勒基本上对移民这个一般性主意就持坚决反对的态度，尤其是反对中国苦力（当时已音译为 coolie，kuli 等）。他声称“中国人拒绝融入而且也绝不能融入美国的主流社会”。也许是中国人的“拒绝融入”让他憎恨，所以他一厢情愿地宣布中国人的“不能融入”，并且要尽其所能来实现和证明他的偏见。当时已有个反对国外劳工的法律每月强加重税到每一个外国劳工身上，比格勒则通过一个法案来特别对中国劳工税上加税，并且在他的任职期间继续努力重赋华人，最后要求凡中国人进入加州时就必须在三天内一次性交付相当重的人头税。该条款后来被加州最高法院否决，理由是它违反宪法。这是三权分立的制度下发生的一件对华好事，也是一例证明权力分散，是应付人性弱点、抑制人心偏见的必要结构。

不知谁说过："任何说自己对政治没兴趣的人，就像一个正在溺水的人却坚持说他对水没兴趣。"政治无所不在，区别是，有你参与的政治和没你参与的政治；有你影响力的政治和没你影响力的政治。政治是没法逃避的。

由于种种原因，华人作为一个整体，其"过客"的心理比较明显，无论是过去还是现在，参与感都不是很足，其区别是：早期是不能，现在是不想。不过，从早期到现在，也一直都有有识之士看到这一点，并进行有意识的努力。

戏剧评论家乔治·内杉说："坏的官员是被不投票的好的国民所选出来的。"早期华人没有参政权，没有投票权，是群没有母国（清朝）撑腰的流浪儿，在异国他乡为生计所迫，孤苦飘零，在职官员完全可以满足自己和当时大众的暴力心理，挥舞法律的大刀，对之任意宰割。

很可惜，比格勒在霍乱时期敢于为自己的同胞舍身，堪称英雄，却不能跨越种族的狭隘而做了小人。

在人所谴责为恶的人中
我还是看到许多的好
在人所宣布为圣的人中
我却看到许多的罪和污点
他们之间，上帝没有划一条线
我也不敢
(美国诗人米勒)

其实人性如此，并不新鲜，他的作为与一些更加残酷也更有规模的行为相比，还只是为加州增加一苦，为加州添加一叹。好在历史是向前走的，摧毁和压制者总会发现，建设和自由的力量比他们所懂得的要深刻得多，坚韧得多，因而也强大得多。

第二位州长的名字其实颇为咱们中国人所耳熟，但是挂在口中却未必知道那是他的名字，他就是第八任州长，铁路大亨斯坦福（Amasa Leland Stanford）。

斯坦福的名字世界传诵，不是因为他曾是加州州长，而是因为他以相当于今天上亿美元的资金创办的斯坦福大学。斯坦福大学的创办，本是为纪念他那因伤寒而夭折的十六岁儿子。现今，每一年咱们中国都有一些优秀学子进入这座享有国际盛誉的一流大学就读，但斯坦福本人与中国人的最早纠葛却是在十九世纪，那时美国修建横跨东西部的铁路系统，大批的中国劳工被雇用，据资料说华工如此之多，一度占到铁路劳工的百分之九十。

这也是当时引起反华的一个原因——华人能干活，能吃苦，能够接受低工资，一些白人认为是华人抢走了他们的工作机会，因而心生痛恨。斯坦福作为铁路大亨，他以低工资给了中国劳工工作的机会，却也压迫和剥削了中国劳工，是怂恿和鼓励加州立法者重税中国人并制定其他一些不公平条款的人物之一，在那一页顽强而艰辛的华人历史上，有他的阴影晃动在字里行间。

早期的加州州长不少都是淘金热中的幸运者，有能力也有财力，继斯坦福之后的第九任州长娄（Frederick Ferdinand Low）也不例外。他做州长后，标志性大事是开始鼓励统筹建立加州公立大学系统——尽管他声称在加州州长位置上，一个人就是满身才能也做不了什么事情。

如今，加州大学系统一方面在学术和教学上都颇有声望，如加州伯克利大学（U. C. Berkeley），加州洛杉矶大学（U. C. LA），加州旧金山大学（U. C. SF）等等，另一方面却没有私立名校的昂贵学费，故而深得重视教育却不极端富裕的华人所喜欢。就在这幢加州的州府大楼里，江月桂（March Kong Fong Eu）——加

州的第一个华裔女性州务卿（1974）、美国第一个进入州级宪政办公室的亚裔，就是踏过加州伯克利大学以及斯坦福大学的台阶进来施政的。

到了近代，随着在美华人人口的增加，每年涌入加州大学系统的华裔实在不少。可以说娄的贡献是为加州的，也是为中国人的。多年前，我们曾在一个场合与几个加州伯克利大学的工作人员和教授闲谈，当话题涉及学校少数族裔的照顾时，他们笑说：你们中国人是少数族裔吗？我看在这里根本就不是，伯克利大学都快要成为你们中国的大学了。

他们的话中有两个意思，一是中国人学业优秀，有目共睹，不需要什么照顾；二是中国人在学校的人数实在已经不怎么够格做“少数”，你们没有被照顾的时候就差不多要占领整个学校了，再照顾的话，只怕伯克利大学就会成为完全的中国学校，是中国大学碰巧坐落在美国的国土上而已。

这个观点虽然有些夸张，却很有代表性。其夸张也类似艺术的夸张，表达的是一种真实。娄对中国人可谓功不可没，因而也对美国作出了特别的贡献——不论他当初鼓励兴学的时候是否预测到今天的情况、是否喜欢看到今天的情况。

这位在美国国土上为华裔学子作出贡献的州长，其实也踏上过中国的领土。娄从州长位置下来后两年，于一八六九到一八七四年间，做了美国出使中国大清的使者。

美国出使中国是从清朝开始的，前前后后有十九任大使，他是第十一任。至于他出使清朝的时候做了什么，我不是很清楚，但是当时已经有了《忘厦条约》为两国关系的基础，可以想象，他所做的一切，也都是基于那样的条约。

清朝后期的历史是我不太忍心读的历史，当时中国人之所以到美国来以及到美国后所经历的遭遇，都跟自己祖国的状况有着相当直接的关联。娄做了什么，或没做什么，就让它留在历史中吧，重要的是，不要让一些历史重演。

游戏机里的启蒙

“所有思考过有关人类治理这门艺术的人，都确信帝国的命运由对少年人的教育所决定。”

——亚里士多德

我们步出州府的时候，并没有步出加州的历史。女儿们又去看平台上的加州大铜印，指点着上面淘金的工人，密涅娲，Eureka，灰棕熊，河流，商船……

在大铜印的两边，其实还有两个大铜印，一个是印第安人的纪念大印，一个是纪念西班牙族裔及其文化的大印。就像历史错待过在美华人一样，历史也错待过他们。不过，就在滚滚向前的过程中，历史有时候也会做一些 U 字形的转弯，稍停一下，来对过去的错误加以道歉并尽可能地进行修正。这两个铜印饱含着数代人的眼泪和欢笑，艰难和希望，也饱含着丰富而曲折的加州历史，它们身后是两本厚厚的史书，在此限于篇幅不再加以展开。

其实，不仅是印第安人、中国人等在这片土地上有过艰难的历史，在二战中给其他民族——尤其是中国——带来灾难的日本，也给在美日裔打开了被错待的大门。加州州长里面唯一做了美国大法官的 Earl Warren，在二战的时候，就亲手将在美日裔不分男女老幼，通通判入集中营——不论他们在这里生活了几代，是否跟日本还有任何关联。据说他后来在晚年的时候，非常后悔将日裔美国人与日本政府等而为一。现在，与加州议会大楼一街之隔的博物馆里，就正在展览当年那些日本后裔是如何在那种歧视下生活的。站在那里观看，作为中国人，眼前是无辜的日本后裔，心中是沉痛的国家历史，不能不说在理性和感性的交织中，

感觉颇有些复杂。不过，这个展览本身也是一例，让人感到加州敢于用理性来正视自己的历史，用行动来纠正自己的错误。

毕竟，当错误可以被纠正的时候，还是进步的一个标志。

然而进步不是自发的，如果不是有人敢于付出代价站出来成为社会的良心，不是有允许这样的个人出头露面的体制，历史，由于人性的限制，尽管一定会犯错误，却不一定会去将那些错误加以纠正。

也许这是为什么我们去参观下一个博物馆的时候，我陪孩子玩了一个游戏，而且玩得很卖力。这不是一个一般的电子游戏，而是简洁地教你如何将一个意见变成提案，又如何将提案变成法案。历史上许多勇敢的人们就是那样在立法上努力，让历史正视它自己，尊重它自己，并给它自己改正的机会。这个游戏的存在，也让我们看到背后的用心，我很感谢这样的用心，感谢我们的前人付出代价，好让后来者有比他们更好、更自由、更宽阔的生活。

那么我们可以为我们的下一代做什么？

当我的女儿排除万难，终于在游戏中让她的提案到达了州长的办公桌并签了字时，她很有种成就感——她让一个她认为值得努力的原因有了实际的结果。

我拍拍她的头，为她感到骄傲。我相信她对一个普通公民的参政途径有了更具体的了解，对民主的内涵也有了更进一步的懂得。

离开的时候，我回望了游戏机一眼，想，也许将来一代的杰出人物中，就有人是在这里被启蒙的。

那些烛光

——我的一次特别“旅游”

这是我的一次特别的“旅游”。

在我活过的年月中，不为照明而点蜡烛没有几次。不过，在那个寒夜，我一口气所点的蜡烛却比我往日所点的总和都多出数倍，为的几乎都是不认识的人，点的时候，也有一种从未有过的神圣、敬重和庄严。而之所以会有一次这么庄严的纵情，起因于玲。

物是人“非”

凡人类可以经历的情绪感受都在这癌患相逼的时候密集地经历了，真是上穷碧落下黄泉，身心交瘁。

因为她的美丽，玲是个在人群中很容易就被看见的女人。

在人间，美似乎是一种根深蒂固的殊荣，人类对它的偏爱也源远流长，美丽的女子往往得天独厚，享有很多的钟爱和优待，连一视同仁的岁月也要多怜惜她们几分，以至与同龄人在一起，她们总是年轻。

然而，癌症基于它固有的冷酷特性，不懂审美，也不屑怜香惜玉，对容貌、气质、体态之类都毫无概念，与任何人狭路相逢都铁石心肠，连伪善也不表演一下。据国际卫生组织统计，全球每年死亡的人中，有八分之一是因为败在癌症的手中，约七百四十万左右。

玲就是这样突如其来地被癌拦截，于是必须与下一曲生命之

舞“隔癌相望”，生活突然变成一场没有预见的战争：不要做那“八分之一”中的一个。

这不是一场容易的战争，一旦输了，所有的昨天都将转眼成空，所有的明天也会刹那烟散，其艰苦卓绝，唯有当事人才能真正体会。

而癌症患者却偏偏不是只有一个敌人——癌症，他们通常是内外受敌——外战场是身体，正常细胞和癌细胞在化疗等双刃剑下玉石俱焚，致使生理上的极度疲惫与痛苦；内战场则是心灵，在身体倍受煎熬的同时，这里也波涛汹涌，暗流回旋，希望与绝望，孤单与安慰，坚韧与软弱，泪水与疑问，愤怒与原谅，关爱与自怜，坚持与放弃，满意与忧虑，快乐与悲伤等等，凡人类可以经历的情绪感受都在这癌患相逼的时候密集地经历了，真是上穷碧落下黄泉，身心交瘁。

对于许多人来说，战争的结果是不可逆转的，从一开始就是在打注定失败的战役；对于另外一些人来说，他们是不幸中的万幸者，虽然要被割取一些身上的部位，不能“全身”而回，但是生命的歌声毕竟还可以继续下去。

玲就是后者中的一员，不幸中的一个幸者。

只是，这歌声跟以往已经有截然的不同。

在许多人从此歌声喑哑、虚弱、低沉下去的时候，玲却同另外一些人一样，在经过了天堂和地狱之后，那深沉的悲、难言的苦和欲说还休的沧桑感仍然在内心的深处缠绕，不过，从中却也已然有一只金色的凤凰盘旋而起，如同一首新的旋律冉冉上升，并逐渐成为生命的主导。

这类凯旋归来的人，他们一方面筋疲力尽，面前那条康复之路也仍然是条漫漫长途；另一方面他们却又已脱胎换骨，内在对生活与生命的体认已经到达全新的高度，可谓旧瓶盛了新酒，物是人“非”。

“自从生病以来，我看待生活真的不一样了。我快乐了很多。”她说。

她的头发已长回来了，虽然还没有完全长回原来的模样；她的体能已让她可以散步，参加瑜伽，甚至学跳芭蕾；她的凤眼已脱去沉重的幕帘，时不时光彩闪现；她的婚姻也一扫多年的沉闷，恢复了爱情的色彩和体温……

能活着真好！为什么以前会斤斤计较那些鸡毛蒜皮的小事？为什么会让身边美好的情愫被忽略？为什么只看见自己所缺少的，而没看见自己所拥有的？她感叹。

“我以前身体好的时候只觉得有很多的不满，有很多的看不惯，但是现在生病一场，身体虽然不好，心里却觉得快乐，也觉得幸福。”她跟大伙儿分享。

我们旁观的人能够感觉到她的幸福。通常聚会完毕，大家还在尽余兴，继续吃啊、喝啊、聊啊，她则会笑吟吟先告别，并带一些吃的回去——因为每天晚上，丈夫晚班回家，会与她去外面并肩牵手地散步。

这里的夜晚多半晴朗，月华温柔，新月、半月、满月都是他们夫妻同行的见证。我有几次因为晚归见过他们，他们有时候牵着手，有时候携着手，微微地相依着，在人声渐寂的晴夜里，就像一句情到深处却从容恬淡的诗行，在永恒的风景线上，轻轻书写在睡梦之外。我很感动，车过了，还回头去看他们，觉得他们的劳碌愁烦、悲喜忧惧都在他们的轻声细语中过滤了，在生命的篮中，他们因为今晚的相依，又放进一个有情有义的日子，一个平常的、吉祥的日子。

所以她是快乐而幸福的。偶尔，她与大伙儿的告别还会是一个芭蕾的旋转动作，那个旋转，对一个尚在康复的半百之人来说

意味着什么不言而喻。心中美满，溢于言表，她出门而去了，留下一份她的快乐，唤起的则是一份像我这样的旁观者内心的感动。在她过“生日”——癌细胞被歼灭的纪念日，丈夫带来蛋糕，大家起哄像闹洞房。他注视着她——在他们共同度过的岁月中注视着她，她一边回视他，一边笑吟吟应付大家的“啰嗦”，就在他们对视的刹那，千年万年的快乐愁烦、千山万水的曲折跋涉都尽在其中了。他的头无言地向她靠近，那靠近中的意味，能让细心的人感受到一个深深的大洋。

如果说玲的“生日”意味着她人生的全新起点，癌症，至少产生了一个好的“副”作用，一个积极的“后遗症”。

星星之火的源起

“你不能改变整个世界，但是你能改变某一个人的世界。”

去参加“为生命接力”的活动，先是玲的选择，我们这些在自己的生活中忙碌的人，因而才知道这个世界上有这么一个叫做“癌症协会”的组织，有一群富有博爱心和使命感的人，在努力为抵抗癌症的人加油添力。玲在她生病期间得到过他们的援助和支持，于是想从受益者变成给予者，我们则想支持她，也以微薄的方式支持一下那些可能素不相识，但正与癌症打遭遇战的“战士”们。

于是一个中国接力队形成了。

帐篷在本地的高中校园体育场上搭了起来，很多接力队将驻扎在此二十四小时，保证跑道上至少有一个本队的代表在走或者在跑，寓意大家一心，你累了我来，我累了他来，如此接力，与癌抗争不息。

除此之外，它也是一个募款的活动，所得款项将用来支持癌症研究、检查、预防、教育，患者治疗、援助等，许多没有医疗保险的患者将会从这里得到经济支持，使他们在面临人生的强敌时，至少不是没有后援。

这是一项高贵的活动，最初由一个叫做科拉特的美国直肠科医生发起。

科拉特医生在八十年代初就想支持他的癌症病患，也增加当地癌症协会的费用，于是他以自己喜欢的运动——马拉松来募款。

一九八五年，在太平洋的东边，当时广为人知的二十六岁香港著名演员翁美玲因煤气中毒而死亡的五月，太平洋的这边，一场决意要打击死亡的努力正在进行：约有三百个朋友、家人、病人一起观看科拉特医生为拯救有名、无名的生命而进行的二十四小时马拉松。当夜幕降临，捐助二十五美元的人就可以在 Puget 大学的贝克体育场跟科拉特医生一起，或走或跑三十分钟。就这样，科拉特医生那天跑了约一百三十四公里，募得款项两万七千美元。就是在那场艰苦的马拉松长跑中，“接力队”的主意在科拉特医生的心中成形。第二年，得道者多助，十九个接力队形成并参与了募款。从此，“为生命接力”的星星之火，燎原美国，又漫出美国，到达加拿大等地，并成为美国癌症协会每年必办的经典活动。

美国民间对公益事业的发起和参与常常让我惊异和敬佩，从学校的“家长－老师协会”为学校教育而义务性地大大出手，到使命专一的各类非谋利机构的形成和运作，美国民众心中的好意图和身上的好品质都得到明白的展现，也成为我在美国生活中的一种学习。这其实也是“民主心态”——“人民当家作主心态”在生活中的一种体现，人们主人意识比较浓厚，因而参与感强，如果认同一件事情，就会出钱、出时、出力地去支持。

有一次，我看到一个年轻大学生的T恤衫上印有这么一句话，觉得它可以概括出成千上万普通人的参与动机："你不能改变整个世界，但是你能改变某一个人的世界。"

这个信念很朴实，因而实际，点出了普通个人的微薄之力可能产生的不微薄的效果，从而使人更容易不只是意识到"莫因善小而不为"，而是真正产生出行动力来，将这种意识从头脑中传递到手脚上，从动心动脑，到"动手动脚"。

我们这个接力队不能改变世界，但是至少可以在帮助改变某一个人，甚至某些人的世界的时候，出一臂之力。

别有意味的"灯笼"

这朴实无华的纸袋，盛的其实是执笔人的情意和心愿，或是为纪念、为追忆生命，或是为致敬、为庆祝生命。

玲为我们这一接力队取名Faithful——"信实"。

她预先让我的孩子和其他的孩子将条幅做了装饰。我很感谢她的细心，她让孩子们可以以孩子的方式来参与。

我也喜欢"信实"这个队名。信实的人是有生命原则的人，信实的人也有生命的后劲。信实的人因为相信生命、相信生命之主而实在——实实在在地珍惜生命，实实在在地庆祝生命，实实在在地帮助生命，也实实在在地活出生命。

早晨十点，开幕式开始。几十个身穿紫色T恤的癌症幸存者聚合在跑道上，手中拿着一个气球，气球上面都有一个数字——他们胜过癌症的年数。在我所看见的数字里，小的是1，大的是24。一个歌手在唱一首歌，"在你的里面有一个英雄"，浑厚而充满激情的歌声尚在我们的心中回荡的时候，紫衫的英雄们一马当先开始了环走。

在你的里面有一个英雄
如果你往自己的内心去看
当你触进你的灵魂
所有的悲伤都会融化
你不必再感害怕

然后带着继续的力量
英雄来到你的身旁
你将抛开恐惧，知道你将胜利
所以当你觉得希望渺茫
往内心去看你就会再度坚强
……

这是一个多云的上午，不热不冷，特别适合接力。我队有几个大学生、高中生，是朋友们的孩子。他们青春、朝气，开步便跑；我们相对“老弱”的也有自知之明，只开步走，贵在坚持。平日里大家各自都在生活里忙碌，今天倒也是一个特别好的机会，来为交流作一点“进补”。

沿着跑道是各式各样的募款摊位：手工、书籍、理发等，也有几个癌症知识摊位和给接力队员打气、加油的供水站。接力活动的小小“主席台”也同所有帐篷一样坐落在草地上，那里会有歌手、小乐队、拉拉队等轮流表演，为接力活动增加趣味和气氛。

若干圈之后，我突然看到一个邻居出现在一个摊位上，彼此相见都流露出一份惊喜。

说惊喜是一点也不为过，平时我们互为芳邻，隔着文化、隔

着经历地友好、关心。我们出游时，她和同住的姐姐为我们关过我们忘记关的车库门，她们有事时我为她们拉回该拉回的垃圾桶；我先生生病需要去看晚间急诊，我因孩子的牵扯一时之间分身乏术，是她们帮忙做司机，而她姐姐生病做手术后，我也有机会做点好吃的过去慰问，等等。一年前，她的母亲去世，不久父亲又去世，因为她们的父母另外居住，所以我们对此是毫无所知，直到她和姐姐很有节制地告知我们一些，我们相应也只敢对她们有一些点到为止的关怀，她们对这关怀也很有尊严地接受，如此，我们在为人的层次上友好，却没有较深的私交。然而，今天，在这跑道上，相见之下，空气中突然有一种“同志”“盟友”的意味，她的话突然多了些，我才知道她父亲的死因原来也是癌症。这是她为什么出现在这里的一半原因，另一半，是为她的朋友。

继续走的时候，我望着跑道边上正在增多的白色纸袋，沉默无言。

白色纸袋在这“为生命接力”的活动中，有它特别的含义和地位，正由一群在几个大人带领下的孩子所安放。他们先用小铲从一个大沙堆中取沙，再小心将沙放进纸袋里。沙是特别湿润好的，沙入袋后，沙中央会放进一根白色的蜡烛，晚上，当日光不再照耀，当星光不够明亮，这些蜡烛将被点燃，每一根蜡烛的光中，都寄托着浓浓的情意。因为这些纸袋，每一个上面都有一个名字，预先由一只带感情的手所写并做了装饰。它也是癌症协会募捐的一个方式。每捐助一定的款目，捐助者就可以在一个纸袋上写上一个名字——或是一个因癌失去生命的人，或是正在与癌抗争的人，或是胜过癌症的人。这朴实无华的纸袋，盛的其实是执笔人的情意和心愿，或是为纪念、为追忆生命，或是为致敬、为庆祝生命。这些纸袋，其实也是特别的“烛台”，当夜风吹袭的时候，它们就是站立式的避风“灯笼”。

起初，我还想找到我的手所写下的名字，不过很快就放弃了。所许之愿，并不需要知道具体在哪个位置被点燃。可是，每多走一圈，我就更尖锐地意识到，那些灯笼所形成的白色线条正在增长，而且增长得很快。我放慢脚步浏览“灯笼”的上方，那里会告诉你该“灯笼”上的名字是为纪念而写，还是为庆祝而写，结果我发现为纪念而写的名字竟占绝大多数。每多一个这样的灯笼，就说明已有一个生命流逝而去了。这只是我们本地一个小城的活动，已经丧失的生命就已那么多，那么，这个世界上到底有多少曾经的欢声笑语，就是因为癌症而一去不返了？

每年约七百四十万。这数字让人打寒颤。

我感到生命的脆弱。

然而放眼望去，看到周围接力不止的人群，看到紫衫的老人和白衫的小孩一起在缓慢而顽强地行走，看到不同肤色、种族的人在这里为同一个目的而聚集，我又惊叹生命的美丽和坚韧了。

“麻将队”和“性模糊队”

原来他们是特别募款队，为抗癌而临时“性模糊”。我是将脑袋里的理想情爱读进了眼前这离奇的善行里了。

中午，太阳出来了，温度立刻上升。当我在供应防晒霜的摊位解决辐射问题的时候，我们的帐篷里出现了麻将，让走累的队员坐下休息、娱乐。娱乐规则是：谁输了牌谁下桌去继续走路。

这是整个接力场上唯一的中国队，唯一的亚裔队，也是唯一的“麻将队”。记得多年前出国的时候，送机的朋友给了一个小礼物：一个麻将牌的红中打火机。他说：“这个红中代表中国，也代表咱中国的国粹。”

麻将是不是国粹我没有资格发言，国学广阔浩瀚，我只得门缝一瞥，说不上话。不过有中国人的地方就有麻将似乎是事实。我们这一队中国人，名副其实是来自五湖四海，中国大陆、台湾，韩国，马来西亚，印尼，阿根廷……我们为抗癌症而聚集，一聚集就可以搓麻将，虽然麻将规则大同小异，各有千秋，然而大家几句话三下五除二就将五大洲四大洋的规则统一了，于是“长城”就在桌上砌了起来。如果要说除了“普通话”外，还有一样民间通用的“语言”，那可能就是麻将了。

随着温度的继续上升，下午，接力队员休场的次数和人数都大大增加，于是第二个帐篷和第二副麻将又出现了，以适应“退休”人口的增长率。一些老美经过时停下观看，嫁了老美的丽一边手上忙着，一边歪着头大声解释说：“这是麻将。我们只是玩，不是赌。”

这些老美知道麻将常常跟赌博是连在一起的吗？这一解释是不是反而把简单的事情弄复杂了？

“很有意思。”老美们笑笑地说。

“很有意思”在老美的口里出来，有时候是真的很有意思，有时候却是外交词汇，意思近乎“不敢苟同”、“难以置评”之类。我相信他们表达的是前者，倒是我，不久也用了这个词，却有些外交上的含义。

不知道从何时开始，接力场上突然有一些看起来不男不女的人点缀其间。说“不女”，是因为他们明显是男人；说“不男”，则因为他们都身着女人的裙装。

在我努力去猜测、理解这一现象的时候，走在我侧前方的男人给了我启发。他身穿桔色长裙，头戴金色女发，表情沉痛、肃穆、坚定，结实的身躯在细细的半高跟鞋上向前挪动，步步为艰，也步步为坚。

"也许他们是穿着因癌症而去世的亲人的衣服来走接力吧，"我对女儿说，"他们也许觉得这种方式可以更好地表达他们的怀念；或者他们是代替正在与癌症相争的人来走路——因为病人太虚弱，不能走——好表达他们的支持和共患难的决心？"

我边说边被这层意思感动了。这"代步"中有多大的深情厚谊啊，甚至还有"如果可能，我愿生病的是我而不是你"的意思；是"我愿意在你的位置上来经受你要经历的一切"的象征表达；是对交换戒指之后要"一生相守、不离不弃"的坚持与执著。

越是多看这个男人，他的沉痛、肃穆、坚定越是让我觉得自己的理解是对的，所以就越是感动，思绪飞越，叹息他们中有些人在今天能听到的，也许只是已去故人在黄昏中的微风长叹，阴阳两隔不能跨越，信约已无法与君共守。

然而活着的人却可以不只是叹息，信约还是信约，只要有信就还有约，故今日特别衣君之衣，赴君之约也替君赴约。

但是，很快我就严重质疑自己的理解力甚至自己的心理年龄了。

并不是所有女妆的男人都像给我灵感的这位，他们缺少这个男人的沉痛、肃穆和坚定来印证我那浪漫而深情的理解。而且我发现他们多数只穿女装，戴女发，却未穿女鞋，所以他们都不痛苦，表情和行动都可以说是轻快的，不仅行动自如，甚至健步如飞。这让我怀疑刚才那位男士的沉痛很可能只是生理上的沉痛而已，而原因无他，只是因为脚上的女鞋，跟太高，鞋太小，不合脚。

我不由有些自嘲，这个年龄居然还可以如此天真，实在可叹！

再看那些男扮女装的人中，有的挺着过分高耸的假胸，似乎得意，有的又似乎过分快乐、"妩媚"，让人一时间有点不太适

应。还有一位更是特别，他倒是穿了高跟女鞋，可是聪明在“她”不在高跟上受罪，而是提了把椅子往跑道上一放，逆人流而坐，封面女郎般悠闲、自在，长腿半隐，羽扇微摇，声“娇”语款。

原来他们是特别募款队，为抗癌而临时“性模糊”。我是将脑袋里的理想情爱读进了眼前这离奇的善行里了。

但我还是有些不甘心。

我回头去人群中搜索，又见到肃穆的那位“女士”，“她”依然艰难地行走着，还是认真、沉痛、坚定，步步为艰，又步步为坚。

“只是因为鞋吗?”我问自己。

我有些疑惑不定。这个男人，他的心中似乎藏着一个不同“其类”的故事，也许他的故事，跟我的猜想是接近的，而且就算不是，他的态度也把其他异装者所造成的轻佻感抵消了好些。

我转身继续走。当走过当道而坐那一位时，见识“她”的无可回避成为在所难免。

“你可以支持我一下吗?”“她”语音婉转，巧手递过一个篮。

我感到尴尬，因为包在帐篷，身无分文，所以赶紧如此对“她”解释，对“她”抱歉。

“你会支持我的，是不是？是不是?”

“她”似乎并未听见我的理由，所以并不表示接受这个理由而放我过去，而是仰脸恳求，长睫，红唇，一脸的真诚与无助。

“是。是。”我狼狈地说，“可是我现在身上真的没有钱。”

“那你保证吗？你保证的，是不是？请你说你保证，好不好?好不好?”

“她”听见我的理由了，但还是那么无助，那么真诚，还那么……信任。

“是是是……好好好……”我没见过这阵势，手足无措，语无伦次。

“她”看我一定比我看“她”更好玩。男人一旦要专心做起女人来，是不是比女人还女人啊？

在我仓皇脱身之后，我听到身边一个老美友善地同我打趣：“你觉得怎么样？”

“噢……”我一时间大脑空白，然后突然有了亮点，笑说，“很有意思。”

“她们”的目的是用不着我说的，“她们”的勇敢我是没话可说的，他们的方式嘛……很有意思。

我履行诺言，回帐篷取钱。从我的行动看，“她们”的方式不仅“很有意思”，而且很有效果。

另一种英雄

一个内在而深刻的愿望，就这样在阳光下随着汗水热热地、无声地流淌出来……

日影偏西了一些，“长城”在帐篷里倒了起，起了倒；人流在帐篷外的跑道上川流不息。当我再次回到“根据地”休息的时候，发现娟安静地坐在麻将桌之外，眼望远方，没有聚焦。

“只有你的女儿和玲的女儿还在走了。”我对她说，“多少圈了？五十？八十？”

“不知道。”娟说，有点忧虑，“她一直在走，太阳那么大，又不肯戴帽子。”

我望向跑道，在人群中找到她的女儿甜甜。甜甜还在大踏步地走，勇往直前的模样，坚定、专一，外衣系在腰上，背包挂在肩上，长发飘飘，目视前方。

“她是个懂事的孩子。”我沉默半晌，轻轻说。

这个孩子的脚步不是走在操场，而是踏在战场。她的家里，正有三个亲人接踵遭遇癌症，先是姨妈，后是外公，再就是父亲。如果跑步与走路可以将癌症甩掉，那么她就要这么不休不歇地走下去，走它个海枯石烂，走它个地老天荒。她的步履踩着的是一个无声的鼓点，敲在她心中的抗癌战场。一个内在而深刻的愿望，就这样在阳光下随着汗水热热地、无声地流淌出来，瀑布般砸在我的心上，产生轰轰的震动和深深的感动。

“要不要我去把帽子给她？”我问。

接力，不仅仅是象征。我们人总是需要一种外在的方式来配合我们内在的心声。开幕式上的那首歌唱得没错，在每一个癌症患者的里面都有一个英雄。其实，在每一个旁边关注的人里面，也有，尤其是那些病患的家属。

当日影进一步西斜之时，疲倦的玲也落了座。在我们这个“信实”队里，她的身体最弱，而且由于药物的原因，常常严重缺乏睡眠，大量的安眠药都不起作用。我劝她回去休息一下，不要硬熬，反正是接力，她不需要在此打持久战，持久战大家一起打就好。可是她不肯，笑容可掬地说：“这是我第一年做，不懂。以后，我们可以把我们这个中国队弄得更好，我们可以用我们中国的龙啊凤啊来装饰，我们还可以像他们一样摆个摊。”她指指前面的摊位说，“像王伯母擅长做的中国结啊之类的东西就可以拿来摆，这样一来我们可以募更多的款，还可以让他们美国人更了解我们中国的文化……”

我笑说那是个好主意，没再多劝。玲是我们这个接力队的发起人，她心中有两个英雄——一个属于患者，一个属于关注者。她的队长意识和心中的双重英雄都不会让她选择回去，所以她在继续计划着、思谋着，她的母亲在她身边无言地微笑着、陪伴着。玲不是一个人过来的，所以她要尽她的心。她的身体累了，但是她的心是快乐的。

说起来，病痛与灾难，都促使人去细究生命，可是生命经得起追究吗？一旦追究，许多人就发现生命有时重如泰山，却泰山压顶；有时又轻如飘羽，风起而羽逝。但是，看见过死亡之门，甚至目睹过死亡之面的人，当他们有幸能够重新沐浴在生命的阳光下，深度的生活智慧已然通过那最不可能的使者——死亡的手指递交过来，而且是穿越黑暗与深渊地递交过来，因而让他们具备了同时承受生命之重与生命之轻的双肩。

这双肩不再只担自己的事，自家的事，这副肩膀还愿意去更多地分担别人的、甚至陌生人的事。

“为生命接力”就是一件这样的事，玲热切地做着这件事，她还在做着帮助其他病患的其他事。当她用自己的经历去帮助别人的时候，她的苦就被救赎了，她的痛也被超越了，全新的意义莅临她的经历，她的苦与痛，因为获得了意义而没有白白承受。

寒夜不寒

当无数为亲人、爱人、友人、陌生人的蜡烛都点在一起，同时在寒夜里聚光闪烁的时候，那光亮，就是一道点在人间的视觉与心灵的风景。

日落西山的时候，小玉夫妇也回来了。小玉沉沉静静的，脸有些浮肿。看到他们，我感到心像是被谁的指甲轻轻掐了一下。

他们虽三十出头，看起来还像是刚出校门不久的学生，对未来也是长有规划，短有打算，谁知一夜之间，一切都被颠覆。小玉回国去接两岁的孩子时，发现自己患有乳癌，二期。于是孩子没有接回来，回来的是经过了一番化疗、别有一番滋味在心头的

她。丈夫在这边也已然上天入地了一番，在难眠之夜被这事情推着、拨着、压着、挤着，飞快地成为更成熟的男子汉，以内省过的爱等着与她共渡难关。

我陪着小玉一起走，一起聊，讲一些鼓励、轻松和积极的话。作为朋友，能做的，其实真的很有限。与癌症碰上了，就像在独木桥上碰到一个你死我活的敌人，没法妥协，没法逃避，也没有退路，唯一的选择是向前，与它直面，与它摔跤，而直接的直面者、摔跤者也唯有她自己。

好在话语自有话语的力量，话语能增加无谓的忧虑，将一颗心直接送入地牢；也能驱散一些徘徊疑惑，为一颗心开启暗锁。

我努力往后者做。

风已经变凉，而且会随着夜色的加深而继续凉下去。太平洋上横渡过来的冷雾常常在夜间时分气吞万象，包裹一切。这是葡萄之乡的气候特点，日夜温差大，葡萄就在这样的起起落落、热热冷冷中长成了，圆熟了，外有霜衣，内有甜蜜。

许多人生的成熟也是如此而来吧，所以有“霜叶红于二月花”。

场边的几盏照明灯亮了起来，我们的脚前，小小的“灯笼”密密地挨着、挤着，沿跑道一直排列下去，在跑道的两边形成里外两个圈，没有起点，没有终点。

天全黑下来的时候，蜡烛开始一根一根点燃，灯笼也就一盏一盏在夜风中温暖地亮起来，像一团团温柔的愿望，被安全地呵护着，可以被风抚摸，却不会被风熄灭。

我极目望天，天深不可测，如同一个超越的意志覆盖着大地。我突然感到这大地之上小小灯笼里的小小蜡烛，每一根都像是一颗呼吸的灵魂，仰望着旷宇深处的灵魂之主，等待着他的抚慰、升华和接纳。或许是因为这一感觉，让我看到还没有被点燃的那一长线的灯笼时，产生一种急切。这么多蜡烛还没有点燃，是哪些人在点呢？需要帮助吗？

似乎是回答我心中的问题，有声音在我耳边响起："这里有打火机，能帮助点蜡烛吗？"

当然能！当然能！

这时候，我才发现气温其实已经很低，虽然加添了衣服，我的手原来却是僵的，很不灵活，操作起打火机来都有些困难。

快快地将手搓热了，搓软了，我开始点蜡烛。当看到暗淡的灯笼因烛火而一下子明丽起来的时候，细小的喜悦就在我的心中荡漾、弥漫开来。于是一颗一颗地点，虔诚地，庄严地，因为所点燃的，不只是蜡烛而已，更是一个个真诚的希望、虔敬的祝愿和深深的怀念。偶尔看到别人点亮的灯不知何故又熄灭了，就赶紧过去将它再次点燃起来，仿佛晚一点，就有什么严重的延误。

很快我就总结出烛光熄灭的原因：崭新的烛芯还伏在烛面上没有被扶直，所以燃了一会儿就湮灭在烛泪中。正好九岁的女儿尝试了一阵，发现往纸袋里点蜡烛对她来说有些困难，于是我们便组成一个团队，流水作业，她负责先将烛芯扶直，我再负责让它发光，这样，蜡烛点燃了，就会一直燃下去。女儿动作很快，她为我做助手，还为旁边好几个人做助手，告诉别人哪些是直芯的，哪些还没被扶直，得到不少感谢和赞许。于是，一个蜡烛队形成了，女儿是队长。

当所有的灯笼都在发光的时候，我们直起身来，静静地看着眼前的奇观。偌大的跑道两边被镶了两道柔美、温暖的光链，构成里外两个椭圆。那是几千颗亲人、爱人、友人的心意在闪亮，也是名字被写于其上的人们的微笑。若是在高空往下看，那柔和而温暖的烛光所勾勒的，就像一张开启的唇，向生命的主人诉说着，祈祷着，也许更是回应着——要珍惜我们所拥有的生命。

蜡烛，点在情人间，是浪漫；点在朋友间，是温馨；为亲人而点，是寄托亲情；为朋友而点，是寄托友情。当无数为亲人、爱人、友人、陌生人的蜡烛都点在一起，同时在寒夜里聚光闪烁的时候，那光亮，就是一道点在人间的视觉与心灵的风景。

寒夜已经不寒。

跋

记得去美国大峡谷旅行的时候，是个有雪有冰的日子，特别选那个常人不选的日子，就是想去看看冰雪中的胜景。当时夕阳晚照，景观壮美苍茫，一种罕见的绝唱，拨动着我藏于内心深处的琴弦。

那是一种被打动的感觉。

其实每次被打动我都暗自希望留住那样的感觉，因为生活需要被打动，被打动的时候，我感觉自己的确是“活着”。被景打动，就流连忘返，沉浸于那种被叫做天我相融的“高品质时光”；被情打动，则感到生命鲜亮、深刻，日子也格外丰满有意义。而打动我的却并不一定需要很“大”，也不一定非要是“峡谷”，有许多自然中的情和景让人动心，也有许多人世间的情和景让人动容。于我而言，所有这些，既是生活的慷慨，也是生活的“贿赂”，让我由衷的热爱。

这本书记下的就是这样一些来自生活的慷慨与“贿赂”。在美国多年的生活中，我瞥见过巅峰上才有的纯净和辽阔，也管窥过历史烟云中人性的密码和华彩，所以在此也就录下了其中一些，幸运自己见识到了一些生命的精彩和惊险，还有心灵极致处的高贵和圣洁，更有一些平凡中隐藏的大智大美。

在此特别感谢在出书过程中得到的善意和帮助，谢兰女士身为美国新泽西州的第一个华裔市长，正在脚底跑穿的郡议员的竞选过程中，却不吝抽出本来就不够的时间来支持；何三坡先生正处在长篇小说的创作中，不介意被我打扰，快意畅笔写下评论；袁伟盛先生身为报社之长，在百忙之中给予了多方面

的援手；全球旅行演讲的美国华裔作家邱清萍女士在她密集的演讲、授课时间表里，见缝插针阅览书稿、写下兰言；同时感谢李利忠先生在繁忙编务之中为本书做了大量编校工作……他们都是生活给予我的一种慷慨、一种“贿赂”。

我还特别感谢我的先生，二十一年来，跟我一起领受生活的慷慨与“贿赂”，还有我的两个女儿，她们是生活给我的最为慷慨的“贿赂”，在我写作此书的过程中，就像两件令我倍感心热的贴心小背心，持续地温暖着我的前胸后背。

李文屏

2009 年 9 月于美国加州